JN315243

珈琲店タレーランの事件簿
また会えたなら、あなたの淹れた珈琲を

岡崎琢磨

宝島社
文庫

宝島社

目次

第一章　事件は二度目の来店で ―― 11

第二章　ビタースウィート・ブラック ―― 55

第三章　乳白色にハートを秘める ―― 99

第四章　盤上チェイス ―― 149

第五章　past, present, f*****? ―― 191

第六章　Animals in the closed room ―― 245

第七章　また会えたなら、あなたの淹れた珈琲を ―― 293

解説　北原尚彦 ―― 362

珈琲店タレーランの事件簿

また会えたなら、あなたの淹れた珈琲を

良いコーヒーとは、悪魔のように黒く、地獄のように熱く、天使のように純粋で、
そして恋のように甘い。

――シャルル＝モーリス・ド・タレーラン＝ペリゴール
［フランス、1754 - 1838］

プロローグ

――出会った！

もう少しで僕は、思わず叫んでしまうところだった。

古めかしい喫茶店のフロアに、客はたったの一人だけ。ＢＧＭのジャズミュージックが虚空を虚しく空回りするほか、店内に響く音はといえば、カウンターの奥にたたずむ老人――マスター、とでも呼びたくなる風貌だ――が扱う食器の立てるそれくらいだ。つまり、僕が叫べばこの落ち着いたムードはぶち壊しになる。

そのような状況さえ一瞬、忘れてしまうほどの衝撃だったのだ。視覚が信じられないときにまぶたをこするものだとすれば、味覚が信じられないときには舌をこすればいいのだろか。僕はそのような心境で、テーブルの上に視線を落とした。

白磁のソーサーカップからは、ほのかに湯気が立ちのぼる。その奥に横たわる黒い液体から先ほど感じ取った味が、独特な店の雰囲気に呑《の》まれての錯覚でないか、今一度、確かめる必要があった。おそるおそるカップを取り上げ、両目をつぶって口元へ運ぶ。

二口めで、衝撃は確信に変わる。

唇から注ぎ込んだ瞬間、鼻腔《びくう》にふわりと広がる香ばしさ。次いで感じたのは、そっと舌をなでるような甘みだった。丹念に炒《い》られた豆だけが生み出せる絶妙な清涼感が、刺々《とげとげ》しくなりがちな後味を上手にフェードアウトさせている。

間違いない。これぞまさしく、かの至言の中に夢見てきた味。長らく僕が探し求めてきた、理想ともいうべきコーヒーの味。

やっと、出会えたのだ。

遅れてやってくる感慨をため息に代えて発散しながら、僕はあごをゆっくり持ち上げ、両目を開いた。と、そこにはカップを運んできた女性店員が、銀のトレイを胸に立っている。開いたばかりの目と目が合うと、彼女はふわりと微笑《ほほえ》んで――。

あぁ、きっとそのときにはもう、僕は虜《とりこ》になっていたのだ。

一つの別れと、それを乗り越えてしまえるほどの感動的な出会いとを、同日に設けるという運命の粋な計らいによって。

第一章

事件は二度目の来店で

1

「――アオヤマさん、とおっしゃるのですね？」

彼女は言った。おっとりとした、温かみのある声で。

二度の来店の間に交わされた、喫茶店員と客としてのわずかなやりとりを除けば、それは彼女が僕に向けて発した記念すべき第一声だったのだから、僕が薄気味悪く感じたのも無理はない。

「ど、どうしてその名を」

予期せぬ事態に、かろうじて言葉をしぼり出す。おっしゃるのですね、と確認しているくらいだから、こちらから名乗っていないことは確かだ。ここでは一介の客に過ぎない僕が、店員である彼女にわざわざ素性を明かす義理はなかったはずだ。

「図星ですね。実は、これなのですが……」

澄まして種明かしを始めた彼女が、前掛けのポケットから取り出したのは、一枚のカードだった。それを見た僕の顔が、苦虫を噛《か》み潰《つぶ》したようになったのは、一週間前、六月末のとある出来事に端を発する。

京都府下随一の繁華街からほど近く、細い通りにひっそりと構えられた《門》の前に、僕は立っていた。

散々な休日だった。交際中の恋人と、逢瀬《おうせ》の約束を交わしたのは前日の夜のこと。いわゆるデートだと高をくくっていた。出がけに空を見上げれば雲行きが怪しかったはずなのに、僕は平穏な時間が流れることを信じて疑わず、玄関口の傘さえ無視した。

昼下がり、待ち合わせの時刻より十分ほど早く、指定された河原町三条《かわらまちさんじょう》のハンバーガーショップに到着した。恋人はすでにそこにいて、僕の姿をみとめるや、腕を広げてこちらに駆け寄ってくる。

まさか、こんな公衆の面前でハグ？　しかし避けるわけにもいかず、足を踏ん張る。彼女はこちらの懐に勢いよく飛び込み、襟元をつかんで——。

決まった。あざやかな、大内刈りだ。

公衆の面前で飲食店の床に伸びるよりは、ハグのほうがまだマシかもしれない。起こした上半身のそばに彼女はしゃがみ、ふくれっ面をこちらに近づけて言う。

「誰なの、あの女」

周囲の刺すような視線が痛い。「あの女、って誰なの」

「昨日のお昼、大学から見てた。女の人と、カフェで楽しそうに話してたでしょう」

天を仰ぐ。彼女はどうしても、僕に浮気をさせたいらしいのだ。

「カフェにいれば、店員と客とで口を利くこともあるよ。あの女性が誰かなんて知らない……」

「もう知らない、バカ！」

僕の話をわざと途中でさえぎって立ち上がると、彼女は店の外を北の方角へタタタと走り去っていった。

また始まった。涙目で腰を上げる。これから僕は彼女を追いかけ、捕まえたら今度は百遍も「別れてやる」と復唱する彼女をなだめ、赦《ゆる》しを請わなくてはならない。彼女は時折こうやって、やきもちめかして自身の嗜虐《しぎゃく》性を満たす。もう丸二年も、こうした営みがしばしば繰り返されてきたのだ。

誰にともなく頭を下げながら、刺さったままの視線を引きずりハンバーガーショップを後にする。からかうように、空からはぽつぽつと雨が降り始め、せめてアーケードの続いている南に逃げてくれていたなら、と僕は切実な願いをこぼした。

御池通《おいけどおり》に差しかかる頃には、すっかり見失っていた。雨脚の強さは秒ごとに増し、一刻も早く引き返したかったが、真面目に追いかけていないことがばれて火に油を注ぐのもよくない。見失ったのだから直進ではあるまいと考え、濡れねずみを覚悟で僕は、気まぐれから近くの富小路通《とみのこうじどおり》に狙いを定めて北上した。

ふいに足を止めたのは、二条通《にじょうどおり》との交差点を少し過ぎたあたりだ。

道のかたわらに、レトロな電気看板を見つけた。丈は腰ほど、幅は厚く、土台にはキャスターがついている。裏から延びるコンセントはどこにも刺さらず路面にふし、明かりは灯《とも》っていないけれども、《営業中》を表すものらしいとは一目でわかった。そんな看板の言うことには、

〈純喫茶　タレーラン　コチラ☞〉

大胆なその店名に、コーヒー愛好者の血がサイフォンの中身よろしく沸騰したのだ。かつてフランスの伯爵は言った――良いコーヒーとは、悪魔のように黒く、地獄のように熱く、天使のように純粋で、そして恋のように甘い。

彼の名を、シャルル＝モーリス・ド・タレーラン＝ペリゴールという。フランス革命期、主として外交に辣腕を振るい、かのナポレオン皇帝も一目置いたとされる偉大な政治家である。食通としても有名だった彼の残した言葉は、理想のコーヒーを語る上で欠かせない至言として、後世に語り継がれることとなった。

今から十年近く前になるだろうか。子供と呼んで差し支えないほどの味覚しか持ち合わせず、コーヒーとはただの渋い汁だと認識していた少年時代の僕は、かの至言に出会ってたいそう衝撃を受けた。黒い熱い純粋はいい、しかしあの汁を甘いなどとは！

まだ見ぬ上質のコーヒーはさぞや甘くて美味に違いない、自分もいつかそんな一杯を飲んでみたい――僕はそう強く願うようになり、以来、伯爵の語る理想像にぴたり当てはまるコーヒーを探し求める日々が始まったのだ。

のちに学ぶことになるのだが、タレーランの祖国フランスを含む欧州諸国では、コーヒーといえばほとんどの場合、日本で広く飲まれるドリップコーヒーではなくエスプレッソを指す。つまり伯爵の言う甘さの正体とは、エスプレッソに溶かした砂糖だったのであるが、そんなことも知らない少年の僕は性急に理想を掲げてしまった。各地のコーヒー専門店を訪れ、また自分で豆や器具をそろえて淹《い》れてみても何かが違う。そもそも勘違いだからと言ってしまえば身も蓋《ふた》もなく、けれども結局、理想と呼ぶにふさわしい一杯には出会えずじまいであった。

だからタレーランの名を冠することは、僕にとっては挑発的ですらあり、ちょうどいい、雨宿りも兼ねて立ち寄ってみるか、という気になったのだ。

こうなると、恋人の厄介事さえ思考の外である。看板下部の指が示す方向を見ると、双子のように二つ並んだ古い家屋と家屋の隙間が、軒に覆われてせまいトンネルのようになっている。足元には、赤レンガが飛び石みたいに点々と埋め込まれていた。

これが、《門》？　しかし他に入口らしきものも、喫茶店らしきものも見当たらない。ためらいはあったが、降る雨はその間も僕の肩を濡らしていた。えぇい、ままよ。

必要以上に頭を低くして、慎重にトンネルをくぐり抜ける。

向こう側に広がっていたのは、きわめて異様な光景だった。

通りに面した家並みの背後に、突如ぽっかりと現れた空間。公園にしては小さいが庭ならば広すぎるほどの敷地を芝生が埋め尽くし、《門》から延びた赤レンガの群れは、緩やかなカーブを描いて最奥の建物へと続く。小ぢんまりとした木造の平屋は、年季の入って赤茶けた板壁といい、とがった屋根にところどころ絡んだ蔦《つた》といい、ここが森の中ならば魔女の棲《す》み家だと言われたってうなずきそうだ。向かって右側には重厚そうな扉と並んで、縦に長い青銅のプレートに〈純喫茶　タレーラン〉の刻印がなされていた。

僕は一瞬、ここが京都の街中であることを忘れそうになる。日常から遠く離れた、異世界にある喫茶店――隙間のトンネルは、それらを繋《つな》ぐ《門》であるかのような錯覚。

レンガの群れに導かれ、扉の持ち手をぐいと引っ張る。カランと鐘の音が響いて、《タレーラン》は一見《いちげん》を迎え入れた。

店内をぐるりと見回す。さして広くはないフロアに、くすんだ木製のテーブル席が大小合わせて四つ。天井から下がる吊《つ》りランプがそこここをぼんやりと照らすほか、庭に面したはめ殺しの大きな窓からは、ガラスの色で緑がかった外の光が入る。奥にはカウンター席もあり、その内側は調理場となっているようだ。

「――あら、いらっしゃいませ」

と、ちょうど僕が視線を向けた先、この手の喫茶店にはやや不釣り合いな感のある、高級感漂うエスプレッソマシンの陰から、少女が顔をのぞかせた。

女子高生くらいだろうか。白のシャツに黒のパンツ、その上に紺の前掛けという格好はいかにもアルバイトの制服じみている。少女はカウンターの端を回って、窓際のテーブル席へ僕を案内した。先客のいない寂しさに、一抹の不安が脳裡《のうり》をよぎる。

「ホットコーヒー」

座るが早いか注文をする。心の中で、《この店で一番おいしいやつを》と付け加えて。

「かしこまりました」

彼女は微笑んで、フロアの隅をちらと見やった。

そこに腰かける者の存在には気づいていた。ただ広げた新聞に隠れていたのが、注文の声を受けおもむろにそれを畳んで立ち上がったので、僕は彼が老人であることを知った。鼻と口の周りに銀のひげをたくわえ、モスグリーンのニット帽をかぶる。鋭い眼光はまさしく、人生の酸いも甘いも噛み分ける、といった風情だ。

コーヒーの渋さとそれを淹れる人間の渋さとは、たぶん関係ないはずだ。それでも僕は老人の腕を信用することにして、入口のそばに見つけてあったトイレへと向かった。濡れた洋服や髪を拭いたり、冷えた下腹部の訴えに耳を傾けたりしたかったのだ。

戻ってみると、待ち構えたかのように少女が、カップをトレイに載せ運んできた。期待と緊張の中でまず一口めを、そして——出会った、のである。

初めは衝撃に対処するので精いっぱいだった。続いて理想に対面した感動と、念願叶《かな》った達成感とが、カフェインのように体じゅうにゆっくり浸透していった。そうして顔を上げた僕に、女性店員が微笑みかけたのだから、ただただ呆けることしかできない。おりしもポケットの携帯電話が振動したので、心ここにあらずで電話に出た。

「どこにいるの」

んぐぁ、と喉で変な音が鳴る。

「喫茶店で雨宿り。そっちこそ、どこにいるんだよ」

「まぁ、信じられない。心配して、さっきのお店に戻ってあげたのに。一人で悠々とお茶してるなんて、もう別れてやる……」

「わかった、わかった。今すぐそっちに行くから」

「そこ、出られるの。お財布、わたしが持ってるけど」

血の気が引いた。お尻のポケットをさぐる。ない。

「ハンバーガーショップに落としてた。だめだよ、ちゃんと注意しなきゃ」

「自分が投げ飛ばすからじゃないか」

隣では、少女がきょとんとしてこちらを眺めていた。泣きたくなる。

「十数えるうちに来てくれないと、お財布どうなっても知らないから。はい、じゅーう」

「待って、それがないと支払いができないんだって」

「そんなの自業自得でしょ。きゅーう、はーち」

「わかったよ、行く、行くってば」

うろたえて駆け出すも、

「あの、お客さん！」

店を出る寸前で、少女に呼び止められる。それはそうだ。しかしお会計をしようにもお金がない。

僕は回らぬ首をその場で回す。扉の脇の短いカウンターには、開くとチンと音のしそうなレジと並んで、この店の住所や電話番号などを記載した名刺大のカードが積まれていた。さらに、あるはずだと思いつつ探せば、はたしてレジの陰にボールペンが転がっている。

僕は素早くペンと一枚のカードを取り、裏の白地に自分の連絡先を走り書きした。

〈090-0000-0000　blue-mountain_truth.nogod31@xxxxx.ne.jp〉

メールアドレスまで記したのはとっさの思いつきだ。余白を埋めることで、そこに氏名のない不自然さをごまかせやしないかと踏んだのだ。

「すみません、ここへ来る途中に財布を落としてしまって」

カードを握らせながら少女に告げる。

「後日、必ず払いに来ます。これ、僕の連絡先だから」

そして返事も待たず喫茶店を飛び出し、恋人の待つハンバーガーショップを目指した。もう呼び止める声は聞こえなかったが、それは雨がかき消しただけかもしれない。

その後の展開は思いがけない。またもずぶ濡れになってたどり着くと、恋人は「別れてやる」に「わかった」と返事した僕をなじった。あえて釈明をしなかったのは、出会いの高揚が効用へと変じた結果かもしれない。いつもと違う成り行きに、彼女は頬を紅潮させて怒り、財布を持ち主に投げつけると「さよなら」とだけ告げて姿を消してしまった。以後、連絡も取れないので、僕らはたぶん別れたのだろう。薄情かもしれないが、どのみち僕は受け入れるしかないと思っている。


「……要するに、そのメールアドレスから僕の名前を推測した、と」

嚙み潰した苦虫を吐き捨てるように、僕は言う。

無銭飲食の件は、ずっと後ろめたく感じていた。速やかに払いに来るべきだったがどうにも時間が作れず、催促の連絡が来ないのをいいことに一週間もそのままにしてしまった。青ざめる頃にやっと来店が叶った僕を、窓際の席に通した直後、あの店員の少女は言ったのだ——アオヤマさん、と。

「はい」彼女は得意げに笑う。「メールアドレスといえばまず、姓名や誕生日を表している線を探ります。このアドレスの場合、"nogod31"が神無月、すなわち十月の三十一日を指しており、これは誕生日であると見ていいでしょう。となると前半も同様に、何かの英訳であるとの推測が可能になります。"blue-mountain"といえば、私どもはやはりコーヒー豆の銘柄を連想しますが、これを日本語に直せば《青山《アオヤマ》》。苗字になりますね。アンダーバーで姓と名を繋ぎ、"truth"は《真》や《誠》の字でマコトさん、とでもおっしゃるのでは」

「これはたいへん聡明《そうめい》なお方だ、とでも言わせたいのでしょうが。怖いです、純粋に」

僕は口元を引きつらせて答えた。お前の身元など割れているのだぞ、との威圧は、無銭飲食を防止するには効果的だろうが、返済に来た者におこなっても空《むな》しいのではなかろうか。

「これは失礼しました。人に名前を訊《き》くより先に、まずは自分が名乗るべき、ですよね」

そういうことではないのだが。彼女は慇懃《いんぎん》にお辞儀をすると、お腹のあたりで手を組み、かしこまって微笑んだ。

「私、当喫茶のバリスタを務めております、切間美星《きりまみほし》と申します」

2

「……バリスタ、ですか」

それは思わぬことで、無礼にも僕は、しばし彼女に見入ってしまった。

つやのある黒髪は短めのボブ。細すぎない眉、高すぎない鼻、厚すぎない唇は整ってこそいるものの平凡だが、丸顔に黒目がちの目がどことなく愛嬌のある印象を醸し出す。小柄な体にまとう制服は、前回と変わらない。

「バリスタという呼称は、イタリアのバール——夜間営業のバーを兼ねたカフェ——が発祥です。イタリアはエスプレッソ誕生の地であり、広く民衆に愛されるその飲み物をバールにて淹れる、専門的職人のことをバリスタと呼ぶのです。まぁ、ワインにソムリエ、カクテルにバーテンダー、そしてコーヒーにバリスタといった具合ですね」

「いや、それは存じ上げているのですが」

僕だって、カフェ文化には人並み以上に詳しいと自負している。バリスタの語源がイタリア語の《バールで仕事をする人》(bar + ~ista) であり、英語に訳すとそのままバーテンダー (bar + tender) となるのだといううんちくだって披露できるし、我が国においてはスターバックスに代表されるシアトル系カフェ――アメリカはワシントン州シアトルより展開した、エスプレッソのアレンジ飲料をメインの売り物とするカフェの総称である――の流行が、バリスタなる職業を世に広めるのに一役買った、などと補足を加えることもできる。

「そういうことではなくて……すると、前回いただいたコーヒーはあなたが」

彼女は小さく、けれども誇らしげにうなずいた。

ふぅむとうなる。コーヒーを淹れる場面を見逃したせいでもあるが、僕は彼女をアルバイトの女子高生だと認識していたのだ。代わりにあの、一杯に並々ならぬ情熱を注いでいそうな老人、今はカウンターの内側で難しい顔をしている彼こそ、理想の味を再現しうるに違いないと信じきっていた。それがまさか、面立《おもだ》ちにあどけなさすら残る少女バリスタの手になるものだったなんて。

「てっきり僕は、あちらにおわすマスターが淹れてくれたとばかり」

「マスター……あぁ、おじちゃんのこと」

バリスタはカウンターを一瞥《いちべつ》する。

「当店のオーナー兼調理担当、そして私の大叔父でもあります。正確には、母方のおばあちゃんの弟。おじちゃんというより、今ではすっかりおじいちゃんって感じですよね。営業中なのにおじちゃん、だなんて呼び方、お客様に失礼かとは思うのですが、昔からそう呼ばれ慣れているせいか、私に他の呼び方をされるとしきりに気持ち悪がるんです」

「何というか、雰囲気がありますよね。いかにもおいしいコーヒーを淹れそうな」

「ないです、ないです」彼女は声をひそめ、「ここだけの話、おじちゃんの淹れるコーヒーは、どういうわけかちっともおいしくないんですよ。豆も器具もまったく同じなのに、ほんと不思議」

そこで素敵に微笑まれても、苦笑いでしか応じられない。

「なるほど、バリスタがいらっしゃるから、あんな立派なエスプレッソマシンが。正直、この店の構えには似合わないなんて、ちょっぴり思ってしまいましたが」

「私の希望で導入したんです。バリスタを名乗りたかったから」

「どうして?」

「だって、かっこいいじゃないですか」

あまりあっけらかんと答えるので、因果の逆転を指摘する気にもなれなかった。エスプレッソを淹れるからバリスタと呼ばれるところを、バリスタと呼ばれるためにマシンを導入するとは。

他にも客がいるのに、彼女はまだテーブルから去らない。やたら構うなといぶかりかけて、一つも目的を果たしていないことに気づく。

「この前と同じホットコーヒーを。お会計は二杯分ってことで」

「かしこまりました」

七月にもなるのにホットを注文するのは、理想の再現もさることながら、今も窓外で芝を叩く送り梅雨が道すがら体温を奪ったからだ。朝から絶え間なく降っていたせいで、今日こそ傘を忘れなかったが、それでも防ぎきれなかった。闘いを終えた僕のモスグリーンの傘は、入口のすぐ内側、アイアンワークの傘立てにて、数本の先客たちに混じってぐったりとしている。

コーヒーを待つ間、背後のテーブルに陣取る女子大生たちのおしゃべりが、僕の聴覚を占拠する。三人組で、うち二人がこちらを向いていたので、僕は初めテーブルの奥の椅子に通されたのを手前側へ座り直した。向かい合うのを避けた格好だ。

女三人寄れば、を地で行くおしゃべりに、まぎれてしまってもよかったはずだ。なのにドリップに取りかかるバリスタの、隣に立つ老人に何気なくつぶやいた言葉は、はっきり僕の耳をとらえた。

「ね、食い逃げじゃなかったでしょ」

ぎくりとした。とたんに背後で会話がやむ。

老人は、もったいぶっておもてを上げた。腫れぼったいまぶたの下からのぞく視線は実に鋭い。ひげに隠れた口元からはい出る声を、僕は身を固くしながら待ち受けた。

「――ナンパやな」

最悪だ。

「違いますって！」取り乱して、カウンターへと駆け寄る。「説明したでしょう、財布を落としてしまっただけです。食い逃げではないし、ましてナンパだなんて」

「正面切って番号聞き出す度胸がないから、あんな手の込んだ真似したんやろ。電話がかかってくれば儲《もう》けもんやし、また店へ来る口実にもなるしな。坊やの考えそうなこっちゃ、でもうちのバリスタごとき、そないビビることはあらへん。百戦錬磨のわしかてナンパは押しの強さや思てるのに、ぶつかってもみんと弱気になっとったらあきまへんえ」

絶句した。三人組のくすぐが、耳をくすぐる。

ご老人、容姿の渋さとは裏腹に、声は高くて口調は軽々しく、内容もまるで軽薄である。コテコテの京言葉もどこか、なよなよとして聞こえるようだ。彼の淹れるコーヒーがまずいというのがわかるような気がした。きっと渋み成分クロロゲン酸の気配すらないに違いない。

「お客様に何てこと言うの！」バリスタは豹変《ひょうへん》、顔を真っ赤にして怒鳴る。

「何や、ナンパされたいうことがわかっていちびってんのけ」

「いちびってなんかない！」

ますます怒った様子だが、こっちは《いちびる》がいまいちわからない。調子に乗る、みたいなことか？

「あの、大丈夫ですか。いろんな意味で」

僕がおずおずと割って入ると、バリスタは我に返った。

「私まで理性を失ってしまい、申し訳ありませんでした。願わくは、今の一部始終は忘れてください。この人もいたく反省しておりますので」

「赦してちょんまげ」

決して赦すまじ、と僕は思う。

「おじちゃんは黙ってて、ややこしくなるから！　ちょんまげ結う髪も残ってないくせに……あぁーそんな顔しないでアオヤマさん。違うんです、この人親戚といっても四親等だから、ほとんど他人みたいなもので……あ、でもこう見えて、おじちゃんの作るアップルパイは絶品なんですよ。一口食べたら、きっと寛大だった頃のお心を取り戻していただけるはずです」

決して食べるまじ、と僕は思う。

商魂たくましい彼女を放置して、僕はカウンター越しに爺さんの手元をのぞき込んだ。そこでは厚みのあるパイ生地が、リンゴのフィリングをたっぷりと腹に溜め込んで、今にもオーブンへ発《た》たんとしている。

「先ほどから難しい顔をされていたのは、パイを作っていたんですね」

「この頃どうも目が弱ってもうてな。すぐ眉間にしわが寄るから男前が台なしやわ」

口を利いたときほどではないだろう。

「生地は朝のうちに練っておいたんですか」

「そや。冷蔵庫で寝かさなあかんからな」

「ではその間にフィリングを？」

「いいや、それは昨日の晩に仕込んどいたんや。一晩おいてしっかり水を切ったほうが、パイがサクッと焼き上がるしな」

なるほどバリスタが勧めるだけあって、アップルパイは丹精込めて作られているものらしい。これは翻意してもいいかもしれない。

「焼き上がるまで、待たせてもらってもいいですか」

バリスタに告げると、彼女はこちらの歩み寄りに安堵したようで、まるで自分が褒められたみたいに、満面の笑みを浮かべて言った。

「ナポリタンもお勧めです！」

……よくいちびれたな、この状況で。

3

老人は名を藻《も》川又次《かわまたじ》といった。僕はコーヒールンバで有名な、イエメン産のコーヒー豆モカ・マタリを連想した。

パイの焼き上がるのを待つ間、美星バリスタが相手をしてくれることとなる。老人の非礼を詫《わ》びる意味もあったのだろうか、いずれにしても悪い気はしないが、会話の内容はというと宣伝も兼ねたこの店の紹介だ。

「驚かれたのではありませんか。京都の街並みの裏側に、こんな喫茶店があるなんて」

「はい。下世話かもしれませんが、ぜいたくな土地の使い方だな、と」運んでもらったコーヒーに口をつけながら僕は答える。一口ごとに訪れる、初めて飲んだときとまったく変わらぬ感動。奇跡の一杯が、奇跡ではなかったことを思い知る。

「ここは元々、おじちゃんの亡くなった奥さんのお店でした。代々土地持ちの家だったそうで、相続を機に趣味と実益を兼ねて開いたのだとか。おじちゃんは婿に入る形で遠方からやってきて、そのうちにお店を手伝うようになったんです」

「すると、ご出身はこちらではない？」

「ええ。お気づきでしょうが、私もいわゆる京おんなではないのですよ」

「どうりで関西のなまりがない……しかし、そうなると藻川氏は」

「おかしいでしょう、男性なのに『あきまへんえ』なんて」

バリスタは口元に手を当てる。

「昔はもの静かな人だったそうですよ。陽気な奥さんに感化されるうちにあぁなったので、社交術が奥さん仕込みの京言葉になってしまったのです。その奥さんが亡くなってからはすっかりたがが外れたみたいになって、若い女の子に声かけてばっかり……あるいは奥さんのいない寂しさをまぎらすために、なんてこと、まさかとは思いますけれど」

感傷にふけっているところ申し訳ないけれども、僕はもの静かだった時分の藻川氏を想像するのに難儀していた。

「私が《タレーラン》で働くようになったのは、短大生としてこの街に住み始めてからです。最初はアルバイトとして、奥さんに多くのことを教わりました。筋を見込まれ、『この店はあなたにあげる』とまで……ですから二年前の奥さんの急逝には、私もたいそう心を痛めましたけれども、途方に暮れるおじちゃんに言ったんです。『私が奥さんの代わりになるから、お店は続けよう』って。ちょうど、短大の卒業が近づいてもいましたし」

故人とのかけがえのない思い出がつまった、大切な喫茶店をなくすまいとする決断。

美談ではないか。遺志はこうして脈々と、のちの人たちに引き継がれていき……。

短大？　卒業？　二年前？

「あの、失礼ですがバリスタ、おいくつですか」

「本当に失礼ですね」笑顔にゆがみがないのがかえって怖い。「今年で二十三歳になりますが、今でも勉強の毎日です」

「年上！」

驚きのあまりデリカシーを損なった。僕が十月に二十二歳を迎えるから、一つとはいえ年長者ということになる。女子高生かと思っていたのに、女性の年齢をごまかす技術は、まったく魔術か詐術のようだ。

こちらのデリカシーに比例して、彼女は機嫌を損なったらしい。むべなるかな、とは思うけれど、これが見た目より老けているからなのか、はたまた実年齢より幼く見られたからなのか、微妙な年頃であるだけに弁解もしづらい。僕は急いで別の話題を振る。

「さぞ大変だったでしょうね、いきなりお二人での営業を強いられたのですから」

「そうでもありませんよ。先ほども申しましたとおり、奥さんには相続した土地がありまして、この店は余生の道楽みたいな向きがありましたから……その気楽さは、今でもさほど変わっていないのですね。まぁ、営業努力を怠ればのちのち私が困ることになるのでしょうけど、毎週水曜日と年末年始とお盆の前後一週間、加えて不定期にお休みをいただくこともありますから、よそ様に比べればうちは申し訳ないくらい気楽な商売です」

申し訳ないということはあるまい。確かにこれだけのコーヒーを出す店でありながら、この界隈《かいわい》のカフェ事情に少なからずさとい僕が見逃していた以上、営業努力の怠慢は否めない。が、裏を返せばそれだけ脅威になりうるのだから、他店のスタッフがここのコーヒーを飲むことがあれば例外なく思うはずだ――どうかこのままおとなしくしていてくれ、と。

「よその人気店がどれだけ繁盛しようが、マイペースをつらぬくというわけですね」

「人気店というとイノダコーヒや、今出川通《いまでがわどおり》のロックオン・カフェといったお店のことですか」

すらすら出た名前に、どきりとさせられる。イノダコーヒは京都のコーヒー好きに知らぬ者はいない自家焙煎《ばいせん》の名店であるし、ロックオン・カフェは京都でも屈指の学生数を誇る国立大学のそばという立地を生かし、急成長を遂げた人気店だ。そして、一週間前に別れた恋人が女性と話す僕の姿を見たというのが、何を隠そうこのカフェにあたるので、ひそかに動揺したというわけである。

「そうですね……街を歩けば人並みにカフェを利用することもありますが、嫉妬や羨望から他店をスパイするような心境ではありません。私は奥さんから受け継いだ味を、忠実に守るだけです」

彼女の笑みはやわらかい。なのに、亡き人に傾倒する気高さがにじみ出ていた。

「――おうぃ、そろそろパイが焼き上がるで」

のんびりとした爺《じい》の声が飛び、会話は中断する。コーヒーの味の秘訣《ひけつ》を訊き出すのは、残念ながらまたの機会になりそうだ。

オーブンを開けると、こんがりと焼き上がったパイの甘い匂いが店じゅうに広がる。これはひとたまりもない、花の香に誘われるチョウの心地だと思っていたら、なんと女子大生三人組はお会計に向かってしまった。

「あんたら、食べていかんのけ」

つまらなそうにする老人に、茶色い髪の女の子が答えて言う。

「こっちはダイエット中やのに、おじちゃんたらほんま容赦ないわ。こんな匂い嗅《か》がされたら、精神衛生上よくないし」

笑う彼女のがっしりとした体型を見て、口だけだな、と思ったのは内緒だ。

三人組が帰るとバリスタは片付けにかかり、僕はカットしたアップルパイにありつく。フィリングは甘さの中にも酸味を残し、それがバターの香りと調和している。生地は薄すぎず厚すぎず、味だけでなく歯ごたえによっても楽しませる。控えめに風味を引き締めるリンゴ酒や、くどくなりすぎないシナモンの配合も、絶妙と言って差し支えない。

「いやぁ、おいしかったです」

あっという間に完食。まいりましたとでも言いたいところだが、あいにく藻川翁はついさっき、仕入れと言って店を出て行ってしまっていた。

「長居しました。お仕事の邪魔をしてもいけないので、今日のところはこれでおいとまします」

「ご来店ありがとうございます」バリスタはレジへ移動する。「よかったら、またいらしてくださいね。私は決して、おじちゃんのように邪推してはおりませんので」

苦笑を浮かべておくにとどめた。

「ごちそうさまでした」

「おおきに」

このさりげない心遣《づか》いが、よそ者の僕にはうれしい。それでささやかな違和感を見過ごし、僕は店を後にしようとした、のだが。

「アオヤマさん！」

またも呼び止められる。バリスタは小さなカウンターの向こうから、扉の脇を指差していた。人差し指を前後に動かす仕草がコミカルだ。

「……あ」

その指から延びる線をたどって、僕は忘れ物に気づいた。扉の脇には傘立てがあった。違和感の正体とは、あれほど激しかった雨がやんでしまったことだったのだ。ところが僕がたった今、短く五十音の先頭を発したのは、間抜けな自分を恥じたためではなかった。

「どうかなさいましたか」

バリスタは小首をかしげる。僕は傘立てに一本だけ残った傘を手に取り、こう言った。

「バリスタ、これが僕の傘に見えますか」

寂しくなった店内にて極力、静かに開かれたジャンプ傘——それはまるで、アップルパイになり果てる前のリンゴのような、真っ赤な色をしていたのだ。

4

「……意外とお似合いですよ。ちょっと派手な気もしますけど」

引きつった笑みを作るくらいなら、無理して褒めてくれなくてもいい。

「だから、違うんですってば。これは僕の傘じゃない」

「ですが、そうなると」彼女は傘立てに視線を移したところで、言葉を切る。

そうなのだ。足元の傘立てにはもう、一本の傘も立っていない。つまり僕の傘は消え、代わりにこの赤い傘が残されたということだ。

「まいったなぁ。あれ、お気に入りだったのに」

「申し訳ありません。私どもの管理が至らなかったせいで」

「や、あなた方を責めるつもりでは。傘の取り違えなんて、よほど気をつけていない限り未然に防ぐことはできませんよ」

幸いにして雨はやんだ。またいつ降り出すかわからないので、あきらめて行こうとする僕を、再度バリスタが引き止める。

「お気に入りというと、赤い色がお好きなのですか」

「え？　いやだから、これは僕のじゃ」

「でも、似ていた、ということでしょう。取り違えを疑うのであれば」

目からうろこが落ちた。

「そう言えば、似ても似つきませんよ。僕のはモスグリーンでした。チープなビニール傘にはない渋い色合いが、とても気に入っていたんです。こんな赤と見まがうとは思えない」

バリスタは頰に手を添えて、にこりと僕に微笑みかけた。

「考えてみましょうか。アオヤマさんのお気に入りが、取り戻せるかどうか」

そして奥のカウンターに引っ込むと、背を向けて何やらごそごそし始める。

「取り戻す？　どうやって」

「モスグリーンの傘と真っ赤な傘。単純な取り違えということはないでしょうね。しかしその傘は見たところ新品同様、こっそり交換してしまいたくなる事情があったようにも思われません。では傘がなぜ入れ替わったのか、その点について考察してみる必要がありそうです。結論によっては、取り戻せる可能性もなきにしもあらずではないか、と」

「はぁ……それであなたはいったい、何をされているのです」

バリスタはくるりと振り返った。「これですよ」

手元から、コリコリコリ、と音がする。

それは手回し式のコーヒーミルだった。木箱の上に球形のホッパー――豆を入れる部分の名称である――が載った、いかにもクラシックなモデルだ。誰のものとも知れぬ傘を手に途方に暮れる僕を尻目に、あろうことか、彼女はコーヒー豆を挽《ひ》き始めたのだ。

「ハンドミル、ですか」

「はい。ドリップコーヒーに使用する豆は、すべて手で挽いております。豆に摩擦熱が加わりにくいために、香りがあまり飛ばないと言われます。一方、エスプレッソにつきましては、極細挽きにするために外国製の電動ミルを用いております」

そういうことではないのだが、と思いつつ、話に興味を持ってしまう。

「しかし注文を受けてから挽くのだとすれば、なかなかに手間でしょう」

「淹れる直前に挽かなくては、風味が落ちてしまいますからね。お客様にお待ちいただく心苦しさはありますが、苦にはなりませんよ、私、この作業が好きなんです。こうして腕を回しながら豆の挽かれる音を聞いていると、何だか頭がすっきりするし、心も洗われる感じがいたします」

そう言いながらバリスタが、ぶれないために重くできているミルをカウンターに置いて、ハンドルを水平に回すさまは、まるで《おいしいコーヒーになぁれ》と豆たちに魔法をかけているかのようだ。

「カフェインが思考能力や集中力を高める、なんて話もありますが、私はむしろこの運動のほうにそれらの効能を期待し、考えがまとまったなら、コーヒーで一息つきたいですね」

彼女の微笑みにもぶれがない。僕は本題に戻ることにした。

「今は雨がやんでいますから、この傘は単なる忘れ物なのでは。そしてまだ雨が降っているうちに、僕の傘は何者かに盗まれた」

「そうすると、泥棒さんの傘はどこへ行ったのでしょう」

「は」よくわからないことを言う。「持っていないから盗んだのでしょう」

「朝から雨が降っていたのに？」

　バリスタは手の動きをやめない。

「見てのとおり、うちのお店は立地上、車などを玄関に横付けすることができません。今でこそあがりましたが、今日の雨はかなりの激しさでした。傘を持たずに来店したとは考えにくいでしょう。もちろんこの傘立ては普段、空にしてありますし、おじちゃんがお客様の傘を持ち出すことはありえません」

「そうか……うーん、それじゃやむをえずこの傘を持ち歩いていたものの、内心恥ずかしかったので、僕の傘を見て取り替えてしまったとか」

「アオヤマさんの傘、紳士用だったのでは？」

「そうですが、それが何か」

「見てください、その傘は婦人用であり、持ち主は女性です。紳士用の傘は、女性にしてみれば持ち手が太くサイズも大きいので、思いのほか使いにくく、また目立ってしまうものなんです。赤を持つことを恥ずかしがるあまり盗みをはたらくような女性が、紳士用なら問題ないと考えるのは、やや一貫性に欠ける気がします」

　そうだろうかと思いはしたが、女性であることを理由にされると、男の僕では反論できない。

しかし、ならばどうして僕の傘は持ち去られたのか。化けたのか、とさえ考えたくなるが、傘化けでない傘は化けないはずだ。こいつ傘化けじゃないよな、と思いながら僕は手元の傘をじっくり眺める。サイズからして婦人用には違いないが、いかにも幼女が好んで持ち歩きそうな、目がちかちかするほどの赤だ。いい歳してこんなものを持ち歩く人の色彩感覚を疑う。どうせなら僕みたいに、渋いモスグリーンにすればいいのに――。

待てよ。赤と、緑。クリスマス仕様のツートンカラー。

「ははぁ、わかりましたよ、バリスタ」

僕はあごをさすりながら、今度こそ確信を深めて言った。

「この傘の持ち主は、赤緑色覚異常だったのではないでしょうか」

「色覚異常、ですか」

バリスタの手の回転が止まった。しめた、これは手応えありだ。

「聞いたことがありますよ。先天的な色覚異常でもっとも多いのがこの赤緑色覚異常といって、赤系統の色と緑系統の色の区別がつきにくいそうです。日本には約三百万人いると言われ、決してめずらしいケースではありません」

今回の傘が、まさしく赤と緑。赤緑色覚異常の人にとっては、どちらも似たような色に見えたはずだ。

「両者のデザインはまったく異なるとはいえ、ともに大人用ですし、人間の脳が速く判断するのは形よりも色らしいですから」

日本国内で行われた、こんな実験を知っている。男女のトイレを識別するための、一般的なマークがある。男性は青で、直立する人の形。女性は赤で、これはスカートをはいて立つ人の形。あるとき、男女併設のトイレの入口にて、男性用のトイレには赤くした男性用のマークを、女性用のトイレには青くした女性用のマークを掲げた。さて、利用者はどうしたか――ほぼ全員が、誤った性別のトイレに入ったそうだ。つまり、利用者はマークの形ではなく、色に従ったということだ。

「この傘の持ち主は、帰り際に傘立てを一目見ただけで、とりたてて意識することもなく僕の傘を手に取ったんですね。色による思い込みが、持ち手やサイズの違いをも見えなくしてしまった。ほら、さもありなんでしょう」

そういうことなら、傘が戻ってくる公算は低くない。よほど感心したと見え、彼女はにっこりと笑む。そしてつられた僕が笑うのに合わせ、手の動きを再開しながら言った。

「全然違うと思います」

コリコリコリ。

「……何が違うっていうんです」

「ではお訊きしますが、あなたが仮に赤緑色覚異常だったとして、真っ赤な傘やモスグリーンの傘を持ち歩こうと思うでしょうか」

ふぅむ、そういうことか。

「たぶん、持ち歩かないでしょうね」

「想像しかできませんが、色覚異常をお持ちの方が傘を買うとき、ただでさえ取り違えが発生しやすいものなのに、あえて見分ける自信のない色を選ぶでしょうか。私には、そうは思えないんです」

一定のスピードで手を回しながら、彼女は説明を続ける。

「ついでに補足しておくと、赤緑色覚異常は圧倒的に男性に多いそうですね。男性の二十人に一人が生まれ持つのに対し、女性はおよそ六百人に一人。赤い傘の持ち主が女性である以上、その可能性は男性よりずっと低いことがわかります」

ふと、引っかかりを覚えた。

「ちょっと待ってください。この傘が婦人用だからといって、持ち主が女性であるとは限らないのでは。むしろ先ほどの話を思い返せば、赤い傘を持つことを恥じるのは持ち主が男性だったからかもしれません。サイズや持ち手の違いも、この場合は問題にならない」

するとバリスタは一瞬、真顔に戻り、ついで笑い出してしまう。

「僕、変なこと言いましたっけ」

「すみません、失礼な真似《まね》を。でも私、てっきりそこはわかっていただけているものと……だって傘を持ち出すことができたのは、アオヤマさんの来店後にお店を出て行った、あの三人組しかいないではありませんか」

コリコリコリコリ。力が抜ける。

「気づかない僕が愚かでしたよ。おっしゃるとおり、あの女子大生たちのいずれかが犯人に違いないんです」

バリスタはふふ、と微笑んだ。

「やはりあの中に、お知り合いがいらっしゃったのですね」

んぐぁ。喉の奥で変な音が鳴る。

「なぜそれを」

「簡単なことです。お知り合いでなければ、彼女たちが女子大生であると断定することはできません」

「そんなのは、雰囲気でだいたい察しがつくでしょう。京都は学生の街なのですから」

むきになって、意味のない反論をしてしまう。「それにあなたは今、やはり、と」

「今日、私があのテーブルの奥の椅子へご案内したとき、あなたはあえて手前側の椅子に座り直されましたね。わざわざ隣のテーブルの客に近い席を選んだのは、背を向けることで、そこにいる誰かに気づかれまいとしたからではないか。私はそう考えていたのです」

鋭い洞察が不気味ですらある。あのとき隣の席の客と向かい合うのを避けたのは、顔見知り、それもできれば顔を合わせたくない相手がそこにいたからなのだ。僕は降参のポーズをとった。

「ご明察ですよ。去り際に、藻川氏と言葉を交わした女性がいたでしょう。彼女は戸《と》部《べ》奈《な》美《み》子《こ》といって、ちょっとした知り合いなんです」

「ご学友でいらっしゃいますか」

さらに面食らう。「僕、自分で学生だなんて言いましたっけ」

「ご来店が二度とも平日の昼間であることや、連絡先を渡す際に名刺等ではなく手書きのメモにしたこと、そして女子大生にお知り合いがいるとなれば、まずは学生であると見るべきでしょう。年齢も、私より下ということですし……それに、京都は学生の街ですしね」

彼女の得意げなウィンクを、僕は受け流した。

「正確には、共通の知人を通じた顔見知り、といった程度です。何度か会ったことはありますが、直接の友人といえるほど親しい間柄では」

僕が気づいたとき、戸部奈美子はおしゃべりに夢中だったので、これ幸いと席を移動した。そのまま気づかれずに済めばよかったのだが、あれだけ店内で目立ってしまったからには、彼女も僕の存在を認めずにはいられなかっただろう。

「なぁんだ、そうだったんですね」

バリスタはけらけらと笑って、手を回すのをやめた。そしてミルの下部にある引き出しを開け、目を細めて挽きたての豆の香りを嗅ぐ。うっとりとしたその表情にドキドキしていると、彼女は僕にふわりと微笑んだ。

「その謎、たいへんよく挽けました」

「はぁ」豆が砕かれて粉に変わるように、疑問が綺麗《きれい》さっぱり解消したとでも言いたいのか。こっちはそれこそさっぱりなのだが。

「アオヤマさんも、隅に置けない方なんですね」

「あの、それってどういう」

そのときだ。カランと鐘が鳴り、僕の背後で扉が開いた。

「すみません……あ」

ますます面食らった。一人でそこに立っていたのは、他でもない戸部奈美子だったのだ。

驚愕《きょうがく》と困惑が入り混じり、思わずバリスタの顔を見る。微笑だ。なぜ、少しうれしそうにしているのか。

「やぁ、久しぶり、だね」

わざとらしいにもほどがあるけど、僕はあいさつから試みた。

「ごめんなぁ、傘、間違えちゃって。アオヤマが持ってるそれ、うちのやねん」

彼女は僕のモスグリーンを差し出す。

「そうだったんだ。返ってきてよかったよ」

僕も自分の手にある赤を、彼女に差し出した。二本の傘が二人を繋ぐ。交換を終えると、戸部奈美子はこちらを真正面から見すえて笑った。ならって僕も頬を緩める。

なんだ、案外、友好的なんじゃないか。

そんな感触に、僕はほんの一瞬、油断してしまったのかもしれない。その瞬間を見計らったかのように、少し低めの彼女の声が、鼓膜をぐさりと突き刺した。

「――サイッテー」

店内に響く、ビンタの音。

5

左の頬がじんじんと痛む。

涙目になりながら手の甲で冷やしていると、バリスタが水で濡らしたおしぼりをくれた。

「いやぁ、かたじけないハハハ……女心というのはわからないものですね」

せめてもの強がりが虚《むな》しい。バリスタは二秒ほど心配する素振りを見せ、

「彼女のご母堂ともお知り合いなのですか」

「ゴボドー？　あぁ、母親のこと。いいえ、どうして」

「だって、マミーに言いつけてやるから、と」

戸部奈美子は数分前、ありったけの力を込めて僕の頬をひっぱたいたのち、そのような捨て台詞《ぜりふ》を残して店を去っていったのだ。

本気で勘違いしているのか、それともからかわれているのか。

「さっきはふせておいたんですがね」おしぼりの冷たさにすがりつつ、言う。「戸部奈美子は、僕が先日別れたばかりの、元カノの親友なんです」

元カノ、という響きはあまり気に入らないが、他に適当な呼称も見当たらない。その元カノと戸部奈美子とは、大学、学部、サークル、果てはバイト先まで同じくするという、恋人以上に密な関係だった。その縁で僕も戸部奈美子を知っていたのであるが、それにしても乱暴なところまで二人はそっくりだ。これはイヤミである。

「今日、ここでの一部始終を受けて、彼女はおそらく何か勘違いをしたのでしょう。

別れたばかりで、もう他の女をナンパしている、とかね」

バリスタは眉をしかめている。僕の話に不快感をあらわにした、わけではないらしい。

「私、彼女がアオヤマさんに好意を抱いているものと思っていました」

「奈美子が？　まさか」

「だって、私にはわかっていたのです。彼女がここへ戻ってくることが」

僕は、おしぼりを持っていないほうの手が握るものを見る。

「ではこの傘は、わざと取り違えられたんですね」

「はい。もう一度アオヤマさんと会うべく、ここへ引き返す口実を作るために」

結果だけを見れば、その考えが正しかったのは明白だ。が、解せない点もある。

「傘を取りに戻りたければ、置き忘れるだけで充分でしょう。どうして僕のを持ち去ったんです。彼女たちが店を出たとき、すでに雨はやんでいたはずなんですよ」

もし雨が降り続いていたなら、他人の傘を差せばたちまち友人に指摘されてしまうだろう。やんでいたから、さりげなく傘を交換することができた——しかし、それこそ傘を置き忘れる口実にはもってこいではないか。やんでいたから置き忘れた、で問題なかったはずなのだ。

バリスタの微笑にはなおもぶれがない。

「できるだけ、アオヤマさんを引き止めたかったのでしょう」

「ますます納得できかねますね。それならさっさと戻ってくればよかったんだ。彼女が再び姿を現すまでに、結構な時間が経ちましたよ。その間にも僕は、傘をあきらめて帰るところだったんです。あなたが引き止めさえしなければ」

「すぐには引き返せなかったのですよ、お友達がそばにいたから」

「友達が？　そりゃ、友達の前で男をビンタするわけにはいかないだろうけど、それはいったんここを去ったのち単身戻った理由であって、すぐに戻らなかったこととは……」

「ですから、店を出てすぐに引き返せば、お友達がついてきてしまうではありませんか」

　ものわかりの悪い生徒に優しく教えるように、バリスタは語る。

「この周辺に、彼女たちが時間をつぶせそうな場所はあまりありません。傘を置き忘れたことを告げれば、どうせだからとついてくるのが目に見えています。しかし大きな通りに出さえすれば、お店もたくさんありますし、『ここで待ってて』と言いやすいでしょう。そこまで行って帰る間、アオヤマさんが《タレーラン》にとどまることを少しでも確実にするために、彼女はあなたの傘を持ち去ったのです」

　ここまで丁寧に説明されると、理解するしかない。要するに戸部奈美子は、まったくの偶然から美星バリスタと親しげにする僕の姿を見かけ、ここで会ったが百年目とばかりにビンタをお見舞いしたいと考え、巧妙に友人を遠ざけつつ僕と正対する方策を立てた。それがこの、傘を取り違えるというものだったのだ。

たかだかビンタ一発のために、そこまで手の込んだことをやるとは。女心はわからない。もっともそれは、目の前にいる女性にとっても同様だったようで、

「告白とはいかないまでも、それに近い何かを想像していたのですが……」

バリスタは痛恨の極みといった表情だ。

ビンタを食らった身にしてみれば、そんなことはもうどうでもいい。それに、傘が戻ってきたことが、バリスタの正しさを証明している。知りようのない動機を間違えたくらいで、僕の印象は揺らいだりしない。

あらためて、僕は感心していたのである——これはたいへん聡明なお方だ、と。

そう、フォローしようと思ったのに、

「最大の誤算は、アオヤマさんが思いのほか女泣かせだったということです」

バリスタが逆恨みじみたことを言うので、僕はカチンときて言い返す。

「気安く女性をナンパするような、ってことですか。あれはナンパじゃないですよ、そこのところいちびらないように」

「そのままでは左右のバランスが悪いようですね。右の頬、私が染めて差し上げまし

よう。先ほどの傘のように」

それは生死を左右しかねない。バリスタが振りかざした左手に抵抗していると、

「おや、青山が紅葉しはりましたな」

帰ってくるなり藻川翁が、僕の頬を見てくだらないことを言う。

「相手がナンパ坊やではしゃあないかもしらんけど、お客さんに手なんか上げたらあかんえ」

「違う、これは私がやったわけじゃ」

「そして僕はナンパ坊やではないですし」

「謝りよし。そうせんとお客さん、もう来はらへんで」

するとバリスタは、困ったようにうつむいて、黙り込んでしまった。

謝る道理などないのだから、彼女の反応はもっともだ。けれども僕はどういうわけか、そこに少しいびつな寂しさを覚えた。自分の性格のせいなのか、あるいは彼女の態度のどこかにそう感じさせるものがあったのか――言われてしまったような気がしたのだ、来ないならそれでも仕方がない、むしろそのほうがいい、と。

「また、来てもいいですか」

そんな言葉が、知らず僕の口をついて出ていた。

顔を上げたときのバリスタは、変わらず困ったようでもあったし、何かをためらう

ようでもあったが、それでも微笑んで答えをくれた。

「はい、お待ちしております」

やっぱり押しの強さやな、とひやかす爺さんの頬を目がけて、バリスタが平手を振り上げた。

第二章

ビタースウィート・ブラック

1

「……ちょっとお兄ちゃん、聞いてる？」

まことに申し訳ないが、まったく聞いていない。

うっとうしい梅雨もようやく明けた、七月半ば。千年以上の大昔より古都京都を彩ってきた祇園祭は、明日十四日から三日間続く宵山と翌十七日の山鉾《やまぼこ》巡行により、盛り上がりの頂点を迎える。街もにわかに色めく時節、しかし純喫茶《タレーラン》を流れる時間は外の喧騒とは無縁で、僕は休日を利用して理想のコーヒーとの再会を祝福していた。

爽やかに晴れ渡った夏の日の優雅なひととき、となれば申し分なかったが、実際はそうもいかない。理由は大きく二つ、一つは同伴者がいること。そしてもう一つは、カウンター席に腰かけて身を乗り出す男の存在である。

「いやぁ、きみの淹れるコーヒーは最高だ」

破れかぶれのボロ雑巾みたいな服を着た、中年の半歩手前くらいの男が言う。その猫なで声が、窓際の僕のところにまで聞こえて、いちいちカンに障って仕方がない。

「いったいどんな豆を使ったら、こんな味に仕上がるというのか。その秘密をおれは知りたい、むろん淹れる人のことも含めて、ね」

「豆ですか。アラビカとか、ロブスタですかね」

……うわぁ、投げやり。《タレーラン》のコーヒーのすべてを司《つかさど》る、切間美星バリスタの態度はつれない。

投げやりといったのは何も、まるで取り合わず淡々と作業を続ける様子を指したのではない。いま彼女の口にしたアラビカやロブスタというのは、世界中のコーヒー豆を二つの品種に大別した際の、それぞれの名称である。アラビカ種は商業的価値の高い豆で、風味が良くストレートでの飲用に適する一方、ロブスタ種は病気や害虫に強く、安価であることからインスタントコーヒーやブレンドに用いられる。が、生産国や等級などによって、コーヒー豆の香味が千差万別であることは言うまでもなく、その銘柄やブレンドの詳細を聞き出すのでなければ、味の秘密のしっぽさえ垣間《かいま》見えないだろう。彼女の回答は、「今度の飲み会、誰が来るの」と訊ねられて、「男とか女とか」と答えるようなものだ。

「――ちゃんと答えて！」

ふいに耳元で叫ばれ、僕はびくっとして正面へ顔を戻した。

「お兄ちゃん、アタシの話聞いてどう思ったの」

「え、えぇと、リカの言うとおりだと思うよ」

「オゥ、やっぱり浮気ね……！」

いちかばちかの返答が、完全にあだとなったらしい。小須田《こすだ》リカはみるみる目をうるませ、両手で顔を覆ってしまった。

小須田リカは、僕の母方の遠縁にあたる。親の仕事の都合により人生の大半をアメリカにて過ごした帰国子女であり、この春、京都の大学に進学を決め、日本へ帰ってきた。国内に知人が少ないことを心もとなく思っていたところ、幼少期に何度か顔を合わせただけの僕が同じ街に住んでいることを聞きつけ、いきなり連絡をよこしてきてから数ヶ月、という間柄である。

生粋の日本人を両親に持ち、家庭においては日本語で育ったものの、どちらかといえば英語のほうが堪能らしく、会話にもときおり片言のようなイントネーションが混じる。とりたてて美人ということもなく、ただ僕は彼女のそばかすがチャーミングだと思うけれど、本人にそれを言ったら怒る。

「ごめんよ、リカ。それで、僕に何ができるんだ？」

ともかくも話を進める。そもそも今日は、リカがあらたまって「お兄ちゃんにお願いがある」と言うので、会合の場所に《タレーラン》を指定した。口実をつけてこの店を訪れる狙《ねら》いもあり、困ったときにはバリスタの知恵を借りる狙いもあった。お願いとやらの内容について、リカはあらかじめ言ったのだ——探偵みたいなこと、と。

「だから明日の祇園祭で、お兄ちゃんにボーイフレンドの浮気調査をしてほしいの」

「ウワキ、チョウサ……？」

あぁ、そっちね。探偵といってもリアリティあるほうの、ね。

「そんなの、自分でやれよ。僕だってヒマじゃない」

「できるならやってる、でも明日は用事があるの。そしてアタシのボーイフレンド、あさってから泊まり込みのアルバイトでこっちにいないね。一回生はみんな祇園祭に行きたいから、浮気するとしたら明日だよ」

僕は眉根を揉《も》んで言う。

「まだ出会っていくらも経たないうちから付き合ったの浮気したのって、ワンクールのドラマじゃないんだぞ。出会いのあたりから、順を追って説明してくれないと」

「だから今、説明したでしょ。お兄ちゃん、やっぱり聞いてなかった」

はいすみませんでした。

「出会いは四月、あるサークルの新入生歓迎コンパ。他の大学にかよう彼とすぐに仲良くなって、連絡先を交換したの。結局、そのサークルには二人とも入らなかったんだけど」

「何のためのコンパだかわからないな」

「かっこいいなぁって思ってたの。メールや電話を続けていたら、彼がデートに誘ってくれて、その日のうちに『付き合って』って言われて、それで……」

リカは口ごもり、恥ずかしそうに顔をふせる。それで、の続きに何事もなかったとは思われないが、お兄ちゃんはそんなこと聞きたくもないので先をうながす。

「それが確か、先月の初め？」

「イエス。その後も会ってはいなかったんだけど連絡は取り続けてて、彼もフェイスブックで《交際中》に変えたりしてた。——だけど、十日くらい前かな。ちょうどアタシがそのフェイスブックを眺めているとき、彼が『家で一人でコーヒー飲んでる』って書き込んだの」

フェイスブックとは、目下世界最大のユーザー数を誇るソーシャル・ネットワーキング・サービスの名称である。利用者は原則実名によるアカウントを取得し、経歴や居住地などといった個人情報を任意に登録していく。編集できる情報の中には《交際ステータス》なる項目も存在し、リカの言った《交際中》というのは、彼が自分の情報を閲覧する人に向けて「私には恋人がいます」と宣言している、というような意味を持つ。

付き合いのあるユーザーとは《友達》としてリンクできるだけでなく、「いま何をしているか」といった近況をアップデートして《友達》に知らせることもできる。リカの彼氏はその機能を利用して、『家で一人でコーヒー飲んでる』と書き込んだというわけだ。投稿に対して《友達》は自由にコメントし、また賛意を示す《いいね！》ボタンを押すなどして、ネットを通じ交流していく。

「投稿を見て、サプライズしようと思ったアタシは、彼が独り暮らしをするアパートに内緒で飛んで行って、チャイムを鳴らした。彼はすぐに出てきたけど、困った顔をして言うの、『散らかってるから上げられない』って。怪しいと思ったアタシが部屋の中をのぞき込むと、テーブルの上にマグがあるのが見えた。中身は飲みかけの、ブラックのコーヒー」

「なんだ、フェイスブックに投稿したとおりじゃないか」

「でもね、彼は前に言ってたの——俺はブラックじゃ絶対に飲めない、って」

どういうことだ？　僕は眉根を寄せる。

「そこにいた他の誰かが、それを飲んでいたに違いないね。なのに『散らかってるから』なんて言ったのは、アタシに見られるとまずい相手だったから。彼の嘘を見抜いたアタシは、悲しくなって、そのままアパートを飛び出して……お兄ちゃんってば！」

彼女の声に対する僕の反応は、さながらびっくりシンフォニーの聴衆のようだったかもしれない。いつの間にか僕は、名もなき男とバリスタのやりとりにまた気を取られていた。

「今日は勉強になったよ」

男はバリスタが開けた扉から一歩を踏み出し、もったいぶって振り返る。

「また来るからね。次はコーヒーだけじゃなく、きみのことももっと深く知りたい……」

「おおきにー」

バリスタはさっさと扉を閉めてしまった。非情だが、すかっとしてしまう。

「とにかく！」

リカはテーブルに手のひらをバンと打ちつける。視線を戻すと、そこには一枚の写真があった。どこかの飲み屋で撮影されたものと思しき、リカと見ず知らずの男性とのツーショットだ。おそらくコンパの最中に、友人にでも撮影してもらったのだろう。

「これがアタシのボーイフレンド。祇園祭で他の女といるのを見つけたら、必ず証拠の写真を撮っといて。頼んだよ」

ちゃんと聞いていなかったこちらの後ろめたさをいいことに、彼女は一方的に要求を押しつけ、引き止める間もなく店を出ていった。自分から呼び出しておきながら、あまつさえ頼みごとをしておきながら、ここのお代は僕持ちらしい。元から出させる気はなかったが、僕は身内の女性にもいいように扱われる自分がちょっとだけ憐れに思えた。

2

「ずるいんですよ、コーヒー好きを装ってこちらの気を引こうだなんて」

美星バリスタの言葉に僕は、いわれのない冷や汗を垂らす。

カウンターに座り直してコーヒーのおかわりを注文がてら、僕はバリスタをちょいと冷やかした。ずいぶん熱心に口説かれていましたね、と。それに対する返答は、あたかも僕に向けられたもののように聞こえた。コーヒー好きに偽りはないのに、である。

「そうですか？　詳しくないからこそ、教わりたいと言ったように聞こえましたが」

つい心にもない擁護をしてしまうが、バリスタは一蹴する。

「あの方、今日でもう三度目ですよ。興味があるというのであれば、少しは勉強をなさったらよいではありませんか。前回だって、『ブラックで飲まないと味がわからないからね』とか何とか言いながら、何も入れずにエスプレッソを飲んでいらしたのですから。しかも渋いのかねばりたいのか、たった一杯の注文でちびちび、お店の閉まる八時まで延々」

それには眉をひそめざるをえない。先にも軽く触れたが、エスプレッソの本場イタリアでは、デミタスカップを満たした少量のエスプレッソにたっぷり砂糖を溶かしたうえで、数口でさっと飲んでしまうのが一般的だ。カプチーノにするなどといったアレンジならともかく、ストレートで飲まれることはほとんどない。むしろ、底に溶け残った砂糖をスプーンですくって食べるくらいだ。ドリップコーヒーと同じ感覚で飲んでいけないということはないが、この場合はエスプレッソになじみのない男が犯した失態と見ていいだろう。

「だから、からかうようなことを。しつこくされて閉口している点には同情しますが……」

「感心しないとおっしゃるのでしょう。私だって、時には自己嫌悪に陥ります。けれどもこのお店や、私自身を守るために、予防線を張る必要に迫られることもあるのです」

微笑を保ったまま、彼女は眉を八の字にした。予防線とはすなわち、あらかじめ相手に恥をかかせる手段を用意しておくことで、万一の場合に拒絶の補強となす目論見《もくろみ》のことだろう。女性、しかも小柄で華奢《きゃしゃ》な彼女が、熱心な男性を警戒するのはある程度うなずける。が、いささか神経質すぎやしないか。あるいは過去に何かあったのか。

「あなたも隅に置けない方なんですね」さすがにそこには踏み込めないので、僕は先日の彼女を真似る。「今のは言ったも同然ですよ、しばしば男に言い寄られて迷惑している、と」

　彼女ははっとして、赤くなった顔をふせた。そして挽き終えた豆をフィルターに移し、抽出を始める。

《タレーラン》での抽出方法はネルドリップ。フランネルという起毛の織物でできたフィルターをセットした、金魚すくいのポイのような形の器具によって抽出する。ペーパーフィルターに比べて目が細かくないため、油脂などの成分が溶け出しやすくコクのある味になるこの方法は、ドリップコーヒーの原点であり頂点であるともいわれる。反面、使用したフィルターは煮沸したうえで水に浸し、冷蔵庫で保管しなければならないなど、手間がかかるという欠点もあるので家庭ではあまり用いられない。コーヒーにこだわりを持つ店ならではの抽出方法、といえるかもしれない。

「アオヤマさんこそ、今日はかわいい女の子を見せびらかしにきたのですか」

　少量のお湯で豆を蒸らしたのち、バリスタは抽出のためにお湯をフィルターにゆっくり注ぐ。むきになって言い返すさまは、素直じゃないが微笑ましい。

「やきもちならば光栄ですがね。彼女、小須田リカは僕の遠縁です」

「コスタリカというと、スペシャルティコーヒーの産地として有名ですね。何でも高い品質を守るために、国内でのロブスタ種の栽培が禁止されているのだとか」

　スペシャルティコーヒーの何たるかを一言で説明するのは容易でないが、香りや味に優れた特性を持つ、生産地などの個性が明確なコーヒーのことをいう。近年、コーヒーの新しい評価基準ともなりつつある概念である。

「人の身内の名前で遊ばないでくださいよ」

「失礼しました。それで、本日はどういったご用件でしたか。単にコーヒーを飲みに来た、ようにはお見受けしませんでしたが」

バリスタは反省する風でもなく、僕の前に淹れたてのコーヒーを運ぶ。季節柄ホットは限界に近く、次こそはアイスをと思うのに、冷房のきいた店内に入るといつも同じものを頼んでしまう。

「探偵じみたお願いがあるとリカが言うから、いざとなったらバリスタの知恵を拝借できないかと思い、彼女をここに呼んだのです。それがまさか、彼氏の浮気調査だったとは」

「リアリティがあるほうの探偵業務だったわけですね」

くすくす笑うなよ。それ僕がすでに独りごちたんだよ。

「明日の宵山に張り込んで、彼氏の浮気現場をカメラに収めてこいって言うんです。気乗りしない、というかそんな時間もないのに」

「では、行かずに済む方法を模索しましょう」

彼女がにこりと微笑む真意がわからず、僕はカップを持ったまま硬直する。

「どうやって？　今一度、リカを説得するとか？」

「そうではなく……要するに、恋人が浮気していないという確信が持てればよいのでしょう。検討してみましょう、リカさんの恋人が本当に浮気者なのかどうかを」

がっくりきた。「そんなの証明できっこありませんよ。だいいち、実際に浮気をしていないとも限らないのに」

「しかし、簡単な議論で面倒な探偵業務を遂行せずに済めば、儲けものではありませんか。聞かせてください、リカさんが恋人の浮気を疑ったきっかけを」

ひょっとして、興味本位？　憮然《ぶぜん》としつつも僕は、他に案もないので口車に乗ってみる。

「たわいもない話ですよ。付き合いたての恋人たちにありがちな疑心暗鬼というか……何でも彼氏のフェイスブックへの書き込みと、現実の行動との間に、嗜好の観点から食い違いがあったのだそうで」

「はぁ、彼氏さんは何と？」

「『家で一人でコーヒー飲んでる』って書き込んでたらしいです。それを読んだリカが、アポなしで彼氏の家に押しかけたところ、そこには彼氏が飲めないはずのブラックコーヒーの入ったマグが、飲みかけの状態で置かれていたっていう」

「つまりリカさんはそれを見て、密会の相手が飲んでいたものに違いない、と考えたわけですね。ところで彼氏さんは、広い家にお住まいなのですか」

「さぁ、でもアパートで独り暮らしをしているそうですよ」

玄関より先に上がり込まずしてマグの中身が知れたくらいだから、特別に広い部屋ということもあるまい。

「でしたら密会の相手がとっさに身を隠すにも、限界があるのではないでしょうか。リカさんは、何もお気づきにならなかったのですか」

「うーん、そう言われてもなぁ……リカは彼氏の不審な態度にショックを受けて、さっさと帰ってしまったらしいし」

「単純に、同じく誰かが投稿を見て、彼氏さんの家を訪れたのでは。その後、急用か何かで、リカさんの到着前にまた出ていった」

「でも彼女、リアルタイムで彼の投稿を見て、飛んで行ったと言ってましたよ」

「では、彼氏さんは最近、コーヒーをブラックで飲めるようになったのかも」

「出会ってたかだか三ヶ月ですよ。味の嗜好が、そんな短期間にころっと変わりますかね」

「三ヶ月？」彼女は両目をぱちくりとさせる。「それでもう、恋人なのですか」

「はぁ、先月の初めにデートに誘われて、その日のうちに付き合い始めたんだとか……え、何も驚くほどのことじゃないでしょう」

ところがバリスタは僕の隣で、寂しげにうなだれてしまった。

「相手が信頼に足る人物かどうか、じっくり時間をかけて確かめないから、簡単に浮気など疑ってしまうのではないでしょうか。私、何か間違ってますか」

たじろぐやら、冷笑するやら。「間違っているともいないとも。僕には理想論に聞こえます」

「自信がなくなってまいりました。どうやらこれは、私の手に負える案件ではありません。恋人とは何か、浮気とは何か。頑なに真実を見抜こうとするならば、それらの概念まで踏み込んで、一から考え直す必要がありそうです。降参です、白旗です」

「無責任ですよ。ここまで引っかき回しておいて」

「で、明日はどうされるのですか」

都合の悪いことになると無視か。僕は冷めかけのコーヒーをすする。

「言ったでしょう、行けやしませんよ。僕にできることといったらせいぜい、人が多すぎて見つからなかったと言い訳するくらいです」

「――そんならわしが行ったるえ」

悲鳴を上げそうになった。あまりに動きがないもので、僕はフロアの隅で堂々と居眠りをこく藻川氏に対し、もはや道端の石ころほどにも注意を払っていなかったのだ。石ころがだしぬけに口を利けば、誰だって驚く。

「話、聞いていたんですか」

「あの宵山の人ごみの中から、会《お》うたこともない赤の他人を探し出そう言うんやろ。常人には気の遠くなるような依頼やし、わしにまかせよし。商売柄、人の顔を覚えるのは大の得意なんや」

「何が商売柄よ。若い女の子と仲良くなるときしか、役に立ってないじゃない」

こと異性交遊に関していえば、バリスタとこの老人は実年齢を交換したほうがいい。

「大船に乗ったような気持ちでいはったらえぇ。首尾よく戦利品を持ち帰るしな」

「浴衣美人の眼福にあずかりたい、と素直に言えばいいものを。抜かりないんだから」

バリスタは腰に手を当てて、「ちゃんと現場を撮影してこないと、承知しないからね」

椅子からずり落ちそうになった。

「いいんですか、行かせてしまって」

「私ではお力になれなかった埋め合わせも兼ねて、行かせないわけにはいかないでしょう。あら、お店のことならご心配には及びませんわ。私一人でもじゅうぶん回せますし、どうせ皆さん宵山に夢中で、うちへはほとんどいらっしゃらないでしょうから」

街に人出が増えるのだから、通常より繁盛してもよさそうなものだが、一見して気軽に寄りつきがたい印象のある《タレーラン》のような店だと、祭事がかえって客を遠ざけることもあるのかもしれない。

「よし、ほんならさっそく予行演習に行ってくるわ。もう浮気してはるかもわからんしな」

いそいそと出て行こうとする老人の肩を、バリスタがむんずとつかむ。

「待ちなさい。どこに、何しに行くっていうの」微笑。怖い微笑。

「せやから、まだ人がようけおらん今日のうちに、尋ね人の顔を見分ける訓練をやな……」

「どうしてそれができますか。まだリカさんの恋人の写真すら見ていないというのに」

「おぉ、せやせや、ほんならそれ持って」

「なりません」

冷え冷えとした怒気が、隣の僕をもつらぬく。

「あなたはたっぷり居眠りした分、これからしっかり仕込みをするの。わかるよね、子供じゃないんだから。若い女の子に声かけに行く時間なんて、一秒たりとも残ってないの」

「はいすみませんでした」

「すみませんでした」なぜか僕まで謝ってしまう。我に返って懐から写真を取り出すと、まるで僕らを見ていたかのように、写真のリカは隣の男前にもたれて満面の笑みを浮かべていた。

京都の街は翌日以降も好天が続き、梅雨の終わりの豪雨に見舞われることの少なくない宵山も、今年は記録的な人出となるなど大盛況のうちに幕を閉じた。

僕はというと、京都に住んで三度目となる今年の祇園祭も、多忙につきほぼ足を運べずじまいであった。これでリカの彼氏の浮気に関する情報は、日をあらためて《タレーラン》へ聞きに上がる運びとなっていた、藻川翁の報告だけが頼りとなった。もちろん、あらゆる意味でさほど期待はしていなかったのだけれど。

ところが事態はここでいったん、思わぬ方向に転がるのである。

3

僕だって何もヒマさえあれば、《タレーラン》に入り浸ってばかりいるというのではない。

山鉾が街を行き過ぎるとともに、祇園祭が日程の半分近くを残しながらも人々の話題に上らなくなった頃、僕は大学のそばにある例のカフェにて、ありふれた昼時を過ごしていた。《タレーラン》ではないのに結局、居場所がカフェになってしまうのはご愛嬌《あいきょう》だ。

十五分ほど休憩したあとで、トレイなどを片付けようとフロアの端の返却台へ歩み寄る。この店では、客は利用したカップやトレイを、自らそこへ返すシステムとなっている。

返却台まであと一歩というところで僕は、反対側から来た客とかち合いそうになり、足を止めた。何気なく相手の顔を見上げ、そして驚きの声を発する。

「あっ、きみは――」

無礼にも指まで差してしまった。藻川の爺さんほどには人相の記憶に長《た》けていない僕も、この男前は見まがうまい。そこに立っていたのはなんと、リカの彼氏だったのである。

「え、俺？　あの、どこかで」

怪訝《けげん》そうにするのも無理はない。何せ彼は僕のことを知らない。

「いきなりごめん。きみ、最近できた恋人がいるだろう。聞いていないとは思うけど、実は僕、彼女の遠い親戚なんだよ」

しどろもどろになりながら釈明を試み、タメ口はまずいか、などと考えたって遅い。

「へぇ、そうなんですか。奇遇っすね」

彼は両目を見開いた。その反応は純朴で、僕がもと抱いていた悪い印象を少し和らげる。口調はわりあいフランクだがラフではないし、身なりには清潔感もただよう。

「同じ京都に住んでいることもあって、彼女からきみの話は聞かされていてね。写真も見せてもらっていたから、それでピンときたんだ」

「あいつ、意外とぺらぺらしゃべるんだな」

　これは独り言風。悪態をつくようでありながら、その実まんざらでもないらしく、顔のにやつきを隠しきれていない。身内に紹介されているということに、安心感を覚えたのかもしれない。本気で惚《ほ》れているように見える、といったらお人よしが過ぎるだろうか。

　他の客が返却台に近づいたので、僕らは一歩、脇にずれる。事実を知ることへの恐れはいくらか薄れ、かといって「浮気をしているんじゃないのか」と面と向かって問いつめるわけにもいかず、僕は少女のような軽薄な好奇を浮かべて言った。

「それで、あの子のどこがよかったの」

「いや、まぁ……お兄さん、酔ってないですよね」

　少女にたとえるのは、自分を美化しすぎたようだ。

「褒め言葉としては月並みですが、かわいいし、気立てもいいし……出会ってからの展開は早かったけど、これでも猛アタックの成果なんです。一度はあきらめて、ヤケを起こしたことも……だから本当にうれしかったですよ、告白してＯＫもらったときは」

耳まで赤くして答えてくれる姿を見ていると、こちらまで恥ずかしくなってきた。こんな男前にそこまで言わしめるとは、身内ゆえに実感はわきづらいが、リカはあれでなかなか魅力的な女性らしい。そういや美星バリスタも、「かわいい女の子」と評していた。

「それはよかった。くれぐれも浮気なんかして、彼女を悲しませないでくれよ」

「ありえないですよ、せっかく付き合ってもらえたのに。まだ俺たち、付き合ってやっとひと月だけど、そういう軽い交際だとは思われたくないです」

僕にはやはり、思いの丈を力説する彼が、嘘をついているようには見えない。

「いやほら、フェイスブックで何か、面倒なことになったみたいだしさ」

「そんなことまで聞いてるんですか」さすがに表情をやや曇らせたが、「大丈夫です。あれから彼女に言われて、余計なことは書き込まないよう気をつけていますから」

なんだ、僕の手をわずらわせるまでもなく、解決済みの事項なんじゃないか。それならそうと、一言欲しいものである。

「引き止めて申し訳なかったね。ここでのことは、彼女には内密に頼むよ」

「それはまったく同じ気持ちです」

「これから大学に戻るの？」

「いえ、今日は日曜日なのでもう帰ります。自宅はすぐそこなんですよ」

言葉のとおりに徒歩で帰路についた背中を見送りながら、僕は軽やかな気分に包まれていた。はたして浮気の正体とは、疑心暗鬼そのものだったのだ。写真に写るリカの幸福そうな笑顔を思い浮かべ、それが守られたことにほっとした僕は、協力を申し出てくれた老人への一言を、自分もまたすっかり忘れてしまっていた。

しかし、話はこれで終わらない。

思わぬ方向に転がるのが《いったん》ならば、その後は本筋に戻るということだ。そして転がった方向から見た場合、本筋は相対的に《思わぬ方向》となるに違いないのである。

《タレーラン》を訪れたのは、藻川の爺さんから急遽《きゅうきょ》、電話で呼び出されたからだ。彼がなぜ僕の電話番号を知りえたのか、という点に関してはもう思い出したくもないが、ともかく老人は用件も告げずに僕の都合のつく日を訊ねると、その日の午後六時に《タレーラン》へ来るようにとの旨だけを告げて、さっさと電話を切ってしまった。

店を訪れる口実ならば歓迎だ。僕は「お騒がせしました」と伝えるつもりで扉を叩き、上機嫌な爺さんに案内されて窓際のテーブル席に腰を下ろした。彼は目的を果たさんとする僕の肩に、ぽんと手を置きながら言う。

「ちょっと待っとき。いま持ってくるから」

言葉の意味を理解するまでに、少々の時間を要した。持ってくる、何を。戦利品を？

混乱しつつ首を回すと、カウンターの奥にバリスタが、そして手前にはあの忌まわしき、名もなき男が腰かけていた。今日も名称のわからぬ布に身を包み、男は身を乗り出す。

「きみの淹れるコーヒーは世界一だ。おれは虜になってしまった」

デミタスカップ片手に言うべき台詞だろうかと思う。エスプレッソは、コーヒー豆にお湯を通す際に九気圧もの圧力をかけて、短時間で一気に抽出させる。そのために専用の装置が必須であり、この店でもエスプレッソマシンを導入したというわけだ。従って、エスプレッソはドリップに比べ濃度の高い抽出液となるが、抽出時にかかる圧力や時間によって豆から溶け出す成分も変化するので、単純にドリップコーヒーを濃縮したものとは味も香りも異なる。要するに、まったく別の飲み物なのだ。

男は一口にコーヒーと言ったが、エスプレッソとドリップコーヒーとを一緒くたにして最高だと称するのは、かなり乱暴だと言わなければなるまい。きみの淹れる、という表現についても、機械が抽出していることをわかっているのか大いに疑問である。

バリスタはあからさまに迷惑そうな顔をしているが、男はちっとも取り合わない。

「ねぇ、よかったら二人きりになれる場所で、コーヒーについて熱く語り合わないか。こう見えてもおれは得意の英語を頼りに、世界中を一人で旅しながら各地のコーヒーを味わってきたんだよ。アジア、ヨーロッパ、アメリカ、中南米……どの国にもそれぞれの個性を持った、素晴らしい味わいがあった」

「でしたらイタリアなんかでは、さぞ恥ずかしい思いをされたことでしょうね」

「うむ、イタリアではそうでもなかったかな。だけどたとえばアメリカでは……」

だめだ、バリスタ。その男に皮肉なぞ通用するわけがない。

そこに爺さんが戻ってきた。右手につまんでいるのはどう見てもL判の写真なのだが、まずはそれを裏返しにしたまま見せようとしない。

「約束のとおり、宵山に行ってきてな」

「どうでしたか」

「浴衣美人がようけいはったわ」

「…………」

「やっぱり夏は浴衣やな。わしは特にあのうなじのあたりが」

「ゴホン、ゴホゴホ」

美星バリスタがわざとらしく空咳《からぜき》をする。こっちの話が聞こえているらしい。

「別にええやろ、少々の脱線くらい。アホちゃう」アホはあんただ、と言いたくなるのをぐっとこらえる。「しゃあないな、ほな結論から言うわ。――あの子の彼氏、浮気してはる」

爺さんは写真をひるがえした。暮れかかる空、夜店で賑《にぎ》わう神社の境内、思い思いの方角を向いた人の群れの隙間に、ともに浴衣を着た一組の男女が写っていた。男は隣の女に微笑み、その横顔は確かにカフェで会った彼氏と同じだ。女は背を向けているものの、リカよりもずっと小柄であることが見てとれる。そして二人は、何かの間違いではないと念を押すように、しっかり手を繋いでいた。

「いっぺんぐらいお参りに来はるやろ思て、昼間っから祇園さんに張り込んどいたんや。怪しいモンや思われんように袴《はかま》で行ったら、何や関係者と間違われてな。しまいには拝まれるところまでいって、現人神《あらひとがみ》の扱いやったわ」

聞き流す。祇園さん、すなわち八坂《やさか》神社に張り込むというアイデアには感心したが、今そんなことはどうだっていい。

「本当にこれ、リカの彼氏だったんですか。この写真だとそう見えるけど、横顔だけでは証拠として弱いような」

否定の材料ほしさに僕が言うと、爺さんはむっとする。

「わしの目に狂いはあらへん。向こうからえらいべっぴんさんが歩いてきはったから、隣はどんなイケメンやろ思って見たら、写真の彼氏やったんや。歩いとるだけなら証拠にならんしな、手ぇ繋ぐまで待って撮ったから、顔ならいや言うほど見たわ」

「だけど僕、この前の日曜日に偶然、彼氏に会ったんですよ。しばらくリカの話をしたけど、とても浮気をしているようには」

「そんなん芝居に決まってるやんか。誰が恋人の身内に浮気してますなんて言うの」

「それはそうですが……」

「ほら、アタシのにらんだとおりだった」

んぐぁ。喉の奥で変な音が鳴った。

「リ、リカ、どうしてここに」

「わしが電話で呼んどいたんや、報告はいっぺんに済ましたほうがえぇし。リカちゃん、トイレ長かったな。残念やけど彼氏はクロやで。ほら見てみ、これ」

彼女の学校が終わるのを待ったからこの時間になったのはわかったが、なぜ藻川翁がリカの電話番号を知っている。そしてあなたには、デリカシーというものがないのか。

「日本では、黒は有罪《ギルティ》のことね。アタシの彼氏はクロ、ブラック。コーヒーのブラックも飲めないくせに」

「せやからそんなしょうもない男とははよ別れて、他にえぇ人見つけよし。何やったら、わしが寂しさを埋めたってもえぇ――」

翁の言葉を最後まで聞くことなく、リカはその場から駆け出した。突然のことに店内の誰もが動けず、ただ名もなき男だけが唯一、この騒ぎを歯牙にもかけないでうわの空のバリスタを口説き続けている。

「半日でもいい、一緒にいれば、きっとおれの真摯な気持ちがわかってもらえると思うんだ。だから一度、付き合ってほしいと……ん？」

背後に迫るリカの気配をようやく察知し、男が振り返った瞬間。

「————！」

リカは英語で何かを怒鳴りながら、彼の頬に強烈なビンタをかました。

「おぉ、痛そう」言わずにいられない。僕も先だってここで同じものを食らったばかりだ。

蹴破るように扉を開けて、リカは去る。男は焦点の合わない視線をしばし虚空にさまよわせたのち、ばつの悪そうな笑顔をバリスタに向けた。

「何だったんだろうね、今のは」

「おわかりにならなかったのですか。英語が得意だったはずでは」

バリスタのダメ押しを受け、男はやおら立ち上がると、スタンディングダウンをとられたボクサーのようにふらつきながら店を出て行った。

気まずい沈黙がフロアに流れる。

「……あ、お勘定」

たっぷり三分は過ぎたと思われる頃、美星バリスタはそうつぶやいて、足取り重く店を出た。が、すぐさま帰ってくる。

「見失いました」

だろうね。「追わなくていいんですか」

「もういいです。下手に追いかけて、また厄介な勘違いをされてもかないませんから。そういうアオヤマさんこそ、あの子を追いかけるべきだったのでは」

「いやぁ、展開がひどすぎて、そんなこと思いもよりませんでしたよ」

「そや、なんちゅうひどい娘やの。頼みを聞き入れたったんはわしやのに、礼のひとつも言われへんのかいな」

ひどいのはあんただ。僕らは老人を無視して移動し、カウンター越しに向かい合う。

「ほうってはおけませんね。彼氏さんへの疑念がつのり、かなり情緒不安定になっているようです。だからあのような突発的な行動に出てしまう」

「リカが去り際に何を言ったのか、聞き取れましたか」

「軽々しく『付き合え』だなんて最低、と」

名もなき男の姿が彼氏と重なってしまったのだろうか。それはわからないが、バリスタが僕よりはるかに英語ができることだけはわかった。

「アオヤマさん、リカさんを落ち着かせることができそうですか」

「うーん、だけど真相が判明しないことには、うかつなことは言えません。僕はまだ、半信半疑なんですよ。これは実際に、彼氏と会ってしゃべった者にしかわからぬことと思いますが」

「ならば彼氏さんの浮気疑惑について、クロかシロか、アオヤマさんの納得する形で結論を出せばよいのですね」

バリスタは一八〇度回転し、こちらに背を向ける。

「完全に、私の監督不行き届きでした。本日の一件はすべて当店の責任です。許されるならば今一度、私にチャンスをください。半分はおじちゃんの非礼に対するお詫びのために、そしてもう半分は、前回まるでお役に立てなかった私の汚名をそそぐためにも」

そう言ってさらに一八〇度回転したとき、彼女の手にはハンドミルが握られていた。

4

コリコリコリを相づち代わりに、僕はまずカフェでの彼氏との立ち話について、記憶の限り再現した。

「一言一句とは言わないまでも、かなり忠実だと思いますが、いかがでしょう」

バリスタは考え込んだまま、浮気を否定も肯定もしない。軽はずみな発言を控えていることはわかるが、現時点でシロとクロのいずれかに傾いているのかは不明だ。

「あの、話している間にちょっと考えついたんですけど、こういうのはどうですかね」

僕は名もなき男がそうしたように、カウンターから身を乗り出した。

「藻川氏の写真に写っている女性、実は彼氏の歳の離れた妹なんですよ。私服ならまだしも浴衣でしょう、中学生ともなれば後ろ姿が大人と変わらない子もいるし、それでいて人ごみではぐれないよう兄妹で手を繋いでも、ぎりぎりおかしくはない年頃ですよね。この春から京都に住み始めた兄を頼って、祇園祭を観に京都へやってくるなんて、いかにもありそうではないですか。それにほら、美男美女だったというのも、兄妹なら似ていたということで説明がつく」

「全然違うと思います」

バリスタは、今度はきっぱり否定した。

「写真の手の繋ぎ方を見てください。互いの指を指ではさむ、いわゆる恋人繋ぎと呼ばれる形でしょう。二人がただの兄妹なら、ここまですることはないと思います」

「はぁ、本当だ」僕は写真をのぞき込む。「一人っ子の僕にはよくわかりませんが、そんなものかもしれませんね。うーん、それじゃ他人の空似とか……あ、彼氏に双子の弟がいる、というのはどうです」

「アオヤマさん」

バリスタは手を回すのをやめた。真剣な表情にいつもの笑みはない。

「身内であるリカさんに傷ついてほしくないという気持ち、痛いほどわかります。あなたのおっしゃるような真相なら、それはどんなにかよいことでしょう。でもそうやって、願望を交えた憶測ばかり頼みにし、結果もっともありうべき可能性から遠ざかってしまうことが、はたしてリカさんのためになるでしょうか」

何も言えなくなってしまった。そんなこと、彼女に責められるまでもなくわかっている。

憐《あわ》れむような目を見せたあとで、彼女はようやく、考えを語ってくれた。

「私は引っかかっています。あの、ブラックコーヒーの一件が」

「今さらブラックコーヒーですか」

再開したコリコリに邪魔されながら、僕は訊きただす。

「それこそ彼がクロならば、あんなのはただの嘘でしょう。『浮気相手とコーヒー飲んでる』なんて書き込めないから、一人で、ということにした」

「たとえばこれがメールであるなら、嘘で片づけてしまってよいのです。そうではないから引っかかっています。嘘をつくくらいならそもそも、何も書き込まなければよいではありませんか。自宅でコーヒーを飲んでいるということは、嘘をついてまで世界じゅうに向けて発信しなければならないほどの情報ですか」

どうでもいい情報だからこそ、深く考えずに発信することもあるだろう。そうは思ったが、バリスタが納得してくれるとも思えないので言わずにおく。

「しかし、それではどう説明をつけましょう」

「本当に、ブラックだったのですよね」

「だと思いますけどね。見間違いでありうるのなら、リカだってそれを考えたでしょう」

「──『見間違い』？」バリスタは動きを止める。「味を確かめたのではないのですか」

「あれ、言いませんでしたっけ。彼女、家には入れてもらえなかったそうですよ。『散らかってるから』という言い訳も、彼女の疑惑を後押ししたようですね」

「『さっさと帰った』とは聞きましたが、『部屋に上がってない』とは聞いてません」

ひとしきり非難の目を僕に向けたあとで、バリスタは自分の思考に集中するように、ぶつぶつ何事かをつぶやき始めた。

「ブラックコーヒー……家で一人で……散らかってるから……」

つぶやくときには手を止めて、回すときには口を止める。面白い！

「アオヤマさん」急にぐいと顔を近づける。

「は、はい」のけぞる。

「リカさんは、どちらであの流暢《りゅうちょう》な英語を習得されたのでしょう」

「あぁ、あいつは帰国子女なんですよ。この春に日本の大学へ進むまで、ずっとアメリカにいたんです。あれ、これも言ってませんでしたっけ」

「でしたっけ、じゃないですよ。どうしてそんな大事なことを」

バリスタ怖い。目が怖い。短剣の切っ先を突きつけられたかのごとく、僕は質問に答えるしかできなくなる。

「彼氏さんはこう言ったのですね。付き合ってやっとひと月、と」

「そ、そうですそうです」

「彼女に言われて、余計なことは書き込まないよう気をつけている、とも」

「そ、そうですそうです」

「そしてリカさんの去り際の台詞は、軽々しく『付き合え』だなんて最低、ですね」

「そ、そうですそうです」

「適当なこと言わないでください。聞き取れなかったと言っていたではありませんか」

何なんだよもう！　しまいにゃ怒るぞ！　手とか握るぞ！

僕まで情緒不安定になってきた。対照的に、バリスタはすとんと様子を落ち着けて、いつもより低いトーンで言う。

「前回、エスプレッソのことをお話ししましたね」

「飲み方のことですか。砂糖を入れずに飲んだっていう」

「どのような分野においてもそうですが、ほんの少しの興味があれば必ず知っているようなことでも、まったく興味のない人にとっては思いもよらないことだったりするものです。エスプレッソの飲み方は、その典型だと思います。私たち、つまり専門家や愛好者たちの思い込みが、どうということのない真実を容易には見えなくしてしまうのです」

「はぁ……それで、何が言いたいんですか」

バリスタは、ミルの引き出しを開けて香りを嗅いだ。

「その謎、たいへんよく挽けました」

台詞のわりに、満足しているようには見えない。

「一つ、質問させてください」ぽかんとするばかりの僕に、バリスタは悲しげに問う。

「アオヤマさんは、リカさんのことをかわいいと感じていらっしゃいますか」

「かわいい、ですか。客観的とは言えないでしょうが、僕は正直、彼女が美人だとは」

「ではなくて。身内として、ということです」

わかってるって。笑ってくれよ、冗談を言ったのだから。

「そうですね。身内はやっぱり、かわいいものです」

するとバリスタは、小さくあごを引く。

「これからお話しすることは、アオヤマさんには苦しいものとなるかもしれません。

けれどもあなたは、どうか気を確かに持っていただきたいのです。この真相は、あなたの口から、リカさんに語られるべきなのですから」

そうしてバリスタがとつとつと語り出した話は、なるほど僕にとっては苦しい——いや、苦いものだった。誰かが飲めないと言ったという、その意味でのブラックコーヒーのように。


宵闇迫る、京都の街角。

二階建てのアパートの外側に設置された階段を、一組の男女が上っていく。

二人は親しげに言葉を交わし、人目をはばかる様子もない。一歩ずつ足を踏み出す度に、靴のかかとが鉄製の板に当たって、カコンカコンと音を立てる。二人の立てる音は異なるが、手を繋いでいるので足並みはそろい、同時に鳴る二つのカコンが綺麗なハーモニーのようにも聞こえる。

そんな二人を、電柱の陰からじっと見つめる女の震える肩に、僕は後ろから手を置いた。

「探したよ。このあたりにいると思ってた」

振り向くと、リカは下のまぶたに溜《た》めていた涙を滴《しずく》にして一つこぼした。街灯に照らされた頬には、それ以外に筋が見られない。いま、初めて泣いたのかもしれない。

階段を上りきると二人は、外廊下の真ん中あたりまで進んで立ち止まる。表情などここから見えるはずもないのに、幸せそうだと感じられるのはどうしてだろう。

「以前、ロックオン・カフェに彼が来ていたことがあってね。この辺に住んでいると言っていた。それでも探し当てるには、ちょっと時間がかかってしまったけれど」

「アタシのボーイフレンド、浮気してたよ。許せない。今から行って、ゲンコーハンで問いつめる」

現行犯なんて言葉、使い慣れてなくて当然だ。僕は彼女の肩に置いた手に力を加える。

「やめておくんだ。行かないほうがいい」

「どうして！」

開いたドアを押さえて先に女を部屋へ上げながら、男が一度、あたりをうかがうような仕草を見せた。けれども中から女に引っ張られ、吸い込まれるとドアが閉まる。最後まで、こちらに気づきはしなかったようだ。

「行ったって、リカが傷つくだけなんだ」

「お兄ちゃん、どうしてそんなこと言うの。アタシ、あの人のこと好きだよ」

「彼はそうじゃないからだよ」

リカは二度、まばたきをした。「……どういうこと」

虎児を捕うる者には危険あり。女性より幻影を奪う者にもまた危険あり——残酷な事実を告げねばならぬとき、昔ホームズが教えてくれたペルシャの詩人の言葉が、胸の奥に突き刺さった。

「全部、幻影だったんだ。いいかいリカ、きみはあの男の恋人じゃない——そうではなくて、いま隣にいた女性こそ、彼の本当の恋人なんだよ」

5

「……正しいことを、したんですよね」

カウンターに肘をついた僕が情けない声を出すと、美星バリスタは力なく笑み、けれどもはっきり答えてくれる。

「もちろんです。いずれ傷つかずに済まなかったとしたら、あなたはきっと、それを最小限に抑えたのですよ」

リカの言う《彼氏》との交際は、いくつもの誤解が重なった果てに彼女が見た、幻影に過ぎなかった。リカの実力行使を寸前で止めた僕がそのことを説明すると、彼女は亡霊のような青白い顔になって僕を突き飛ばし、あさっての方向へ走り去った。思いつめた行動に出やしないかと心配したが、数十分後に彼女から届いたメールには、すでに帰宅したこと、そして素敵な男性に心当たりがあったら紹介してほしい旨が、不自然なくらい陽気に記してあった。あれから数日、彼女からはその後、何の連絡もない。

「アメリカには、日本のように明確な《告白》の文化がないそうですね」

僕の相手をしながらバリスタは、カウンターの奥で作業を続ける。藻川の爺さんは図々しくもテーブル席に腰かけ、若い女性客と談笑中だ。

「好きだと告げた瞬間から恋人になるのではなく、デートに誘ってOKをもらったらガールフレンド、そして逢瀬を繰り返すうちにステディになっていく、というのが一般的だと聞いたことがあります。まぁ、一概には言えないのでしょうが……たとえば“go out with”というイディオムは、そうした慣習を象徴しているかに思われますね」

「日本語にもまったく同じ表現がありますね。《付き合う》といえば、《一緒に行動する》ことでありながら、《恋人として交際する》という意味をも持つ」

リカは最初のデート以来、彼とは会っていないと話していた。にもかかわらず彼の自宅を知っていたということは、デートの日に彼の自宅を知ったということだ。となれば彼女が言われたという「付き合って」についても、異なる意味が想像できてしまう。ちょっと家まで、そんなつもりで彼は言ったのではないか――そしてそれこそが、彼が一度起こしたというヤケだったのではないか。

悲しいことに、リカはその台詞を、彼からの交際の申し込みととらえてしまった。ボーイフレンドという言葉についても、彼には都合よく解釈されてしまったかもしれない。それからも連絡を取り合っていた以上、リカの好意に気づかなかったとは思えないが、彼はあえて新しい恋人の存在を知らせなかったのか、それとも言い出せなかったのか。後者なら、フェイスブックの《交際中》はそれを見ているであろう《友達》のリカに対する、せめてもの報告だったという見方もできるが、そのあたりは本人に確かめない限りわかるまい。

一度きり、幸福のうちに彼の部屋を訪れたリカ。そこで何があったのかは知らないし、知りたくもないけれど、おそらくリカの早とちりでは片づけられない何かが――恋人たちだけに許される行為、リカが恥ずかしそうに口ごもるほどの行為が、あったのだろう。個人的な感想を言えるなら、僕は彼のことが憎い。けれど二人きりの世界で、刹那的にせよ二人の求めたものが一致して起きたことなら、第三者の僕にそれを責める権利なんてないのでは、とも思えてしまう。

あるいは、僕は逃げているだけなのだろうか。クロかシロかを断ずることから。

「悪いやつには見えなかったんですよ。今でもそう思うんです」

僕が自分の両手を恋人繋ぎにして言うと、バリスタはわずかに頭を傾ける。

「善悪の基準など、私には定められません。けれども彼は初めから、嘘なんてついていなかった。いきなり現れた恋人の身内の、突っ込んだ質問にも答えようとするくらいには、正直な人だったのだろうと思います」

あの日バリスタが教えてくれたブラックコーヒーの真相は、馬鹿馬鹿しさに頭を抱えるほどだった。日本ではブラックといえば、砂糖もミルクも加えられていないストレートのコーヒーを指す場合が多い。ところがアメリカを含む外国では、コーヒーの色がブラックであること、すなわちミルクの有無のみを表すのだ。

リカはマグを見ただけで、コーヒーがブラックであると断定した。しかし砂糖の有無までは、見た目からわかるべくもない。僕は聞き流してしまったが、バリスタはそこに疑問を覚えた。何のことはない、生《き》のコーヒーを飲めない彼は自宅で一人、砂糖を溶かしたコーヒーを飲みながら、その旨をフェイスブックに投稿したのである。

「彼が嘘をつかないと考えたとき、すべての見え方は反転しました。浮気はしない、つまり手を繋いでいる女性のほうこそ、本物の恋人だったのです。少なくとも、彼にとっては」

恋人なんて、しょせんは互いの認識以外によりどころのない、きわめて心もとない関係でしかない。そうであるか否かの線引きさえ十人十色、定義はできない。僕はリカに幻影だと言ったが、彼の恋人であるということもまた、彼女の中では明白な事実だったのだ。

「複雑だなぁ。彼は結局、浮気に関してクロでもシロでもなかったなんて」

「ですがもう、ブラックはうんざりでしょう」

彼女は僕の前に、とんと大きめのグラスを置いた。中を満たすのはコーヒーと、底に溜まった白い液体。

「何ですか、これ」

「ホワイトコーヒーです。その名称は各地にありますが、こちらはベトナム式です」

ベトナムは、ブラジルに次いで世界第二位のコーヒー豆生産量を誇る国である。ロブスタ種が多く、そのままでは苦いので、練乳を加え甘くして飲むのが一般的なスタイルとして浸透している。これを単にベトナムコーヒー、または練乳を加えないものと区別するためにホワイトコーヒーと呼ぶ。抽出の際にも金属製の専用器具を用いるなど、異国情緒あふれるコーヒーだ。

僕はバリスタの投げやりな返答を思い出す。

「アラビカとかロブスタといったあれは、まんざら出まかせでもなかったんですね」

「普段はお出ししませんよ。今日は特別です」

バリスタはにこりと微笑む。彼女の言う特別とは、なぐさめとほぼ同義だろう。

僕はストローをくわえ、ホワイトコーヒーを喉に流し込んだ。甘い。すこぶる甘い。これならリカを悲しませた彼も、喜んで飛びつくに違いない。

「コーヒーの苦みにも耐えられない男は、その苦みをリカに押しつけて、自分は甘い恋を手に入れた。悔しいですね、そう考えると。こらしめてやりたくなってくる」

「なりません。あなたはもう、できるだけのことをしたのです。ここでアオヤマさんが出張っては、リカさんの強がりが水泡に帰してしまうではありませんか。部外者の私が言うと軽々しく聞こえるでしょうが、リカさんはきっと大丈夫だと思います。時の流れが、やがて彼女を癒してくれることでしょう」

　バリスタの口調にはどういうわけか、確信がみなぎっていた。それがどこから来るのかはっきりしないので、無責任ですよ、と非難する気にもなれない。

「だけど、どうしたって心配ですよ。せめて彼女の言うように、男の一人でも紹介してあげられたらなぁ。あいにく心当たりはないけれど」

　そう、僕がぼやいたときだった。

　カランと鐘の音が響いて、一人の客が飛び込んできた。

「げ」めずらしくバリスタのキャラが崩れる。つられて僕も、うわ、とつぶやいた。そこにいたのは、例の名もなき男だったのだ。

　脇目も振らず、男はつかつかとバリスタのほうへ歩み寄る。うろたえるバリスタ。

「あ、私その、何度お誘いを受けても」

「あの子、今日は来ていないのか」

あの子？　僕とバリスタは目を見合わせる。

「この間、おれを殴って去った女の子だよ。この店で何度か見かけたから、しょっちゅう来ているのかと思ったんだが」

おいおい。おいおいおいまさか。男は遠く思いを馳《は》せるように天井を見上げ、手のひらで頬を愛おしそうになでる。

「おれを叱ったときの厳しい口調。頬に走った強烈な、それでいて快感にも似た痛み。あれ以来、彼女のことが脳裡にこびりついて離れない。おれはもう、すっかり彼女に夢中なんだ」

いやいや。いやいやいやこいつ。そばに身内がいるとも知らず、男は深々と頭を下げる。

「お願いだ、どうか彼女を紹介してくれないか。今度こそ、本気なんだ。きみのことなんかさっぱりどうでもよくなるくらいに」

絶句していると、バリスタがふいにこちらを向いてささやく。

「よかったですね。紹介、してあげられそうで」

そのすさまじく意地悪にして、肩の荷が下りたとでも言わんばかりの彼女の笑みに、僕は怒声を投げつけた――無責任ですよ、と。

第三章

乳白色にハートを秘める

1

きっかけは、思わぬところからやってくる。

僕にとって《タレーラン》のコーヒーとの出会いは同時に、切間美星という女性との出会いでもあった。理想を現実に変えてくれた彼女のことを、僕はいくつもの面で不思議な魅力を備えた女性であるととらえていたし、単なる喫茶店員という以上の興味を覚えてもいた。一方で、つまるところ僕が惹かれているのは、理想のコーヒーを淹れてくれるバリスタとしての彼女なのであり、味の秘密を知ったとたんに興味が失せてしまうといったような、自分のいやしさをも完全には否定しきれずにいた。だから僕は、理想の再現を第一の目標としてバリスタとお近づきになりながら、いざ踏み込むとなると怖気《おじけ》づいていていた。何が目的なのかということを、見失いかけていたといえる。

美星バリスタもまた、表向き愛想よく客と接しながらもどこか容易には人を寄せつけない、見えざる砦《とりで》のようなものを、進んで築いているのではと感じられる節があった。それはたとえば、過度にしつけられた子供としゃべっているような感覚。感情を覆い隠すお面としての微笑みを見つめているような感覚。何度となく《タレーラン》を訪れ、彼女と打ち解けつつあってなお、僕はその独特な距離感に調子を合わせて、小利口にも客の立場をわきまえ続けた。意識して、意識しないよう努めてきたのだ。けれどもそんな関係は、一つの予期せぬ展開により、変化のきざしを見せることとなる。

――窓際のテーブル席にて向かい合い、美星バリスタは機嫌が良さそうだ。

八月は余命いくばくもなく、斜めに差し込む陽射《ひざ》しにはほのかに秋の気配が見え隠れする。とはいえまだまだ残暑は厳しく、ホットコーヒーという選択にはやせ我慢のきらいを一蹴できない。しかしそれはいい、この店に来る主たる目的でもあったのだから。ならばどうして今、溜め息ばかりが唇からこぼれそうになるのかというと。

……もしかして、味、落ちた？

バリスタの微笑に、僕はぎこちない作り笑いで応じる。正直な感想なんて、この空気では言えるはずもない。だってもし、ここでこいつを《イマイチ》などと評すれば、美星バリスタの淹れるコーヒーはその程度だと断ずることと同義だからだ。彼女がかつてないほどにこにこしていればなおのこと、それだけは、口が裂けても。

「いつも、どのような豆を使用しているのですか」

急に他の話題へハンドルを切るわけにもいかず、僕はコーヒーの話に逃げ込んだ。

「アラビカやロブスタ、では納得していただけませんよね。すみません、それは企業秘密ということで」

　バリスタは声をひそめて答える。むろんこちらも、詳しい種明かしなど初めから期待してはいない。

「自家焙煎、ではないようにお見受けしましたが。仕入れはどのようにして？」

「北大路《きたおおじ》に、古くからなじみの焙煎業者《ロースター》があるんです。先代の奥さんがうちのお店を開く前からの付き合いだそうで、店主はかなりのご高齢ですが、細やかな焙煎の技術に関してはまぎれもなく一流です。そちらに豆をそろえてもらい、少量ずつ仕入れます」

「生豆にしろ焙煎したものにしろ、取り置きではたちまち風味が落ちてしまいますからね」

「それだけでなく、気候や保存状態などいくつもの条件によって香味は左右され、ぶれが生じます。これを最小限に抑えるために、豆は仕入れの度に私が責任を持って味を見ます。そして、焙煎の度合い等について、ロースターさんに微調整してもらうんです」

　豆の銘柄やブレンドの割合にとどまらず、焙煎の度合いによってもコーヒーの味は大きく変わるので、人間の舌によって細かく監修することは、安定した香味を出す上できわめて重要である。つまり《タレーラン》の理想の一杯は、バリスタとロースターとのタッグの賜物と言えそうだ。

ひそひそ話になるほどね、とうなずきながら、僕はカップを口に運ぶ。そして、確信する。やはり味が落ちている。前回の来店からおよそ二週間。その間に、いったい何があったのだろう。

「確か、送り火の日でしたよね。前にここへいらしたのは」

あたかもこちらの心を見透かしたかのようなバリスタの台詞に、どきりとした。

送り火とは、葵《あおい》祭・祇園祭・時代祭とともに京都四大行事と称される、五山送り火のことである。盆に迎えた先祖の霊を送り出すために、東山如意ヶ岳《にょいがたけ》、通称大文字山に大文字が、またその他の山にそれぞれ妙法・船形・左大文字・鳥居形が、かがり火によって浮かび上がる京都の夏の風物詩だ。毎年八月十六日に行われ、「大文字焼き」と呼ばれることもあるが、そうすると地元民は激怒するらしい。「お精霊《しょらい》さんをあの世に送っているのに《焼き》とは何事か」というのが主な理由だと聞くが、古くは大文字焼きと呼ばれていた時代もあるそうで、よそ者の僕がわかった風な口を利けるほど、ことは単純ではないようだ。

で、三度目となる今年こそ、夜空に映える《大》の字を一目見たいと考えた僕は、十六日に時間を作って念願を果たし、その足でここを訪れた。バリスタには、そのあたりの経緯をすでに話してある。

「え、えぇ、そうでした。あのときは、ほんの気まぐれだったんだけど」

しかしその気まぐれが、思いがけない今日を演出したのは事実なのだ。僕が今ここで美星バリスタとコーヒーを飲んでいるのは、彼女からお誘いを受けたため。だったら少しくらい、ポジティブに解釈してもよいのではないか。避けてきた意識が胸をくすぐって、二人の関係に微弱な、心地よい緊張をもたらしたとしても、何ら不思議はなかったと思うのだ——いつもの《タレーラン》のそれとは違うコーヒーの味が、ムードをぶち壊しさえしなければ。

僕はテーブルに肘をつき、気だるく窓外を見やった。と、おりしも横切る影があり、あ、と短く五十音の先頭を発する。

「あの子がどうかなさいましたか」バリスタは耳ざとい。

走り去っていく男の子の背中を見ながら、僕は小首をかしげた。

「どうしてランドセルを背負っているのかなって」

「幼稚園児や中学生なら、私も疑問に思うところですけれど」

「あの子は小学生ですよ。でも、まだ八月で、夏休みですよね」

バリスタは目をぱちくりさせる。

「アオヤマさん、京都に住んでどのくらいになりますか」

「二年と少しです。それまでは大阪に、その前は地元。ここからははるか遠い町です」

「では、ご存じないのですね。なのになぜ、あの子が小学生であると？」

何をご存じないのかご存じないが、まずは質問に回答してしまう。

「ご覧になりましたか、先の少年の姿。こういう言い方をしていいのかわかりませんが、一度会ったらなかなか忘れないでしょう」

「そうですね。日本人離れした髪と瞳の色をしていたようです」

耳だけでなく、目もさといのだ。

「ずいぶんな勢いで走っていきましたね。泣いているようにも見えた気が」

「泣いていた？　僕の席からは、ほとんど背中しか見えませんでしたが……これが、一風変わった子でね。つまり、彼を見かけるのは今日が初めてではないわけで」

このとき僕は、一つの光明を見出していた。これまでの少年の不可解な行動は、きっとバリスタの関心を引くに違いない。すると会話はそちらに傾き、当面コーヒーの味に関する話題は回避される。そのうえ、万が一にも彼女が少年の秘密を解き明かしてくれようものなら、これはもう一石二鳥にも三鳥にもなりうる打開策なのである。

「どうということもない話ですがね、一期一会ということで、しばしお付き合いを――」

できるだけ正しく会話を再現すべく、僕が丁寧に語り出すのに合わせて、ＢＧＭのジャズミュージックが、息をひそめるように曲調をぐっとおとなしくした。

2

最後がおよそ二週間前、最初はそこからさらに半月ほどさかのぼります。

八月に入ってまだ間もない、うだるように暑い日のことでした。大学の図書館でしばらく涼んだ帰り、夕食の買い出しをすべく、スーパーマーケットに立ち寄ったのです。

小学校の真裏にある、ありふれたスーパーの駐輪場に自転車をとめ、入口の自動ドアをくぐろうとしたときです。ふいに、袖をぐいと引っ張られる感覚があったので、体を反転させました。

「――おじさん」

立っていたのは、白人のような容姿をした少年でした。

十歳になるかならずやといったところでしょうか、茶色い猫っ毛を肩近くまで伸ばし、瞳もヘーゼルです。右手で袖をつかみ、左の脇にはサッカーボールを抱えていました。

京都は外国人の多い街です。少年の存在そのものに戸惑ったわけではありません。でも、それとコミュニケーションの能否とは別問題です。何しろ突然だったので、

「アイキャントスピークイングリッシュ、アイアムアジャパニーズスチューデントアンド……」

まぁ、テンパったんですね。

少年は呆れ気味に、鼻からふんと息を吐きました。

「落ち着いて、おじさん。オレ、日本語」

いかにもひねた口ぶりで、上手に恥をかかせます。理不尽とお思いでしょうが、袖を振り払う仕草は乱暴になってしまいました。

「おじさんなわけないからな。てっきりきみのお国の言葉では、こんにちはの代わりに『オジサン』とでも言うのかと思ったんだよ」

「嘘つけよ。イングリッシュがどうのとか言ってたくせに」

ますますひねた口ぶりに、おのずと口の端がひくつきます。

「キレイな日本語をしゃべるねぇ。でも間違ってるから教えてあげよう。こういうときは、おじさんじゃなくてお兄さん……」

「おじさんさぁ、何か勘違いしてない?」人の話はちゃんと聞くべきですよね。「オレ、見た目はこんなんだけど、生まれも育ちも日本だよ。レッキとした日本人ってやつ」

しまったな、と。夏休みにもかかわらず、彼のTシャツの胸元には小学校の名札がぶら下がっていました。そこに記された姓名は、至って日本人的な漢字のそれだったのです。

　慣れっこだったのでしょうか、少年は問わず語りに、

「パパがアメリカ人なんだ。だからアメリカでも通じるように、健斗《ケント》って名前をつけたんだって。ママは日本人だよ」

と教えてくれました。尖《とが》らせかけた唇が、ちょっぴり寂しそうでした。

　何だかものすごく、悪いことを言ってしまったような気がしたのです。取りつくろおうとして懸命に、こじつけめいた口実を探り当てます。

「きみこそ何か勘違いをしているだろう、健斗君。キレイな日本語というのは、京都にいながら東京の人みたいなしゃべり方をするのだな、という意味で言ったんだよ」

「あ、そういうこと？」

　ひねていようとしょせんは子供。あっけなくごまかされてくれたようです。

「最近まで横浜にいたからね。パパの仕事の都合で、春にこっちに引っ越してきたんだ」

「そうか、そうか。京都はとてもいい街だよ。きっときみも気に入ると思う」

　自分も大して住んでいないのに、つい先輩風を吹かせます。

「そうかなぁ」健斗君は素直に首を縦には振りませんでした。

「そうだとも。まぁ今はまだ、別れた街や人が恋しい頃かもな。――それで、どうし

てお兄さんを呼び止めたんだい」

少年の正面にかがむと、彼はそうだ、と真剣な目をします。

「オレ、おじさんにお願いがあるんだよ」

「お願い？　お兄さんで聞いてあげられるかわからないけど、言ってみてごらん」

「おじさん今から、このスーパーで買い物するでしょ」

「そうだね、お兄さんはここで買い物するよ」

「牛乳とかも買う？　おじさん」

「そういえば、牛乳も切らしていたかもしれない。うん、お兄さんは牛乳買おうかな」

「じゃあさ、もしよかったらそのおじさんの買った牛乳を」

「――何なんだよ！　全然お兄さんって呼ばないな！」

いやほんと、相手が心優しい大人でよかったですよね。

健斗君はそんな魂の叫びをすっかり無視して、

「牛乳買ったら、ちょっとだけ分けてほしいんだ」

と、そこそこ図々しいことを頼み込んできました。

「どういうことだよ。わけを聞かせてくれないと」

困惑していると、少年はサッカーボールを突き出します。

「見てわからない？　今から小学校へサッカーしに行くんだよ。水分補給、大事でしよ。知らないの、ネッチューショー」

いちいちカンに障……りません。障りませんよ。子供の言うことですしね。

「そういうのは、ちゃんと家から持ってきなさい」

「忘れたんだよ。だからこうして頼んでるんじゃないか」

「取りに帰ればいいだろ」

「やだよ、めんどくさい。もうすぐそこが学校なんだ」

「人に頼むほうが面倒なんじゃ……だけど、水分補給ならスポーツドリンクとかのが」

「いいんだよ、牛乳で。オレ、もっと背を伸ばしたいんだ」

もう一度、名札に目をやると、《四年一組》と記してありました。十歳という目見当は正しかったことになります。小柄と言われれば、そうかもしれません。

「学校へ行くから、几帳面に名札をつけていたんだな」

「あぁ、これ。本当はしたくないけど、ママがつけてけってうるさいんだ。サッカーするとき邪魔になるじゃん？　だからママが家にいなけりゃしていかないんだけど、毎日パートがあるわけじゃないから」

ふてくされているようで、親のこととなると饒舌《じょうぜつ》になるあたり、きっとパパやママが大好きなのでしょう。そういうところは、素直じゃないとはいえ微笑ましいです。

微笑ましいと思った時点で、もう大人の負けなんですね。

「ふん、しゃあねぇなぁ」

「分けてくれるの？　ありがとうおじさん！」

にこり。「そのおじさんてのやめたらな」

「……ありがとう、お兄さん」

腕組みをしてうなずきました。「よろしい。ではそこで待ってろ」

買い物はものの十分で済みました。ビニール袋を片手にスーパーを出ると、少年は真面目くさって元いた場所でじっとしていました。こめかみが汗で光っています。

「店の中にいりゃ涼しかったのに」

「そこで待ってろって言ったじゃないか」

「悪い悪い、ほれ」頬を膨らます健斗君に、小さい紙パックの牛乳をほうって渡しました。「その分じゃ、どうせ分けた牛乳を入れる容器もないんだろ。それごと持ってけ」

「え……でも、いいの？」

少年は不安げになりました。自分のために直接お金を使わせるのは、小学生といえども気がとがめたようです。結果だけ見れば同じことでも、買ったものから分けてもらうほうが、彼にとってはまだ許されるべき行為だったのでしょう。

たかだか百円ぽっちのことです。その後ろめたさは良識ある人間へと成長するために大事でしょうが、過剰に感謝されてもかえってやりづらい。ので、しっしと手を振って、少年を向こうへ追いたてました。

「いいってことよ。さっさと学校行って、思う存分ボール蹴ってこい。今日だけだぞ」

「わぁ、これ本当にもらっちゃっていいんだね！　やったぁ、ありがとう！」

その顔はぱぁっと輝いて、牛乳くらいでここまで喜んでもらえたら、それは買ってあげた側としても本望ですよ。生意気な口を利いていても、やっぱり子供ってかわいいなぁ、と。

健斗君はボールと牛乳を抱え、一目散に駆け出します。

「危ないぞ、車に気をつけろよ！」

口元に手を添えて言うと、彼は振り返って大きく手を振り、答えたんです。

「ありがとう、おじさん！」

ええ、そりゃ小さくなる背中に叫びましたとも――牛乳返せ！　ってね。

3

窓の向こうを、黒のランドセルが三つ、じゃれ合いながら歩いていく。

給食袋とでもいうのだろうか、当番の着る白衣を入れる白い巾着袋を、ネットに入ったサッカーボールよろしく一人が手に提げている。振り回したりぽんぽん蹴ったり、他の二人がはたいたりする度、けらけらとはしゃぐ声が窓越しにも響いてくる。取るに足りない遊びにも全力で夢中になれることこそ、子供の特権なのだろう。一息おいてコーヒーを飲む間、僕はそんなのどかな光景を眺めていた。

「外見はアメリカ人のようだけど、中身は生粋の日本人。逆にすれば僕の身内にもそんなのがいますがね、変わっていると言ったのはもちろん、その点ではありません。行きずりの学生に牛乳をねだるという行動に、いささか興味を引かれるな、と」

コーヒーのブラックに牛乳の白という対比も、個人的にはおもしろい。

バリスタは僕の指摘にくすりとする。

「きっと、優しい子なのですね」

おや。今のくだりから優しいと褒められるべきは、少年のほうではないと思うのだが。

「もしかして、早くも何か考えていることがあるとでも？」

「現時点では憶測とも呼べない、単なる想像に過ぎません。熱中症予防のために、運動後に牛乳を飲むのが効果的だとする話もあるようですしね」

「え」そうなのか。聞いたこともない。「でも、牛乳かぁ……いいとわかっていても僕なら、敬遠させてもらいたいですね。どうも喉の渇きがうるおう気がしない」

「あなたがスポーツドリンクについて言及したとき、健斗君はそれを否定することなく『背を伸ばしたい』ことを理由に加えていますね。牛乳が熱中症対策に効果的だという説を、知らなかったからだと思います。しかし一度きりなら気分ということもありますから、人に話そうと思うほどのエピソードでもないようですね」

「ご明察です。実は、その後も何度か牛乳を……まずはそういった場面から、そしてクライマックスへと話を進めましょうか」

再び言葉を選びつつ、慎重に記憶を手繰り寄せていく。何気なく外に一瞥をくれると、ランドセルは右に左に揺れながらもう、少年の日の思い出のように小さくなっていた。

それからも、くだんのスーパーの前を通りかかると、健斗君が律儀に名札をつけた胸にサッカーボールを抱えて、心の広い大人を《物色》している現場に出くわすことがありました。

歳の離れた、生意気盛りの弟みたいな感覚とでもいいましょうか。いや、本気で腹が立ったりしない分、実の弟よりはるかにかわいがり甲斐《がい》がありましたね。少年もまた、素直じゃない態度の裏側に親しみや憧れが見え隠れしていて、だから会う度におじさんと罵《ののし》られながらも、結局は気前よく少年に牛乳を買い与えてしまうのでした。

「毎日サッカーしてるのか。未来の日本代表だな」

あるとき牛乳を渡しながら、抱えたボールに反応してみました。

彼はそっぽを向いて、まぁね、と言ったきりです。そろそろ夢を宣言するのが照れくさくなる年頃なのかもしれません。

「仲間が校庭で待ってるんだろ。練習、がんばってこいよ」

そう言って頭をなでたのですが、なでるのをやめても彼は首を横に振っています。

「いつも一人だよ。仲間なんていない」

驚きました。小学校のグラウンドにはゴールもあるし、練習場所としては最適でしょうが、わざわざ出向くぐらいですから、当然そこには仲間がいて、練習と称した遊びを連日繰り返しているものとばかり思っていたのです。

転校して日が浅いという彼の説明を思い出し、ふと心配になりました。もしかしてこの子、新しい小学校になじめずにいるのではなかろうか。それともサッカーに熱中するあまり、友達では練習相手が務まらないほど上達してしまったのでしょうか。ここは一つ、彼の腕前を確かめる必要がありそうです。

「どれ、リフティングでもやってみせてくれよ」

健斗君はまた唇を尖らせます。「やだよ。あんまり得意じゃないんだ」

「得意じゃないって、回数は」

「……五回、くらいかな」

た。

「五回だって？」思わず聞き返してしまいましたよ。回数が多けりゃそれでいいとまでは言いませんが、五回では話にならないでしょう。指導者のいないことが原因なのか、実りの少ない練習に情熱を燃やす少年が何だか不憫《ふびん》になってきたので、言いました。

「よし、ちょっとボール貸してみ」

そして駐輪場のほうへ回ると、空いたスペースを使って簡単なリフティングを披露しました。「よ、よ、ほ」

「うわぁ、おじさん意外とすげぇじゃん！」

子供なりに、まずまず感心してくれたようだったので、ふわりとボールを蹴って返します。

「これでも中学高校と、サッカー少年だったんだよ。しかしまぁ、プロを目指すというのなら最低でもこのくらいはできないとな。何なら練習、付き合ってやろうか」

「いや、それは結構です」

即答でしたね。なんでこのときだけ敬語なんでしょうね。

「え、遠慮すんなって。ほら、ボールの蹴り方だけじゃなくて、誰にも負けない強い体を作るトレーニングの方法とか、いろいろ教えてやっからさ」

「ほんと？」健斗君はにわかに目を輝かせました。何を教えられるか具体例を挙げてもらったことで、楽しみなイメージがわいたのかもしれませんね。

「あぁ、今日はちょっと時間がないけど、また今度な」

「うん、絶対だよ！　約束だからね！」

少年はうれしそうにうなずいて、小学校へ駆けて行きました。

——けれどもその約束が果たされるより早く、二人の関係には、亀裂が入ってしまうこととなるのです。

あれは送り火の日の、午後九時に近い頃だったでしょうか。あらためて説明するまでもありませんね、そのときも僕はここにいて、コーヒーを飲んでいたのです。店内は学生カップルやその他、多くの客で賑わっていて……ふと窓に目を向けたとき、外を走り去っていく少年の、一度会ったら忘れない顔が、店の明かりに照らされてはっきり見えたんです。

光景だけならさっき僕らが見たのと似ているとはいえ、今日とは状況が違います。送り火の夜であることを考慮に入れても、小学生がたった一人で外をうろついていていい時間帯ではない。店内でも僕を含めた何人かが、気がかりそうに彼の背中を目で追っていました。

顔見知りの子供のそんな様子を見れば、心配にもなるでしょう。気づいたときにはすでに、店のドアを開け放って飛び出し、芝生のあたりで健斗君を捕まえていました。

いかにも億劫《おっくう》そうに振り返った少年の姿は、それは異様なものでした。

Tシャツはよれハーフパンツは泥まみれ、膝小僧はすりむいて赤く、そして唇の端には生々しいあざを作っていたのです。

「健斗君……どうしたんだ、これ」

愕然としましたよ、声がずっと遠く聞こえるくらいに。少年は今にも泣き出しそうだったけど、それがケガの痛みからくるものでないことは明白でした。彼の双眸《そうぼう》に宿っていたのは、弱さや脆《もろ》さとは対極にある、刺すような鋭さだったのですから。

「こんな時間に、こんなところで何をしているんだよ。その格好はどうした」

健斗君の体を労《いた》わることを第一に考えるべきでしょうが、只事《ただごと》ではない気配のせいか、追及が止まりません。少年は決まり悪そうにうつむいて、

「何でもないよ。いま帰ってるところじゃんか」

などと答えるばかりです。

やはり、ほうってはおけませんよね。とはいえこんなご時世ですから、下手な行動に出ようものならかえって親御さんを心配させかねません。しばし考え込んだのち、携帯電話を取り出しながら健斗君にこう訊ねました。

「おうちの電話番号、教えてくれるかい。ケガもしてるし、一人で帰るのは危ないだろ。おうちに電話して迎えに来てもらおう、な。それまでお兄さんが、健斗君と一緒

にいてあげるから。いま誰かおうちにいるよな、お母さんか、お父さんか――」

そのときでした。

「何でもないって言ってるだろ！」

少年の叫びが、夜のしじまを切り裂いたのです。

不意打ちでした。何が少年の逆鱗《げきりん》に触れたのか、さっぱりわからなかったのです。返した笑みは、少年の目にもぎこちなく映ったことでしょう。

「どうしたんだよ、いきなり怖い顔して」

「一人で帰れるに決まってるのに、子供扱いするからじゃんか」

「子供扱いって……健斗君はまだ子供だろ」

「自分で言ったんだろ、お兄さんだって。だったら子供扱いすんなよ。そんなのおじさんのやることだよ。パパみたいな大人のやることじゃないか」

激しい剣幕は、一向に治まってくれません。

「そうじゃないからお願いできたのに。半分くらい大人じゃないから、仲良くなれると思ってたのに。こんなときだけ大人ぶってんじゃねぇよ。パパみたいに子供扱いするやつと、仲良くなんかできないよ！」

「おい、健斗君！」

健斗君は制止を振り切って駆け出し、あっという間に見えなくなってしまいました。

矢のように放たれた言葉の、真意の大半は今でもわかりません。ただ、彼の大好きなパパでもないのに、まるで子を叱るような態度で接したのは事実です。気の強そうな健斗君なら、それを子供扱いと呼んで毛嫌いするのもうなずけるように思えました。

もはや彼を追いかけたところで、徒労に帰すことは間違いありませんでした。肩を落としてこの店へ戻ると、開いたままのドアの内側で野次馬と化していた数名の客をひとわたりにらんで、抗議の意を示しました。それから僕はしばらくの間、気まずさの中でコーヒーをすすりながら、他の客の会話に静かに耳を傾けていた、ということです。

4

――ガタン！

急な動作で立ち上がるなり、バリスタは虚ろな目をしてつぶやいた。

「全然、違うと思います」

話が終わったとたんにこれだから、僕にはわけがわからない。

「違うって……あぁ、このコーヒーの味ですか。確かにここまで違うと、豆そのものが変わったとしか」

「そうではなくて」彼女は目の焦点を僕に合わせる。「アオヤマさん、今日は何曜日ですか」

「藪《やぶ》から棒に何ですか。決まってるでしょう、水曜日ですよ。そうじゃなければ、あなたがこんなところにいられるわけが」

そこでさすがに僕らの、いや美星バリスタの異変を察知したらしく、店の奥から一人の女性がおずおずと近づいてきた。ギンガムチェックのエプロンをして、頭にはペイズリーのバンダナを巻いたお姉さんが、不安そうに訊ねることには、

「お客様、当店のコーヒーに、何か問題がございましたでしょうか」

気もそぞろな美星バリスタをさておいて、僕は一人、肩をすくめてしまった。

――ここは京阪出町柳《でまちやなぎ》駅近く、賀茂大橋《かもおおはし》の北西側に位置する小さなカフェの店内である。

白いレンガに見せかけた内壁がエーゲ海の風景を彷彿《ほうふつ》とさせる、明るくて雰囲気の良いお店だ。大きな窓の向こうには、高野川《たかのがわ》と合流する直前の賀茂川《かもがわ》に沿う遊歩道が望める。健斗君は先ほどここを、南から北へ駆けていったのだ。

どうして僕が美星バリスタと連れだって、他店にコーヒーを飲みに来ているのか。それは《タレーラン》の盆の休業明け、初日に足を運んだ際の会話に端を発する。

「実は、これとよく似た味のコーヒーを出すカフェを見つけましてね」

本当に似ていたかどうかを確認するために、やせ我慢のホットコーヒーを飲みながら僕は言う。

「個人的な思い入れがありまして、どうしても大文字を見たかったんです。今年ようやく、賀茂川の堤防から見ることができましてね。火が消えて、さぁ帰ろうと思った矢先、近くに営業中と思しきカフェの明かりを見つけたのです。羽虫のように吸い寄せられ、冷房を頼みに注文したホットコーヒーに口をつけました。もうね、あれは味覚のデジャヴでしたよ」

「あら、それは穏やかではないですね」バリスタはカウンター越しにふっと笑い、言ったのだ。「よかったら、私をそのカフェへお連れしていただけませんか」

きっかけは思わぬところからやってくるものだ。事情はどうあれ、僕は期せずして美星バリスタのほうから、デートのお誘いを受けることとなった。彼女の都合がつくのが《タレーラン》の定休日である水曜日しかないのはわかっていたので、その場で日取りまで決めてしまった。それが今日、八月最後の水曜日だったというわけだ。

僕は店員のお姉さんに、つとめて和やかに話しかける。

「いえね、前回ここを訪れたときと、コーヒーの味が違うようだと思いまして」

「前回、と言いますと……」

「八月十六日ですね。送り火の日です」

するど、彼女は血相を変える。

「申し訳ございません！　あの日は味がおかしかったでしょう？」

そう言われると、いえ今日が、とは言い出しにくい。

「当店はコーヒー豆の仕入れに、近くの個人業者と取引してるんです。この道数十年のベテランなのですが、どうもこの頃、お歳が仕事に支障をきたしてはるようで……」

今度は聴覚がデジャヴを起こす。同じような話を聞いたばかりではなかったか。

「確認を怠った手前どもに非があるのですが、豆を仕入れた際に、どうも業者が誤って他の顧客に渡すはずの小袋を混ぜてしまったみたいなんです。折悪しくあの日は送り火ということで、目の前の河川敷や鴨川《かもがわ》デルタは絶好の鑑賞スポットですから、そちらから流れてくるお客様も多く、手前どもも目の回るような忙しさでして……常連さんに指摘されるまでずっとよそのコーヒーをお出ししてたやなんて、ほんまに情けない限りです」

そんなことがありうるのか。「個人業者って、ひょっとして北大路の？」

「どうしてそれを」

憐れな店員は、青ざめてしまった。

脱力せざるをえない。僕があの日ここで飲んだコーヒーは、《タレーラン》でいつも使用されている豆から抽出したものだったのだ。北大路ならこのカフェのほうがよほど近いし、同じロースターから豆を仕入れていた偶然についてはひとしきり驚けば済む。また休業中でも明けに備え、もしくは個人的な飲用のために豆を仕入れることもあるだろうから、その点も不思議はない。が、そこから先の出来事は、およそ考えられないミスが重なった結果である。

豆の扱いや挽き方、抽出方法などによっても香味が変化するとはいえ、元が同じ豆ならコーヒーの味が似るのは当たり前だ。それにしても、コーヒーの味がいつもと違うことを自分の舌で確認したとき、ここの店員は何も感じなかったのだろうか。むろん好みは人それぞれではあるが、僕ならただちにロースターと会い、その豆の詳細を問いつめたに違いない。

「そうでしたか。いや、それは仕方な……」

僕が曖昧に笑みかけたとき。

店員と言葉を交わすほんの一、二分の間、声もかけがたいほどに凝然としていたバリスタが、突如、身をひるがえして駆け出した。

「ちょっと、バリスタ、どこへ！」

泡を食って後を追おうとする僕に、

「お客様、まだお会計が！」

お姉さん店員が追いすがる。

「は、放してください！　すぐ戻ります、荷物もここに置いていきますし！」

「あなた、さっきバリスタって！　もしかして、同業者なんですか！」

あぁそうか、それはここではまずかったのか。

「彼女の名前が《ばりのすたこ》なんです！　ほら、見失っちゃうから早く放して！」

エクスクラメーションマークの応酬は、男の腕力がまさって決着した。お姉さんには申し訳ないと思ったけれども、彼女の僕を見送る台詞が「あかん、行かんといてぇ！」だったので、道行く人には妙な誤解を与えたかもしれないな、と僕はそっちの心配をした。

ストライドの短さが速度にも影響するのか、懸命に走るバリスタに僕はすぐさま追いつく。キルトのロングスカートの裾を――それは初めて見る私服姿だった――揺らしながら、彼女は遊歩道を北へ急ぐ。

「食い逃げ犯に疑われるのは、今年に入って二度目ですよ。どうしたっていうんです」

「ごめんなさい、でも、気になるんです。あの子の持ち物が」

体の動きに合わせて、声が毬《まり》のように跳ねている。

「持ち物って、ランドセルのことですか。あれには何か深いわけが」

「違います。夏休みはもう、終わってるんです」

「え……だってまだ、八月ですよ」

「関わりがないから、ご存じなかったのですね。京都市の小学校の夏休みは例年、八月二十四日頃に終わるんですよ」

んぐぁ。衝撃を受けた。小学校の夏休みとは原則、八月末日に終わるもの——僕はそう、信じて疑わなかったのだ。京都に二年以上もいながら、そんなことも知らずにいたとは。

「じゃあランドセルは、いつもどおりの下校の風景に過ぎなかったというわけですね。でも健斗君、他に何か持っていましたっけ」

「私がいま追いかけているのは、健斗君ではありません」

「え」揺るぎなく前方を見すえた、バリスタの横顔に見入る。

「杞憂であればよいのです。その方がいいに決まってます。でも、一笑に付すのは確かめてからでも遅くないでしょう。どうしても、私は気になってしまうのです——水曜日に、給食袋を学校から持ち帰る理由とは何ですか」

肩透かしを食らった気分だった。言われてみれば、あれは一週間の務めを終えた当番が、週末に持ち帰るものだったように記憶している。が、だからといって他の曜日に持ち帰ってはいけない決まりなどないだろう。子供とは折れた木の枝だって持ち帰りたがる人種なのだ、給食袋を遊具の代わりにしたくらいで、何がそこまで気になるというのか。

僕らは走った。ふき出す汗が体じゅうを濡らし、そばを流れる川に浸かったかのようだった。それでも子供たちは見当たらず、もう河川敷からは引き上げたのではないか、と思い始めた頃。

「いた、あそこ！」

遊歩道をまたいでかかる橋の下に、四人の少年を発見した。

カフェから見かけた三人組が残る一人をからかうように、給食袋を高く掲げたり、仲間に投げ渡したりしている。そして、狂ったようにわめきながら給食袋に手を伸ばすのは、他でもない健斗君なのである。

近づきながらも状況を測りかねていると、

「やめなさい！」

美星バリスタが、小さな体のどこから出るのかと思うほど大きな声で叫んだ。

大人が登場すると概して、子供は臆するものである。それは女子高生みたいな容姿でも多分に効果的だったようで、三人は給食袋のことも忘れ、一斉にこちらを振り向いた。なぜか健斗君までもが身をすくめ、この絶好の機会に給食袋を奪えずにいる。

夏の終わりの太陽が作る濃密な影に立ち向かうように、バリスタは橋の下へとずんずん歩み出て、健斗君よりひと回りも体格のいい三人組の正面に迫った。おびえた気配を彼らに見て取ると、彼女は給食袋をつかんで大胆に引っ張る。あ、とつぶやきが聞こえて、あとは緩やかに流れる川の水がぴちゃぴちゃと鳴るばかりであった。

バリスタは子供たちに背を向け、その場にすっと膝を折る。そして給食袋の口を開くと、はっと息を呑んだ。続けて呼吸が二つばかり、いずれも震えを帯びていた。

直後、僕は言葉を失う。

乳白色の給食袋の中から、彼女の腕が抱き上げたもの——それは、ぐったりとした仔猫だったのだ。

5

両手に荷物を抱えた僕が動物病院へ駆け込んだとき、待合室にはすでに美星バリスタと健斗君がいて、ソファに並んで腰かけていた。バリスタは眉を八の字にしているし、健斗君はいつ泣き出してもおかしくない顔で、きゅっと唇を引き結んでいる。

「どうだって？」

息も絶え絶えに訊ねると、バリスタはゆっくりかぶりを振った。

目の前に、暗幕が降りる。「じゃあ、もう——」

「もう、心配は要らないって」

彼女は弱々しく微笑んだ。

まぎらわしい。ここでその仕草はまぎらわしすぎる。腹立たしかった。手を握ってやろうかと思った。

「よかったですね……とりあえず」

どっと疲れが出て、僕は子供を大人ではさむ形でソファにどっかと腰を下ろした。

「多少のケガはありますが、骨や内臓に異常は見られないそうです。先生はそれよりも、栄養失調のほうが心配だって」

「そういや、毛並みも悪かったようですね」

「充分なエサを食べていなかったことが原因のようです。ですから大事を取って、二、三日こちらで様子を見ていただくことになりました。きちんとした栄養を与えれば、じきに回復するだろうとのことです」

「オレがいけないんだ。ちゃんと世話しなかったから」

早熟すぎる自責の念を駆り立てる健斗君の頭を、バリスタがなでる。

「なに言ってるの。きみがいなかったらあの子は、ここまで生きられなかったかもしれないよ。すぐ元気になるって、先生も約束してくれたでしょう。だから、きみが泣くことはない」

唐突に発揮された母性に、はからずも僕はときめいてしまう。

「あぁいうの、シャム猫っていうんでしょうか」勤務中の美星バリスタを彷彿とさせるモノクロの毛をまとった、仔猫の姿を思い出しながら訊いてみる。

「その血の濃いことは確かなようですね。まだ生後二ヶ月に満たないだろう、と」

「オレが拾ってきたときは、生まれたばかりみたいだったよ」

健斗君はまぶたをごしごしこすっている。

「河原に捨てられていたのを、この子が拾って育てていたそうです。小学校の敷地内のどこか、あまり人目につかないところで」

「うちはマンションだからペットだめなんだ。捨ててこいって言われるのがわかってるから親には言えないし、かといってほっといたらあいつ、死んでしまうんじゃないかって……ちょうど夏休みだったから、学校なら人もそんなに来ないと思って」

「へぇ、よく考えたものですね」

バリスタはにこりと笑って、僕からバッグを受け取った。そして、財布から千円札を一枚取り出す。

「ねぇきみ、いっぱい走って喉が渇いたでしょう。向かいのコンビニで、飲みもの買ってきてくれないかな。お姉さんとお兄さんと、それからきみの三人分。おつかいできるよね？　はい、これお金」

少年は目を丸くする。「何でもいいの？」

「うん、何でもいいよ」

「きみはどうせ、牛乳だろう」

しかめっ面。「やだよ。オレ、牛乳飲むとお腹ぐるぐるになっちゃうんだ」

少年は動物病院を出ると、道路を渡ってコンビニへと吸い込まれていった。僕とバリスタの間には、黒のランドセルだけが残される。

「まったく度胸のすわった子ですね」溜め息混じりに言えば、

「勇気をも備えた、本物の優しさを持っています」バリスタはうなずく。「あの子も、そしてアオヤマさんも、ね」

「僕が？　特別なことは何も」

「仔猫のために、取り乱すことなく的確な指示をくださいました」

むずがゆい。大したことじゃない。三人組の悪事が明るみに出たとき、早々にトンズラを決め込む彼らを放置して、僕はバリスタの肩を叩いて言ったのだ。

「この橋を渡って、そのまま道なりに進んでください。右手に動物病院があります。そう遠くはありませんから、急いで」

「でも……」彼女は去りゆく少年たちを見つめる。

「今は仔猫の治療が先決です。大丈夫、道なら迷いようがありません。僕はいったんカフェに戻って、荷物を回収してから向かいます」

「お姉さん、オレについてきて！」

　すると少年が、しゃがんだままのバリスタの袖を引っ張り上げながら、案内役を買って出た。このあたりの子らしいから土地勘があるのだろう。そのヘーゼルの瞳には、仔猫を救うのだという強い意志がみなぎって、バリスタが彼に行く末をゆだねるさまに、爪の先ほどの不安も感じられなかった。

　それから僕は駆け足でカフェに戻り、通報も辞さない構えの店員に平身低頭しつつ会計を済ませ、自分とバリスタの荷物を拾ってここを目指したというわけだ。

　窓から見える向かいのコンビニでは少年の茶色がかった髪が、マガジンラックの前で動きを止めた。どうやら漫画雑誌の立ち読みを始めてしまったようだ。つくづく度胸がすわっている、と思っていると、バリスタが隣でささやく。

「お訊きになりたいことがあるなら、今のうちに済ませてしまいましょう」

　そのためのおつかいだったのか。

「どの段階で、仔猫の存在に？」

「水分補給に牛乳をねだるという行為によって勘づき、日々の練習の成果が乏しいことによって確信を得ました。健斗君はこの夏休みの間じゅう、サッカーボールで真の目的をカムフラージュしつつ、小学校へ牛乳を持って行く必要に迫られていたのです」

「そこから動物の飼育にたどり着いたんですか」

「人気《ひとけ》のない小学校は、秘密の飼育場所としては悪くないでしょう。ボールを用意し、牛乳をねだる理由さえ偽ったのは、親や教師だけでなくあらゆる大人の目をあざむくためだったかもしれません。あの子の頭の中には、大人に見つかると処分されてしまう、という懸念があったのでしょう」

「しかし、だからといって毎日、見知らぬ大人に牛乳をねだるのは無謀では」

「いいえ、ねだるのは時々でよかったのだと思いますよ」

僕は片方の眉を持ち上げる。「どういうことです」

「健斗君は、いつも名札をつけていたのですよね。そして『ママが家にいなけりゃしていかないんだけど』とも。つまりママがパートで不在の日には、家から堂々と牛乳を持ち出すことができたのです」

なるほど。パートに限らず、ママの目を盗める瞬間があればよかったことになるが、マンションの間取りなどの条件によっては、それが難しい日もあったのだろう。

僕らを除き、待合室には人影もない。奥からは時折、寝ぼけたようにわふんと鳴く犬の声が聞こえる。新たな傷病により運び込まれる動物のないことを祝福しかけて、病院というのはまるでなぞなぞのような場所だな、と思った。誰もがそこに行きたがらないのに、近くにあってほしいと願っている。

「仔猫のことは納得しました。では、給食袋のことについては」

彼女は下唇を噛む。「ほとんどただの、悪い予感です。まったくの的外れだったとしても、私は自分の早合点を責めなかったでしょう」

「でも三人組を見た時点では、まだ落ち着いていましたよね。その後の話のどこかに、悪い予感を抱かずにいられない何かがあった」

「……健斗君の発言をまつまでもなく、赤の他人に牛乳をねだるほど調達に苦労していたのですから、仲間がいないに等しいことは察しがつきますね。アオヤマさんのお話にも出てきたように、彼は転校以後、うまく周りに溶け込めていなかった。けれどもその理由は本当に、転校して日が浅いから、だけでしょうか。学期が一つ、終了したのに？　もう一歩、踏み込んで考えることはできませんか」

声には出さなかったが、思い浮かべた単語があった。いじめ、だ。

「健斗君は京都を気に入っていないらしいし、それに……こういうことは、積極的に認めたくはないのですが」バリスタは苦しげな表情になる。「どうしても、目立ってしまう容姿をしていますよね。そのような子が転校してきたとき、とても悲しいことだけど、クラスや学校にある種の緊張が走るのは、ありうることだと思いませんか」

僕はコンビニに目を向ける。少年はまだ、立ち読みに夢中だ。

「ではあの気の強いところも、強がりだったのかもしれませんね」

「いえ、実際に強い子なのだと思いますよ。でもその強さが時に、反発の悪循環を生むこともあります。彼には何一つ非がなかった、と言いきることはできません。子供たちの日常はしょせん、私たちの想像の及ばないところにあるのです。ただ結果だけを見れば、健斗君は彼の存在を気に食わない少年たちの目に留まり、孤立に追い込まれてしまった。その寂しさがあるいは、仔猫の世話へと関心を向かわせたのかもしれません」

僕はふと、練習に付き合ってやると言われたときの少年の答えを思い出した。彼の示したポジティブな反応は、誰にも負けない強い体、という言葉に対するものだったのではないか。その目的を考えるとき、送り火の日のことがおのずと連想される。

「送り火の最中に健斗君がぽつんと河原にいたとして、夜とはいえ特別な日ですから、気にかける大人はそう多くなかったでしょう。彼はたった一人で送り火を見に出かけ、しかしそこで、好ましくない相手に出くわしてしまった。いさかいは暴力へと発展し、ボロボロになって帰る道すがら、彼は考えたはずです——ちょっと見かけがみんなと違うだけで、なぜこんな目に遭わなくちゃならないのか、と」

息がつまるようだった。「それじゃ、あなたが全然違うと言ったのは」

「大好きな父親、とおっしゃいましたね。けれどもその瞬間、健斗君は大好きどころか、恨んでいたのではないでしょうか。アメリカ人の、実の父親を。だからこそ父親には知らせてほしくなかったし、まして仲間だと思い始めていた人から、父親がそうするような子供扱いを受けるのは、どうにも許せなかったのでしょう」

天を仰いだ。どんなにかやりきれない思いだったろう。強いから、誰にも泣きつかなかったのではない。泣きつけなかったのだ、自分の親にさえ。

「健斗君は引き続き仔猫を世話しましたが、牛乳をねだりやすい相手を失ったことは、仔猫に満足な栄養を与えられなくなる一因となったかもしれません。やがて新学期が始まると、仔猫の存在は隠しおおせず、あの三人組に知られてしまうこととなる。送り火の日にケンカをしたのは、三人のうちの誰か、もしくは全員だったのではないかと思います。三人組は素直にやられるばかりではなかった健斗君を、さらに痛めつけてやるつもりで、仔猫を給食袋に入れて連れ去ったのです」

健斗君は仔猫がいなくなったことに気づき、涙ながらに心当たりを探していて、当の三人組より先に河原を駆け抜けた。それが、僕らの見た彼の姿だったということだ。

すべてを話し終えたとき、狙い澄ましたかのように、健斗君が帰ってきた。

「ごめん、どれにするか悩んでて遅くなっちゃった」

ビニール袋をがさがさやりながら、しれっとそんなことを言う。

自分は炭酸飲料を、バリスタにはオレンジジュースを、そして僕にはなぜか牛乳を選んできた少年に、バリスタは優しく訊ねる。

「あの仔猫ちゃん、名前は何ていうの」

「決めてないんだ」少年がペットボトルを開けようとするので、僕は急いで彼を外へ追い出し、診察代を支払った。予定外の出費に懐は痛んだが、命の代償にしては安すぎるくらいだ。

「病院から戻ってきたらどうしようか。学校ではもう飼えないでしょう」

見るとバリスタも、隣でジュースを開けている。でも牛乳は、さすがにちょっと。

「そうだね、どうしよう……お姉さん、何かいい考えない？」

「あるよ」バリスタは彼に微笑みかけた。「もしよかったらあの仔猫、お姉さんに任せてくれないかな。きみがいつでも会いに来られる、とっておきの場所があるんだ」

「ほんと！」

少年は、頭上から降る陽光すらかすむほどにまぶしい笑みを浮かべる。

「じゃあオレ、あの猫、お姉さんにあげるよ！　栄養が足りなくなったりしないよう、ちゃんと世話してあげてね」

「うん。約束する」

バリスタが小指を差し出すと、少年は躊躇なく自分の小指をそこに絡めた。はずむ「指切りげんまん」の声が、通りすがりの人の頬をも緩める。上下に動く指を見ながら僕は一瞬、うらやましいぞ少年、と思い、そんな自分に顔を熱くした。

再会を果たすためのやりとりをいくつか交わしたのち、健斗君はうちへ帰ると言った。ランドセルを揺らして走り、しかし十メートルかそこらで、忘れ物でも思い出したみたいに立ち止まって振り返る。

頭上で大きく振られる手。「ありがとう、お姉さん、おじさん！」

バリスタがくすくす笑うので、つい口が滑る。

「いいかい健斗君、おじさんよりもお姉さんのほうが年上だぞ！」

直後、しまったと思った。怒《いか》るバリスタがレーザービームのごとき視線を僕にぶつけてきたからではない。健斗君が自分の胸元を見て、首をひねったからだ。

「オレ今日さ、先生に怒られたんだよね。名札していくの忘れちゃったから」

おい少年、みなまで言うな。しかし願いは届くことなく、健斗君は僕の隣にいるバリスタにもはっきり聞こえる声で、最後にこう問いかけたのだった。

「なのにどうしておじさんは、オレの名前を知ってるんだろう——おじさんたち、初めて会うけどいったい誰なの？」

6

《タレーラン》から電話があったのは、それから十日ほどが過ぎた頃のことだ。

「私たちのお店に、新しい仲間が増えました」

さすがの僕も、そこで何も思い当たらぬほど鈍くはない。はたしてお店に行ってみると、

「いらっしゃいませ」

「にゃー」

美星バリスタとともに、シャムの仔猫が迎えてくれた。

「ずいぶん元気になりましたね。毛並みもこんなによくなって」僕は仔猫を抱き上げる。

「シャルルっていいます。仲良くしてにゃー」

いつもよりトーンの高いバリスタの声に、ちょっとどう反応していいかわからない。

「シャム猫だから、シャルル？」

「いいえ。タレーランのファーストネームからとりました」

そうきたか。どうやらずっとここで飼うつもりらしい。

「だけど、衛生面の配慮が大変でしょう」

「ご心配には及びません。店内で看板猫を飼育している喫茶店や、ペットの犬を連れて入ることのできるドッグカフェという営業形態がありますね。あれらは原則として、飲食店を経営する以上の特別な許可は要らないんです」

ふむふむとうなずく。バリスタの言うように、飲食店の内部に動物を入れることは

法的に禁止されておらず、制度上、店内でのペットの飼育は可能だ。むろん調理場に動物を入れないなどの規制は存在するので、その点、店側は注意が必要となる。余談だが、いわゆる《猫カフェ》は単なる飼育ではなく動物の《展示》にあたるので、飲食店を開業するための許可とは別に《動物取扱業》の登録をしなくてはならない。

「専門家にも立ち会ってもらい、シャルルが調理場に踏み込んだりしないための工夫をほどこしました。今のところ問題はなく、多くのお客様にもご理解をいただいております」

フロアを見渡すと、家具類の配置が微妙に変わり、またこれまでなかったネットや間仕切りが用意されるなどしている。充分な広さの庭もあるので、外へ追いやっておくこともできるだろう。

「定休日には、どなたが世話を」

「おじちゃんが、真裏のマンションに大家として住んでいますので。私も歩いて十分とかからないところに独り暮らしをしていますし、いつでも来られます」

そのおじちゃんとやらは隅の指定席にて、まるで雨漏りの滴を飲む人のように、天井に向け口を開いている。また昼寝か。仔猫よりも怠惰だ。

「ひとまずこの子が暮らしていく分には、不自由しないというわけですね。だけど夜間のこともありますし、どうかシャルルを大事にしてくれるよう、僕からもお願いします」

「まかせてくださいにゃー」

それをシャルルの台詞にしてしまったら、おかしなことになるだろう。

僕は窓際の席に腰を下ろし、仔猫を膝の上に載せた。そっと背中をなでると、いったんは頭を浮かせてきょろきょろするものの、またすぐに丸まってしまう。眠いのだろうか、それにしても人懐こい。

「やっぱり、見抜いていたんですか」

僕がつぶやくと、バリスタはええ、と微笑んだ。

「あのお話が、アオヤマさんの実体験でなく伝聞であることは見当がついていました」

――おじさんたち、初めて会うけどいったい誰なの？

あのとき健斗君が暴露した、僕らが初対面だという事実に、バリスタは一切の動揺を示さなかった。代わりに彼女は手をメガホンにして、答えたのだ。

「ただの大人だよ。仔猫を守りたいと思う、普通の大人だっているの」

少年は満足した面持ちで、今度こそ帰って行った。

見送ったあとでバリスタは、こちらに向き直って言う。

「私たちも、帰りましょうか」

てっきり追及されると思っていたのだ。拍子抜けして思考がはたらかず、出町柳駅で彼女と別れたらしいが、その辺の記憶は実に曖昧である。かくして思わぬきっかけは、大した結実をもたらさぬままに終わった。

「どこから僕の実体験ではないと？」

見抜かれてなお嘘をつきとおそうとするほど、滑稽なことはない。カウンターの内側でコーヒー豆を挽きながら、彼女は斜め上に目をやる。

「まず……アオヤマさんは、とてもサッカーがお上手そうには見えません」

「暴論だ。ちっとも論理的じゃない」

僕はわめく。図星なだけに。

「冗談です。アオヤマさん、前にご自身のこと、一人っ子だとおっしゃいましたよね。にもかかわらず、健斗君を《実の弟》と比較するのは、少し不自然ではありませんか」

鋭い。確かに先月、僕はバリスタに一人っ子であることを明かしている。だから実の弟よりかわいがり甲斐があるという気持ちには、正直あまり共感できない。

「それと話の中盤まで、アオヤマさんは《僕》といういつもの一人称を用いず、主語を欠いた違和感のある語り口を維持しました。ようやく《僕》が再登場するのはカフェに場面が移ってから、そしてそこからは登場人物の主観ではなく、観察と感想によって話を進めています。このことから、アオヤマさんは自分のいない場面については耳にした話を披露し、実際に目撃したことについては自身の体験として語っていたことがわかります」

驚愕した。バリスタの説明がどこまで正しいかはともかく、僕のくだらない小細工を見破っていたらしいことは理解できた。僕は聞いた会話をあたかも実体験であるかのように事細かに再現しながらも、いざというときのために、実体験だと言いきることをしなかったのだ。

「語り手は、カフェにいたという学生カップルの男性ですね。以前と同様、学生であると知っているのはアオヤマさんが話を盗み聞きしていたから。また、赤の他人が自分のことのように語れるくらいですから、説明は微に入り細をうがっていて、聞き手とはそうすることをいとわない間柄であったはずです。すなわちあの夜、健斗君に逃げられカフェに戻った男性は、お連れの方に状況の説明を始めた。そして、野次馬としてその一部始終を知ったのがアオヤマさんだった、と」

う。バリスタの視線や口調が心なしか冷ややかだ。

「だから私は、面識のない大人二人に囲まれた健斗君を怖がらせぬよう、面と向かってあの子の名前を呼ばなかったのです。それを台なしにしたのはあなたなのですから、教えてくださいますね。ねぇ、どうしてあんな嘘をついたのです」

「う、嘘だなんて人聞きの悪い！」

たまらず僕は、膝の上のシャルルに目を落とした。

「言っときますがね、僕は最後にこう付け加えるはずだったんです、『以上、僕がこのカフェで見聞きしたことです』って。なのにあなたがいきなり店を飛び出すから、タイミングを失ってしまったんじゃないですか」

言い訳を用意しておいてよかった。だって、かっこ悪すぎるではないか――子供に牛乳を買ってあげるような、優しい一面もあると思われたかった、なんて。

バリスタのほうを見られない僕の耳には、しばらくコリコリだけが聞こえていた。それが止まったときバリスタは、いつか健斗君がそうしたように、いやそうしただろうと思われるように、鼻からふんと息を吐いて言った。

「まぁ、よしとしましょう。アオヤマさんのお話のおかげで、健斗君と仔猫の危機を察知することができたのですから。――それに」

「それに？」気になって、顔を上げる。

「アオヤマさんの優しさも、よく知ることができましたので」

バリスタがふわりと微笑むので、心臓がとくんと跳ねた。その言葉は強烈な皮肉か、それともまさか、思わぬきっかけがもたらした関係の変化だったりするのか。

僕の動揺などつゆ知らず、彼女は挽き終えた豆を嗅いで言う。

「今回も、たいへんよく挽けました」

挽いてなくたって立派に冴えわたっていたくせに。僕はシャルルの頭をなでた。

「健斗君は、あれからここへ？」

「ええ、もう何度も」彼女はうれしそうにしている。「昨日も学校が終わってから、遊びにきてくれたんですよ。しかも、お友達を三人も連れて」

「三人って、まさか！」

身を乗り出しかけると、彼女の笑みにほんの少しの寂しさが混じった。

「アオヤマさん。何事もそう、都合よくはいかないものです」

「はぁ、ですよね」早計を恥じ、僕は数ミリ浮かせた腰を落とす。

「でも、この街に来て五ヶ月が経ち、彼はやっと気の合う仲間を見つけることができたのです。それだって、喜ばしいことではありませんか」

「同感ですね。健斗君の直面した様々な困難が収束するには、まだ時間がかかるかもしれない。だけど、仲間がいるといないとでは、天と地ほども差があるでしょう。関わらずにいられないすべての人とうまく付き合うのが難しいなら、まずはその三人とだけでも、仲良くやってもらいたいものですね」

「いえ、三人だけではないようです——少なくとも、もう一人」

バリスタは僕の頭越しに窓のほうを見やりながら、とても幸せそうに言った。つられて僕も、ぐるりと首を反対に回す。

その光景に、僕は破顔した。

隙間のトンネルをくぐり抜け、健斗君が今まさに、《タレーラン》へとやってくるところだったのだ——あのカフェで一度だけ見覚えのある、男性の手を引っ張って。

第四章

盤上チェイス

1

「みぃつけた！」

　戦慄が、体じゅうを走り抜ける。

　いつもなら、訪れた者に時の流れを緩めるような安らぎをもたらしてくれる、純喫茶《タレーラン》の店内。しかしそこは今、少なくとも僕にとっては、この街でもっともスリリングな場所として牙《きば》をむきあざわらっていた。

　背を向けたカウンターの端を、僕は後ろ手につかんでいる。彼女はそんな臆病な獲物をいたぶることを楽しむように、嬉々とした笑みを浮かべてじりじりと近づいてくる。他に客の姿はフロアになく、僕は完全に袋のねずみと化していた。

　わかっている。彼女がここまでして僕に会いたがる理由は、おおよそ見当がついている。だけどもう、言いなりになるばかりの僕じゃない。気を強く持ってきっぱりはねのければ済むことだ。つまり戦慄の出どころは、他にあるのだ。

　彼女は僕から一歩離れたあたりで立ち止まる。くせで身構えたが、暴力ではないらしい。ただ、何かを言わんとして開く唇がスローモーションに見えたとき、今日の出来事が走馬灯となってよみがえり、僕は戦慄をもたらした疑問を悲鳴に変えて、彼女の言葉をかき消したくなった。

——なぜ、彼女は僕がここにいることを知っていたのか？

2

休日にかまけて朝寝坊をし、起きぬけに自室のカーテンを開けたとき、澄んだ秋晴れの空が広がっていたところから今日は始まる。

《暑さ寒さも彼岸まで》とはよく言ったもので、九月も終わりに近づくと、悪名高い京都の夏も日ごと勢力が衰えつつあった。ひと月前の太陽の暴君ぶりを懐かしむとき、過ぎた夏の河原を駆け抜けたあの日のことが思い出される。最近では、生活のいたるところに某純喫茶の匂いが染みついていて、それが少しむずがゆくもあった。

あの頃に比べたら、日なたぼっこにもよい季節になっただろう。僕は久々に、鴨川の河川敷にでも行ってみようかと思い立ったのだ。

北白川《きたしらかわ》にある自宅を出発し、今出川通の傾斜にまかせて自転車を勢いよく転がすと、左手になる吉田山《よしだやま》から草の匂いを含んだ風が吹き下ろして、胸をぱんぱんに膨らませる。いつもは徒歩で十分かけてかよっている道を一気に過ぎ、百万遍の交差点をわたって、すれ違うバスの排気にむせながらひたすら西を目指す。やがて勾配のなくなった道を、下り坂の余力を生かして進むと、地下に構える出町柳駅へもぐる階段が見えてきた。

僕は適当な駐輪スペースを探し、愛車に束の間の別れを告げた。川端通《かわばたどおり》を横断すれば、賀茂大橋の上からは高野川と賀茂川の合流地点、通称鴨川デルタを一望し、たもとの階段を下りるとそこは、鴨川に沿う遊歩道である。

河原では去りゆく夏休みを惜しむように、学生たちが亀をかたどった飛び石の上を跳ねながら、鬼ごっこじみた遊びをしている。春には沿道に桜が咲き乱れ、初夏にはホタルを見ることもあるこの一帯は、犬の散歩やジョギングをしに多くの人が集まる、市民の憩いの場だ。

遊歩道に降り立つ。川上から吹く風が心地よい。北の方角を眺め、そういえば送り火を見たのも鴨川デルタのすぐ近くからだったな、と思った。大文字を含めたいくつかの送り火を見ることができる市内屈指の鑑賞スポットであり、当日は身動きさえ取れぬほど人でぎゅうぎゅうになるデルタも、今は若者たちやお年寄りがところどころを占めるばかりだ。

大文字は東の方角に見えていたはずだ。僕はそちらの空を振り仰ぐ。彼方に大文字山を見つけ、あぁ、あそこだあそこだと首を伸ばしていると。

とんとんと、肩を叩かれる感触がある。

何だろう、などと思う間もない。脊髄《せきずい》反射で僕は、後方を振り返った。

「久しぶりだね」

んぐぁ、と喉で変な音が鳴る。

「偶然も、できすぎだと思うくらい重なると、きっと名前を変えると思うの。ちょうど高野川と賀茂川が合流して、鴨川へと変わるように、ね。じゃあ、どんな名前になると思う？」

一見つぶらな瞳の奥に、静かに宿る強靭な意志。白いカンカン帽の下の、ハーフアップにしたセミロングの茶髪。身長こそ低いが体型は鍛えられて美しく、プリーツをあしらった桜色のワンピースからは、カモシカのような脚がすっとのぞく。

「……ま、み」むめもを言い忘れたのではない。

「答えはね、《運命》でした！」

そこで笑みを浮かべていたのは、六月に別れたはずの、元カノの虎谷《とらや》真実《まみ》だった。


——だって、マミーに言いつけてやるから、と。

いつぞやのバリスタの、とぼけた台詞が再生される。あのとき戸部奈美子が、親友の名前を呼んだに過ぎなかったのは言うまでもない。勘違いだとしたら馬鹿馬鹿しいし、からかいならカンに障るしで、訂正はしなかったが。

いつの間に、走り出していたのだろう。気がつくと僕は、元いた場所より一キロメートルほど南、丸太町《まるたまち》橋の作る影の中にいた。

逃げたのは事実だ。でも、彼女が恨めしいとか憎たらしいとか、そんな気持ちだったわけではない。ただ、寒々しい言葉の裏に透けて見える狙いが、ほんの少し疎《うと》ましかったのだ。

何が運命だ。毎日かよっている大学の最寄り駅の周辺なのだから、彼女だって日常的に寄りついていたに違いない。何度も往来するうちの一度、たまたま二人が出会ったからって、運命を感じる要素なんかこれっぽっちもないのだ。なのに彼女がその邂逅《かいこう》を褒めそやすからには、続く狙いは一つしか考えられない。

また言いなりに戻ってしまうのでは、との不安もある。が、それより苦々しかったのは、さながら親の土下座を見るような感覚とでも表現できようか——見たくなかったのだ、いつだって僕より強かった彼女の、復縁を乞う姿など。

膝をつかみ、肩で息をする。眼下を流れる鴨川の、のんびりとしたせせらぎが憎い。足元からそちらに延びた影をしばし見つめていると、ふいにそれがぐらりとゆがんで、橋が変形したかのような錯覚に陥った。

おや、と思ったのは一瞬だった。

「さっきは驚かせちゃってごめんね」

振り向く頸椎《せきつい》が、油を差し忘れた蝶番《ちょうつがい》のような音を立てる。

「ま、み」

彼女は僕の真後ろで、こちらに手を差し伸べていた。

「一度ならず二度までも、いよいよこれは運命だよね。わかったら、聞いてほしいことが」

僕は逃げた。

そばの階段を二段飛ばしで上り、川端通を南下しながら、混乱する頭を必死になだめる。

賀茂大橋から丸太町橋までの距離は一キロメートル強、過去にも散歩をしたことがあるから知っている。そこを五分以上かけて全力で駆け抜けた僕がここまで乱れているというのに、さほど遅れず追いついた彼女がどうして涼しげにしていたのか。

答えはバリスタに訊いてみるまでもない。虎谷真実は僕がこの遊歩道を走り続けることを見越して、京阪電車を使ったのだ。出町柳駅から丸太町橋のたもとにある神宮《じんぐう》丸太町駅まで、乗車時間はたったの二分。おりよく電車が来さえすれば、あのタイミングで声をかけるのも難しくはない。

考えがまとまったとき、やはり五分少々を走り、三条通に到達していた。目の前には京阪電鉄の三条駅がある。ぞっとした。再び電車に乗った彼女が、今にも出口から姿を現しそうな気がした。

目には目を、である。僕は三条通を左に折れて、三条京阪駅へ続く階段を下りた。よそ者にとってはたいへんややこしいことに、三条京阪駅は京阪と名がついていながら、京阪電鉄ではなく京都市営地下鉄の駅である。京阪電鉄の三条駅とは隣接し、地下通路で繋がっているが、仮に彼女がまたも京阪電車に乗ったのであれば、三条駅に着いた時点で真っ先に地上を目指すはずだ。僕は裏をかいて、市営地下鉄で逃げることにしたのだ。

ホームに急ぐと、ちょうど電車が出発するところだった。駆け込み乗車でひと安心し、車内アナウンスで呆然とする。動き出した電車はほどなく、終点の京都市役所前駅に滑り込んで停止した。河原町御池《かわらまちおいけ》の交差点直下まで、わずか一分の旅だった。

次の電車が来るのを待つべきか。構内で迷っていると、ジーンズのポケットに入れた携帯電話が振動した。何だよこんなときに。焦りによって低下した思考能力が警戒を忘れ、僕は電話に出てしまう。

「どこにいるの」

んぐぁ。前にもこんなことがなかったか。

「ま、み」応答したうかつな自分を罵《ののし》りたいし、電話を落とさなかった自分を褒めたい。

「あぁ、三条京阪駅だね。市営地下鉄のベルが聞こえる。あのね、もう」

僕は電話を切った。

場所の特定まで進めようとした執念に鳥肌が立つ。が、幸いなことに彼女は勘違いをしてくれた。すでに電車を降りたあとだとは思わなかったらしい。だったらこのまま電車を待つよりは、駅を脱出したほうが安全だろう。

京都の通りは有名な碁盤の目状で、直線の見通しはとてもいい。大学の構内からそばのカフェの店内の模様を知れるほど遠目の利く彼女が、僕を追って川端御池あたりにいる可能性を考慮し、そこからは見えないであろう北側の出口から河原町通に出る。そのまま北上して最初の角を左に折れ、荘厳な京都市役所の建物の裏を西進し、適当なところで右に曲がってなおも三条京阪駅から遠ざかると、突如、見覚えのある場所に出た。周辺視が、なじみ深いはずの何かをとらえる。

〈純喫茶　タレーラン　コチラ☞〉

平和ボケした指のマークに神経を逆なでされながらも、心には一つの問いが浮上していた。寄るべきか、寄らざるべきか。

今に限っては、必ずしも寄りたいとは言いがたかった。汗やなんかでひどい状態になっているであろうことは、鏡に映すまでもなく自覚していた。しかし、他の行動を取るためには、体力の消耗が激しすぎた。肺は十分の一程度に縮小し、ふくらはぎはこわばってこむらがえり寸前だというのに、家を出てまだ一度も水さえ飲んでいないのである。

迷ったけれども結局は、体の悲鳴に耳を貸すことにした。どうせ、自宅を含め僕の行きそうなところなら、彼女はだいたい把握《はあく》している。だったら逆にそう遠くない場所にとどまり、彼女とは行ったことのない店をシェルターにするほうが、まだしも安全とはいえまいか。

頼むよ、《タレーラン》。祈りながらトンネルを抜け、入口の鐘を揺らす。店内は冷房がきいていて、僕は求めた安息に包まれたことを肌で感じたのだった。

——ところがその安息は、せいぜい五分しかもたなかったのである。

3

公衆の面前で異性に投げ技をかまされ、お誘いいただいたデートでは何の進展も図ることのできないほどダメな僕だが、これでも一応、恋人のいた季節があった。

京都に住んで、三月《みつき》と経たぬ日のことだった。百万遍を南に折れた先、文芸復興みたいな名前の学生生協食堂にて、僕は人生初の京都名物にしんそばにありついていた。

春は連日、昼になると座席の確保さえままならないほど混雑していた学食も、この時期には優等生路線から落伍《らくご》する学生が増え始めるらしく、僕のような人間でも気後れせず座れるくらいには、キャパシティに余裕が生まれていた。

長机の一番端を確保し、名物にしては地味なそばをずるずるすする。緩和したとはいえ昼時なりの混み具合だ、正面の席に女性が腰を下ろしたところで、僕はまったく注意を払わなかった。

「それできみ、サークルはもう決まったの」

そう声をかけられなければ、人が来たことにも気づかなかったかもしれない。

「……え、僕？」

箸を止め返事をするまで、たっぷり三十秒はかかった。

「他に誰がいるの。サークル、決まってないんでしょ」

「まぁ、決まってないというか、どこにも属していないことは確か、かな」

「だろうね。そのうらなりみたいな顔を見ればわかる」

女性はこちらを指差して、あははと笑った。笑っているのに目元はすっきり引き締まり、はつらつとした印象を与える顔だった。

「でも大丈夫、うちのサークルに入れば、そんなのはたちまち治っちゃう」

「治っちゃうって、別に病気ではないんだけど」

「これ、何だかわかる」

食堂にいながら食事をとる気配のない彼女は、テーブルの上に分厚いビラの束をばさっと置く。

「もしかして、新歓ってやつ？」

「そう、正確には新入生歓迎活動。つまりわたしは新入生を歓迎する立場であって、新入生ではないということ。一方きみは、この四月から京都の街で暮らし始めた。違う?」

違わないので首を縦に振る。

「そのおどおどした感じ、いかにも新入生っぽいもんね。それじゃあさ、何の権利があって、先輩のわたしにタメ口利いてるのかな。きみ、歳はいくつ？」

青ざめていたかもしれない。礼を失したことに気づいたから、ではない。彼女の僕を責める様子が、憤るどころか嬉々として見えたからだ。僕は渇いた喉から声をしぼり出す。「今年で二十歳《はたち》、であります」

意外だったのは、彼女が一転つまらなさそうにしたことだ。

「浪人組か。わたしとは、実際にタメってわけね」

そしてビラを一枚、僕に投げてよこす。

「うちに来てくれれば、そのしけた面もみるみる精悍《せいかん》になるよ」

受け取って、ビラを眺めた。

〈男女合同柔道サークル　『剛道（GOH－DOH）』〉

《合同》ともかかっているわけか、などとネーミングの妙に感心している場合ではない。

「ちっちゃい頃からずっと柔道やってきたせいか、同性ばかり相手にしててもいまいち張り合いがなくて」彼女はぽつりとこぼしたあとで、「下の連絡先、わたしのだから」

そこには〈責任者　二回生　虎谷〉の文言のあとに、電話番号が記してあった。

「トラヤさん、と読むのかな」

「マミでいいよ。女なのに、虎ってのもかわいくないし」

なぜだか、むしろお似合いだという気がした。もちろんそれは、言わなかったが。

「興味あったら電話して。ていうか興味なくてもかけてよ。約束ね、破ったら落とす。まぁ、守っても落とすと思うけど」

二つの《落とす》の違いがよくわからず首をかしげる僕に、彼女は去り際、ウィンクをしながら言い残した。

「楽しみに待ってる。きみには、ミコミがあると思うから」

その顔がやはり嬉々としていたので、僕は少なくとも前者の《落とす》が、暴力を意味するらしいことに思い至ったのだ。

まだ見ぬ痛みに怖れをなした僕は、言いなりになる形で後日、彼女に連絡を取ることとなる。サークルにこそ参加しなかったが、気がつくと僕は早々に、彼女の恋人ということにされていた。柔道をしてなお発散されない、あり余る彼女の衝動をくすぐる何かが、どうも僕にはあったようだ。嫉妬よりは罰を楽しむように、彼女はことあるごとに浮気を疑い、また難癖をつけて、そのつど僕を振り回した。それでも消極的なところのある僕にとってみれば、人に臆せず気ままにふるまう彼女の堂々たる態度が、その自由さが、どれほど魅力的に映ったことか。

ただ乱暴なだけなら、二年も付き合ったりしない。楽しい時間をくれたこと、ブラックしかなかった僕の人生に、ミルクや砂糖や何種類ものフレーバーを加えてくれたことは、今でも心から感謝している。

それだけは、まぎれもない事実だ。


でも、だからって。カウンターの前で精いっぱいのけぞりながら、僕は思う。

「みぃつけた！」

偶然だとしたらできすぎている。ならばこれを、何と呼ぶのだったか。

「こんなところでまた会えるなんて、やっぱりこれは運命だよね」

聞いて呆れるよ。付き合っている間は、あんなに何度も別れを口走ったくせに。

僕から一歩離れて、彼女はあの嬉々とした笑みを浮かべる。どうしても運命にしたいのなら、続く言葉はやはり一つしか、《復縁》しかない。次に唇が動いたときが最後、そしてそれは今まさに、スローモーションで現実のものになろうとしていた。

絶体絶命。そう思った瞬間、カランと鐘が鳴り、間延びした声が割って入った。

「ただいまぁ」

只今しかない！

僕はとっさの判断で、白いビニール袋を提げて帰還した美星バリスタの背後へ回り込むと——笑いたければ笑うがいい、なりふり構っていられる段ではないのだ——両手で肩を持ち、虎谷真実のほうへ突き出して言った。

「しょ、紹介するよ。この人が、僕の新しい恋人なんだ」

空気が凍りつく。後方で扉の閉まる鐘の音が、いやにうるさく響いた。

まずい、まずい、非常にまずい。しかし沈黙はなおさらまずい。必死の形相、決死の覚悟で、「なぁ美星、オマエからも何とか言ってくれよ」と迫った。

「え？　えっと、あの」頼む、バリスタ。振り向く彼女に目顔で訴える。「あ、……

はい」

いや美星さん、今は顔を赤らめている場合じゃない。

バリスタには気の毒なことこの上ないが、僕は何も、考えもなしにこんな暴挙に出たのではなかった。虎谷真実が《タレーラン》を知っていたということは、戸部奈美子が宣言どおりにこの店のことを告げ口した可能性が高い。むろん、僕とバリスタが懇意であるという趣旨の発言を添えて。僕はそれを、逆手にとってやろうと思ったのだ。

「というわけだから、ごめん。僕はもう、きみとは付き合えないんだ」

やっぱりおかしな話ではないか。別れを告げられた身である僕が、どうして謝らなければいけないのだ。しかしそんなことよりも、ここはとにかく穏便にことを収めたかった。

彼女はパーソナルスペースの概念を軽くまたいで接近すると、値踏みするように美星バリスタを、上から下までねめ回して一言。

「こういう子が好みなんだ」

そしておびえるバリスタの肩越しに、わざわざ僕と目を合わせて告げる。

「わたし、こんなの認めない。これでおしまいだなんて思わないで」

毒気を抜かれた。彼女の瞳はうるんでいて、涙をこらえているようだった。そんな姿は見たことがなかったのだ。虎谷真実は、涙を武器として活用することはあっても、我慢するような女性ではなかった。だとすれば、それはどのような心情からくるものだったのか。

僕らの脇を抜け、彼女は《タレーラン》を出ていった。乱暴に開けられた扉はひとりでに閉まることもなく、数分後にやっと金縛りの解けた僕が振り返ってもまだ、何が起きたかわからないというようにぽかんと開いたままだった。

「解せないな、どうも」

虎谷真実が去り、店内は僕とバリスタの二人きりになっていた。強いていうならもう一匹、カウンター席の僕にこびるように、足元でシャルルが丸くなっている。騒動の間はちゃっかりどこかに身をひそめていたらしい。

注文しないアイスコーヒーを出してくれた後で、バリスタはカウンターの奥に引っ込み、作業する手をひっきりなしに動かしていた。《タレーラン》のアイスコーヒーは水出しといって、ウォータードリッパー——上部に水、中部に豆、そして下部にサーバーをセットする、縦に長いガラス製の器具だ——を使い、一滴ずつ何時間もかけて抽出する方法を採用している。苦みの強い豆でもおいしく飲めるように考案された方法といわれ、加熱せずに抽出することで苦みを抑えつつコクを引き出せるうえ、抽出したコーヒーは酸化しにくいので保存も利く。加熱して飲んでもよいが、そのままアイスで飲まれることが多い。

　独り言に見せかけたアピールは、さぞ鬱陶しかっただろう。バリスタはこちらを見ることもなく、ぼそっと反応する。「何がです」

　いつになく、つっけんどんだ。

「ねぇバリスタ。もしかして、怒ってます？」

　すると彼女はようやく僕のほうを向いて、満面の笑みで答えた。

「もちろんです」

　……そりゃそうだ。僕はがくりとうなだれた。

「誰だって怒りますよね。わけもわからず他人の厄介事に巻き込まれ、体を盾にされ、あまつさえ恋人だなんて言われたのですから」

　バリスタの顔から笑みが消える。

「アオヤマさん」

「はい」思わず背筋を伸ばした。

「私まだ、アオヤマさんと出会って、それほど長くありません。それでも三ヶ月が経ち、様々な出来事を通じて私は、あなたが信頼に足る人物かどうか、自分なりに確かめてまいりました。そして今では知っています、というよりも、信じています。アオヤマさんが、優しい心の持ち主だって」

むずがゆい。アイスコーヒーのストローをくわえる。

「だとすれば今日のことも、あなたにとってはかつての恋人をできるだけ傷つけずに追い返すための、やむにやまれぬ行動だったのでしょう。それなら私、喜んで協力しました。そのために受ける誤解など、さしたる問題ではありません」

ぬ？　これは展開が読めなくなってきたような。

「でもね、アオヤマさん。一つだけ、どうしても許せないことがあるんです。——あなた先ほど、私のこと、《オマエ》呼ばわりしましたね？」

ぬぬ？

「あれには私、怒りました。怒髪天を衝《つ》きました」

ぬぬぬ？

ぬぬぬじゃない。僕はかぶりを振る。理由はどうあれ、僕の言動が彼女を不快にさせたのは事実だ。恋人からでもオマエと呼ばれるのが嫌いな人はめずらしくないし、僕は親密さを演出するためにわざと口走ったのだけれど、そもそも僕らは恋人ですらない。バリスタはそこが何よりも業腹《ごうはら》だったのだ、僕との感性のずれは関係ない。何がぬぬぬだ。

「すみませんでした」僕は素直に頭を下げた。「謝ることしかできない、などとは言いません。この非礼に対するお詫びは、必ずや何らかの形で」

目を閉じたままグラスを拭いていた彼女は、僕の言葉に片目を開ける。

「お詫びって、どのような」

「それは、えぇと……プレゼント、とか」

我ながら、バカみたいな受け答えだ。でもバリスタは、にっこりと笑った。

「では、楽しみにしておきます」

深読みすると不気味ですらある。「あの、切り替え早いですね、みたいな」

「だって、お詫びをしてくれるのでしょう。だったらそれで、差し引きゼロではありませんか。なのにいつまでも恨み節でいたら、今度は私が借りを作ってしまうようなものです。アオヤマさんがお詫びを約束してくれた時点で、この件はもう解決済みの事項です」

そうやって割り切れれば誰も苦労はしない。感心よりは呆れを覚えつつ、僕はグラスを返すことでおかわりを催促した。

「それで、何が解せないんですか」

冷蔵庫からサーバーを取り出しながら、バリスタは問う。

「どうして彼女は、僕がここへ逃げ込むことを予見できたのかな、って」

「予見、といいますと」

そうか、バリスタは僕らが対面するまでの状況を知らないのだ。僕は北白川の自宅を出発した時点から、通過した道順や経過した時間などを簡潔に説明した。

「いいですか、僕がここへ駆け込んでから彼女に見つかるまで、せいぜい五分かそこらしか経っていないのですよ。では、丸太町橋からこの店まで、どのくらいかかりますか」

「おそらく丸太町通を西に進み、富小路通に折れるルートが最短でしょう。一キロメートル少々といったところ、普通に歩けば十五分ほどでしょうか」

「走ってきたとは思えませんね。それならもう少し、息や身なりが乱れていたはず」

「ピンヒールのサンダルを履いていらっしゃいましたね。あれではうまく走れないばかりか、自転車をこぐこともできないでしょう」

さすが女性は目のつけどころが違う。

「つまり、丸太町橋を離れた僕が逃げ惑っていた約十五分間を含めれば、彼女が僕の五分後にここへやってくること自体は可能だけれど、逃げた僕を追いかけて街をさまよう余裕はほとんどなかった。言い換えるなら、彼女の取った行動はあたかも、僕の逃亡先を予見していたかのようなんです」

「だったらそのとおりなのでは」

おっと、これはバリスタらしからぬ安直な意見だ。

「では、あなたは彼女が山を張ったのだ、と」

「だって、ご来店こそ初めてでしたけど、お友達からこの店のことを聞いてきたと考えるのが自然でしょう。アオヤマさんがご自分の足で逃げたのを見て、遠ざかるにしてもたかが知れていると考え、まずは周辺から逃げ込みそうな場所をあたっていったとすれば、おかしな点は何もないように思いますが」

「それは違うと……あ、全然違うと思います！」一度、言ってみたかったのだ。「さっきは説明しそびれましたがね。彼女は途中、僕に電話をかけているんです。そのとき僕は京都市役所前駅にいて、彼女は電話越しに『市営地下鉄のベルが聞こえる』と。でもね、彼女は僕の居場所を三条京阪駅だと勘違いしたんです。ならば普通は、電車に乗って逃げたと考えるところでしょう。一駅だけ移動して喫茶店へ行くなんて、検討にも値しない山ですよ」

　二杯目を差し出すバリスタに、わかりますか、と問いかける。

「彼女が僕の逃げ場を正確に予見し、途中の電話でもぶれなかったというのは、どう考えても解せないんです。そのからくりを知ることができなければ、僕は今後、おちおち《タレーラン》へやってくることも叶いませんよ。いつまた彼女が追ってこないかと、気が気でなくなってしまいますから」

「なるほど……これは、解せないことですね」

バリスタは考え込むように、下唇を持ち上げる。そしてハンドミルを取り出すと、ホッパーに豆を流し込んだ。

4

今日もいつもの、コリコリコリが始まった。

僕は飲みかけのアイスコーヒーを置いて、数十分前と同じ姿勢でカウンターに背を向けた。僕が来店してからこっち、店内には他に一人の客もおらず、しんとしている。虎谷真実は客ではなかったし、この店はいつ繁盛しているのだろう。

たとえばここに戸部奈美子がいたなら、話は簡単だった。彼女が告げ口した、でおしまいだ。別にここに戸部奈美子本人でなくてもいいが、どのみち僕の来店をただちに虎谷真実に連絡できる人間など、ここにはいなかった。僕は首を振り、共犯説を頭の中から追い払う。

「やっぱり、彼女の取った行動に解決の糸口があるのかなぁ」

再度、独り言に見せかけたアピールを試みるが、返ってきたのはコリコリばかりであった。バリスタもまだ、考えを整理している最中なのだろう。

ぼんやり想像してみる。鴨川の遊歩道で僕に逃げられた彼女が、一度は京阪電車を使って追いついたなら、丸太町橋の下でまた逃げられたとき、彼女はもう一度、京阪電車に乗ることを考えたのではないか。三条駅までの乗車は二分、全体の移動時間は最速で五分といったところ。これは彼女が電話をかけてきた時間にじゅうぶん間に合う。通話中に聞こえたベルを受けて、彼女はすぐ隣の市営地下鉄三条京阪駅に移動し、わずかに遅れて僕を追う――。

いや、だめだ。彼女の電話を受けたとき、僕はすでに京都市役所前駅にいた。上下線さえしぼれないのに、隣の駅で降りたなどと誰が考えるものか。仮に電話のあとで僕が飛び乗ったと見て、直近の電車を調べたとしたら、その終点は京都市役所前駅ではなかったはずだ。この時間帯、京都市役所前駅終点の電車が続けて来ることはない。

やはりここは順当に、僕を追って川端通を南下したとの仮定から始めるべきではないか。

「丸太町から、二条、その次は御池……そして、三条か。ん？」

待てよ、そういうことか。僕はバリスタに向き直る。

「ははぁ、わかりましたよバリス――」

「全然違うと思います！」

バリスタはにこにこしている。やり返す機会をうかがっていたらしい。

「まだ何も言ってないじゃないですか」

「跡を追う彼女が川端二条に差しかかったところで、二条富小路を横切るアオヤマさんの姿を遠方から見かけた、というのでしょう」

一どころか五分の一から、十を知られた心地である。

「川端通から富小路通まで五百メートルは優にあることを考えると、五分ちょっとでそこを歩ききるのは難しいですが、僕を見つけた彼女が早足になったとすればぎりぎり計算は合います。何よりも、丸太町通と御池通にはさまれた横の通り——東西に走る通りのうち、川端通と交わっているのは二条通しかありません。彼女が僕をみとめることができたのは、川端二条の一点に限られるというわけです」

語ることで考えはますます固まるのに、バリスタは即座に否定する。

「アオヤマさんは、きわめて初歩的な思い違いをしています。川端通から二条通を経由して、この店へいらしたことは」

「いや、裁判所のほうから来ることがほとんどですね。二条通まで南下すると、遠回りに——」

はっとした。京都の通りは碁盤の目なのに、遠回りとは何事か。むろんそれは、《タレーラン》が二条富小路の北側にあることだけを意味しない。

「どんなに遠目が利いたとしても、川端二条から二条富小路までは絶対に見通せません。なぜなら二条通は寺町《てらまち》通と交差する箇所で、少しだけ南北にずれるからです」

そのとおりだ。正確には、二条通は寺町通以西で数十メートル北寄りになる。

「はいはいどうせ、僕は全然違いますよ。ふんだ」

恥ずかしいのを隠したいがために恥ずかしいすね方をしていると、

「気を落とさないでください。今のアオヤマさんの説、リサイクルできそうですよ」

彼女は言う。なぐさめたいのか、謎を解きたいのか、それともコリコリしたいのか。

「何ですか、リサイクルって」

「先のお話でいうと、彼女が川端通を南下した場合、アオヤマさんの姿をみとめるのは不可能だったことになります。裏を返せば、もしも川端通を南下していなかったとしたら、アオヤマさんを見かけることができたかもしれない、ということです」

「というと、彼女ははなから僕を追いかけていやしなかったってことですか」

「二度も逃げ出しておきながら、あなたはまだ追えと言いますか」その言い方だと語弊が……うわぁ、冷たい目つき。「そこでお訊きしますが、川端丸太町にてアオヤマさんの追跡を断念した彼女が、そのまま丸太町通を西へ進む目的となる場所に、何か心当たりはございませんか」

あ、と短く五十音の先頭を発した。「彼女の自宅が、烏丸《からすま》丸太町の先ですよ！」

バリスタは、我が意を得たりとばかりにうなずく。

「おそらく傷心の真実さんは、帰路の途中でたまたま、富小路通を北上するアオヤマさんを見かけたのでしょう。丸太町富小路からこの店まではおよそ五分で着きますから、アオヤマさんが来店されてからの時間とぴったり一致しますね」

「撤回してもらいたいものですね。さっき『全然違う』と言ったのを」

リサイクルごときで図に乗る僕を無視して、バリスタはミルの引き出しを開け、微笑んだ。

「それでは実験してみましょうか」


まずは僕だけで、《タレーラン》を出ることになった。

「申し訳ないのですが、あまり長いこと店を空にするわけにもいきませんので……とりあえず、アオヤマさんは丸太町富小路に向かってください。到着の連絡を受けたら、私はうちのお店の電気看板の前まで行きます。そして、そちらから私が見えるかどうかを確認してもらうんです」

「結局、短い時間とはいえ店を空にするんですね」

「通りにいても来客があればわかりますから、どうぞお気遣いなく」

言われてみればそうだ。目下、客は僕だけだから、バリスタがあの家屋の隙間から目を離しさえしなければ問題はない。もっとも途中で客が来た場合、完全に僕の無駄足となるおそれはある。

「あの、店を離れるということは、連絡手段は携帯電話ですよね」

「そうなりますね。見えないようならば位置を変えたり、動作を加えたりといったことも試してみないといけませんから。適宜、指示をお願いします」

「了解しました。でもね、バリスタ。僕、あなたの連絡先を知りません」

「あ」彼女は平手を口に当て、次いで笑い出した。「すみません。私は知っていたものので」

「どうせ僕はナンパ坊やですよ」

むくれる僕に、彼女は携帯電話を差し出す。

「では、私の連絡先をお教えすればよろしいですね」

おぉ、これでバリスタとメル友だ――無垢《むく》な笑顔を見せる彼女に、ひそかに興奮していたのは内緒だ。

「あれ、どうしたんです、バリスタ」

なのに彼女は、にわかに身を固くしている。まずい、興奮が悟られたか。

緊張の一瞬。

「……あ、いえ、ちょっと気がかりなことがあったものですから」

次の瞬間、僕は彼女の連絡先をゲットしていた。いやっほう！　ビバ・ラ・ビダ！

こうなれば足取りは軽いものだ。僕はスキップでトンネルを抜けようとして、軒で頭頂部をしたたかに打ち、涙目になりながら丸太町富小路へと向かいかけた、のだが。

「なんだよ、これ」

北を望んで、文字どおりに絶望した。はるか前方、行く手を阻むように二台の大型車――右側にライトバン、左側に引っ越しのトラック――が路上駐車されていて、ここから丸太町通などちっとも見えやしないのだ。

二台の車は隣り合っているわけではないので、歩行者や車両の通行は保たれている。が、これでは彼女の常人離れした視力が千里眼の域に達していない限り、富小路通を駆ける僕の姿が見えたはずもない。僕は受け取った連絡先の確認も兼ねて、バリスタに電話で現状を伝えることにした。

「もしもし」

「もう着いたんですか。では、猛追《もうつい》します」

「ちょっと待ってください」洒落に関しては聞かなかったことにする。「富小路通に二台の車がとまっていて、視界がさえぎられています。とても見通せる状況ではありません」

しかしバリスタは、くだらない洒落を放った直後とは思えないほど冷静だ。

「富小路通には駐車禁止の標識があったはずですから、そう何時間も駐車しっぱなしということはないと思います。試しに二台の下の、アスファルトを調べていただけますか。とめたばかりなら、路面がまだ熱を持っているはずです」

なるほど。「バリスタが《タレーラン》へ戻ってきたときはどうでした？」

「すみません、確認しておりません。私は二条通の一本北、夷川通《えびすがわどおり》から戻りましたので」

富小路通に差しかかった時点で、南を向いていたということか。僕は電話を切り、指示に従った。

まずライトバンのそばまで行き、かがんで右手を車体の下へ。ひんやりしていた。今日の陽射しの強さを考えれば、駐車してから五分や十分ということはあるまい。続いて引っ越しトラックへ。荷台は開いており、中にはぎっしり荷物が積まれている。これは今から降ろすのだろう。期待を込めて、アスファルトに手を伸ばすと。

「おい、そこで何しとんねん」

全身の筋がびくんと跳ねた。振り返る。引っ越し業者の制服を着た、ガタイのいい男性が立っていた。

「あ、あの、ちょっとめまいが」僕は額に手をやりながら、「これから引っ越し作業ですか？　よかったら手伝いますよ」

「めまい？　熱中症ちゃうんか。そんな奴に手伝ってもらっても足手まといになるだけやんけ」

ですよね。自分の発言のまずさに、めまいが現実のものとなりそうである。

「親切のつもりか知らんけど、気持ちだけ受け取っとくわ。どうせこっちの作業はもう済んだし」

あれ？　今から降ろすんじゃなかったのか？

「作業って、何をやっていたんですか」

「見たやろ、荷台。荷物を積んで、これから配送や」

まったく僕ときたら早とちりがうまい。引っ越しは、積み込みとお届けがあるのだ。

「ちなみにどのくらい時間がかかりました？」

ぎろりとにらまれた。すみませんすみません。

「いつまでも道をふさいで悪かったな。おんねん、今日が引っ越しやいうのに梱包《こんぽう》も何もしてへん客が。ままあることやけど、今日のは特にひどかったな。たっぷり一時間はかかったわ」

一時間。僕は腕時計を見る。僕が《タレーラン》へやってきたのが今から四、五十分前だから、そのときすでに、このトラックはここにあったということだ。

「お仕事の邪魔してすみませんでした」

僕がそそくさと退散しようとすると、

「熱中症には気ぃつけや。牛乳飲めばいいらしいで」

男性はどこかで聞いたことのある豆知識を披露したのち、荷台を閉めてトラックに乗り込み、颯爽と走り去っていった。怪しまれなかったことに安心し、振り出しに戻ったことに落胆する。とりあえず、バリスタにリダイヤル。

「バリスタ？　残念ながら、車はどちらも――」

「ごめんなさい！」

「ど、どういたしまして」いきなり謝罪されると心臓に悪い。

彼女はいかにも消え入りそうな声で言う。

「まずは、無駄足を踏ませてしまいごめんなさい。――実はもう、挽けちゃったんです」

何だ、その言い方？

5

「どうしてそういうことするの！」

《タレーラン》の扉を開けるなり飛び出したのは、鐘の音、ではなく怒号である。

亀のように首をすくめつつ中をうかがうと、バリスタが両手を腰に当て、仁王立ちしている。小さな体ながら迫力はかなりのもので、形相に至ってはまさに仁王像そのもの、などと言ったらお詫びの件数が増えそうなので口を慎もう。

言わずもがな、バリスタの怒りの矛先は僕ではない。むしろ矛先にあたる人物の陰に隠れて、僕が見えていないのかもしれない。ではその、矛先はというと。

「だって、お願い聞いたら今度デートしてくれるって言わはるんやもん」

全身からふてぶてしさを発散しているのは、藻川の爺さんだった。僕が通りにいた十分かそこらの間に、外から帰ってきたらしい。

「だからって、お客様がうちにいらしたことを、他の人に報告するなんて言語道断！　客商売の風上にもおけない、ていうか人として最低……あっ、アオヤマさん」

お邪魔になりそうだったので、そろりそろりと退却しようとしたのだが、さすがに見つからずにはいられなかった。

「と、いうわけなんです。本当に本当に、申し訳ありませんでした」

そのまま土下座に発展しかねない勢いで、バリスタは頭を下げる。

「はぁ、あの、事情を説明してもらわないことには」

「単純なことでした。アオヤマさんがうちへいらっしゃったことを彼女が自力で知りえなかったのであれば、この店にいる誰かが教えたに決まっているのです」

「つまりその役目を担ったのが、藻川氏だったと」

「アオヤマさんがご来店したとき、ここにおじちゃんはいたのでしょう」

「当然ですよ。じゃなきゃ部外者の僕が、店に入れるはずがない。藻川氏からバリスタが外出中であることを聞いたので、待たせてもらうことにしたんです」

嘆息せずにいられない。密告者とは、あまりにもあっけない真相だ。密室殺人かと思いきや、秘密の抜け穴があったようなものである。

「でも、僕も一度は検討したのですよ。店内にいた誰かが、僕の来店を知らせたのではないかと。だけど実際には、藻川氏しかいなかった。一方、バリスタは彼女を見て、初めての来店だと言いましたね。ということは、彼女と藻川氏とは面識がなかったことになります。よって連絡が直接とれるはずもないので、僕はその線を除外したのです」

「直接は無理でも、共通の知人さえいれば、そんなのはたやすいことです」

苦々しげに語るバリスタから離れ、爺は身を反転させる。

「何日か前に、戸部奈美子ちゃんから電話があったんや。ほんで『あの男の人が店に来たら教えて』って言うからやな、お礼はデートでどうやと軽口叩いたら、あの子オッケーやって。そんなもん目の前にぶら下げられたら、断るわけにもいかんわな」

バリスタがどんと地を踏む。ひぃ。そのまま彼女は爺の帽子を取り、後頭部のほとんど残っていない髪の毛をつかみ、腕ずくで頭を下げさせた。

「私の監督不行き届きでした。油断するとすぐ、お客様から連絡先を聞き出すんです」

僕は小須田リカのことを思い浮かべていた。同伴者の僕も知らないうちに、藻川翁が彼女から連絡先を教えてもらっていたことが後々わかって、愕然とした。まして親しげに口を利いていた戸部奈美子なら、とうに連絡先を交換していたっておかしくなかったのだ。そこの繋がりにもっと早く思い当たっていれば、真相までは一飛びだったのに。

「バリスタは僕に連絡先を教えようとして、そのことに気づいたんですね」

「遅きに失しました。いかにもおじちゃんのやらかしそうなことなのに。しかも私は、いくら何でもそれはないだろうと考え、あなたに無駄足まで踏ませてしまったのです」

「お、おいバリスタ、いいかげん首が」

さしもの爺もこれにはいくらかこたえたようで、床に向かって泣き言を吐く。

「そう、おじちゃんなんかクビだよ、もう」

従業員がオーナーに向かってクビとは、これいかに。

「赦してあげてください。藻川さんだって、まさか自分の連絡が僕のかつての交際相手に届くとは、考えもしなかったでしょうから」

このままではバリスタが犯罪者になりかねないので、僕がなだめると、

「そうや、てっきり奈美子ちゃんが坊やのこと気に入ってるんや思て、協力してあげたんや。二人が厄介な関係やったなんて、そんなん知らんし」

追い風を得たと見たのか、爺が懸命に弁解を始める。そういえば七月に僕がビンタを食らったとき、彼はこの場にいなかった。本当に、事情を把握していなかったのだ。それにしても、戸部奈美子が僕を気に入っているなんて、誤解の仕方は親戚どうしよく似ている。

「まぁ、アオヤマさんがそうおっしゃるのなら」

不承不承、バリスタはやっと手を離した。爺は臆病な猫のように飛びのいて、首をしきりにさすりながら言う。

「すんまへんな、かばってもらって。バリスタも言うとったけど、坊やはほんまに優しい人や」

仲間だと思われても困るので、僕はきっぱりはねつけた。

「あなたをかばった覚えはありません。過ちだけなら赦しますが、そのせいで問題が発生したとたんに風を食らって逃げ出したこと、僕は見逃しちゃいませんからね」

そうなのだ。店に戻ったバリスタの背後をとった僕は、入口の扉に背を向ける格好となった。その後ろで、老人は騒動を横目に逃げて扉を閉めたのだ。《タレーラン》の扉は重厚で、普通ひとりでには閉まらない。うるさく感じるほど鐘が鳴ったということは、誰かが扉を、それもよほど慌てて閉めたに違いないのである。

いよいよ爺さんは、そばで丸まる仔猫より小さくなってしまった。しかしもう憐憫《れんびん》はもよおさない。この人は、一度ちゃんと反省したほうがいい。

「おじちゃんとは、親戚といってもほとんど他人みたいなものですから」バリスタはあらためて身内を突き放したあとで、「こちらも考えないと済まないようですね、この件についてのお詫びを」

僕は《オマエ》呼ばわりしてしまったことを思い出した。

「構いませんよ、僕だってお詫びを請け負った身ですから。これでチャラってもんです」

ところがバリスタは、目をぱっちりと見開き、あごを持ち上げ言ったのだ。

「それとこれとは話が別です」

これも感性のずれ、で済ませてしまっていいのだろうか。

とまれ、話は一段落したようだ。爺が今後、悪さをしなければ、僕は大手を振って《タレーラン》にかよい続けられる。ほっとしてカウンター席に座ると、バリスタはしばらく沈黙したあとで、思いきったように訊ねてきた。

「なぜ、そこまで必死になって逃げるのです」

面倒な質問だ、と思った。できるなら、触れられたくない部分でもあった。

「当事者にしかわからないことですよ。もしも彼女が復縁を望んでいるのだとしたら、あきらめてくれればいいと思っているんですがね」

「いったんはあきらめたのだと思いますよ。先ほどもお話ししたように」

少し沈んだその声に、冷たい指でさっと頬をなでられたような感じがした。

「たった五分で、彼女はここへ姿を現したのですよね。川端二条はおろか、丸太町富小路からだって、のんびり歩いていては時間が足りません。まして、おじちゃんと奈美子さんが連絡するための時間も必要だったのです。となると彼女は報せを受けたとき、川端通ではなく丸太町通、それも富小路通との交差点付近にいたとしか考えられません」

「すると彼女はやはり、帰路の途中だったというわけですね」

駅で受けた電話がよみがえる。あのね、もう。その先に、彼女は何を言わんとしたのか。

「彼女はあきらめようとしていたはずです。なのに別れ際の台詞は、それを真っ向から否定するものでした。そこに込められた真意を、軽視してしまってよいのでしょうか」

――わたし、こんなの認めない。これでおしまいだなんて思わないで。

「……しきりに彼女、これは運命だって。あきらめたはずのところに、もう一つチャンス転がりこめば、偶然以上の意義を見出してしまうものなのかもしれませんね」

たとえば出身地、たとえば趣味、たとえば好きな歌手。どのような相手でも探せばいくつかは見つかる程度の共通点で、人は簡単に運命なんてものを信じてしまう。僕だって同類だ。別れと出会いが重なったくらいで、それを運命と呼んでいた。

「お二人の間に何があったのかは知りません。けれども何か、あまりよくない予感がするのです」

　バリスタは断固たる口調で告げる。

「どうか、逃げ出したりしないでください。訴えを無視し続けるのではなく、可能な限り双方の納得のいく形で、事態を収拾してください。彼女のためだけに申し上げているのではありません。それは、あなたのためでもあるのです」

　そのときはまだ、バリスタの切実さが何に向けられたものなのか、僕にはよくわかっていなかった。イエスともノーとも返せずに、僕は目を逸《そ》らす。

「どうして三ヶ月も経って今さら、また僕の前に現れたんだろう。友達や他人を巻き込んでまで取り戻したいものなら、初めから手放さなければいいのに」

　返事を期待しないぼやきだった。それでもバリスタは、言葉をくれる。

「三ヶ月という時の流れの中で、私はあなたがどういう人か、自分なりに理解してきたつもりでいます。同じように、彼女はいなくなったあなたが過去にもたらしてくれていたものを、認識し直したのではないでしょうか」

「………」

「別れたばかりの頃は、親友にもあなたの悪口ばかり言って、憂さ晴らしをしたかもしれません。でも、時間の経過が荒ぶった感情を鎮めるにつれ、過ぎてしまった素晴らしい日々を懐かしみ、ついには取り戻したいと願うようになったとしても、不思議はないと思うのです。あなたのいた世界はそれだけ、居心地がよかったのでしょう。何となく、わかるような気がいたします」

顔を上げると、バリスタは頼りなく微笑んだ。

彼女はどういうつもりで今の台詞を口にしたのか。もしかすると思いきり浮かれてもよかったのかもしれないが、僕はそんな気分になれなかった。何者でもない自分のいた世界が、どのようなものだったか――虎谷真実といた世界がどのようなものだったか、思い返さずにいられなかったからだ。

こちらの表情が変わったからだろう、バリスタは同じフロアにいながら、僕を一人きりにしてくれた。無数の思い出の断片が、出来の悪いクレマ――エスプレッソの表面に浮かぶきめ細やかな泡――のように浮かんでは弾けていくのを眺めるとき、僕はこの三ヶ月で初めて、彼女とうまくやれなかったことをとても悲しいことだと思った。そこにいる誰もが口をつぐみ、静謐《せいひつ》さに満ちた喫茶店の外では、わずかに傾いた九月の陽射しが、誠実に、残酷に、夏の過ぎたことを物語っていた。

第五章

past, present, f*****?

1

——出会った！

腹の底からそう叫びたくなったのは、本年中四ヶ月ぶり二度目のことである。一度目を一目惚れならぬ《一口惚れ》とでも形容するなら、二度目の今回はまさしく一目惚れだった。視覚が対象をとらえた瞬間、あたかも心の中央を矢が射抜いたかのよう……いや、これは何も、クピドの放った矢になぞらえたのではない。実際に、僕の心を射抜いた対象こそ、矢そのものだったのである。

さる水曜日の夕刻、僕は久々にヒマを持て余し、さりとて《タレーラン》は定休日で退屈をなぐさめてもくれないので、目的もなく繁華街をうろついていた。三条から寺町、そして新京極《しんきょうごく》とアーケード街を旅すれば、平日でも若者を中心に人通りは多い。商店街の小規模なショップよりは一人でも寄りつきやすい店を求め、やがて僕は新京極と河原町通との間に位置する、《京都ココロフト》へと流れ着いた。

京都ココロフトは、五階建てのビルを丸ごと売り場とする大型雑貨店である。家具や文房具や化粧品、さらにはパーティーグッズに至るまで、ここへ来れば欲しいものはだいたい何でもそろう。蛇足だが《ココロフト》という名称は、「心がふっと温かくなる」雑貨店を目指してつけられたものと聞く。由来は悪くないように思うが、僕にはどうも《心太《ところてん》》が連想されてならない。

さて店内に足を踏み入れると、僕は地階のフロアを見渡した。全体的にオレンジなのは、数日中に撤去されるに違いないハロウィンのグッズたちが、有終の美を飾っているかららしい。知名度のわりには何をしていいかよくわからないイベントだ、と思いながら、特設展示のスペースを通過する。

続いて足を止めたのは玩具のコーナー、壁にかかるダーツボードの前だ。何となく目を引いたのは、コーヒー豆や器具の卸販売を行っている大手の業者に、ダーツボードを模したロゴを使用しているところがあるのを思い出したからだろう。とりたてて趣味のない――コーヒーはもはや趣味とは呼べない――僕だ、ダーツだって付き合いで何度かプレーしたことはあるものの、特別な思い入れを持っているということはない、はずだった。

ところがもう一歩を進めたとき、その無関心はくつがえることになる。

目の前にぶら下がるダーツの矢に、気づけば僕は心のブルズアイを射抜かれていた。戦艦の絵が印刷されたフライト。きゅっと締まったタングステンのシャフトは心持ち長めで、バレルが六角形というのも特徴的だ。

欲しい。生唾を飲み込む。本能的に、衝動的に、僕はこの矢が猛烈に欲しい。

けれど、考える。今の今まで、僕はダーツを趣味にしようだなんてこれっぽっちも思っていなかった。本来はこの矢を欲すること自体、不可解な現象なのである。どこかに理由があるならば、聡明なあのお方に解き明かしてもらいたいくらいだ。そのような突拍子もない欲望に、やすやすと従ってしまっていいものか。

もう一つ。陳列された矢の上部にある値札に、僕は目を奪われていた。四桁《けた》の範囲で存分に勢力を拡大し、今にも五桁に手が届かんというような金額である。それは素人にとってわかりやすい品質の保証となる反面、素人が気軽に購入するものではないということのようにも思える。しかもダーツは、矢だけではプレーできないのだ。こいつを入手して、的が欲しくならないということがあろうか。となると懐への影響は、無視できないレベルになってくる。

恋をとるか生活をとるかで、ぶら下がった矢に刺さってぶら下がる心は揺れた。どうしたものかと悩んでいると、ふいに声をかけてくる者がある。

「投げられてみてはどうですか」

投げられてなるものか！　柔道の達者な恋人がいた季節の後遺症により、僕はがばっと振り返った。

スーツ姿の男性が立っていた。歳は僕とそう変わらないだろうが、セルフレームの眼鏡や爽やかに切りそろえられた髪型からは、ずいぶん垢抜《あか》けた印象を受ける。

「えっと、投げられるのは僕、ではないですよね」

突然の事態に僕がうろたえていると、

「あなたが投げなくてどうするのです」男性は親しみに満ちた笑みを浮かべる。「そこに試投用のダーツがかかっていますから。買う前に、試したほうがいいですよ」

勧めてくるからには関係者と思われるが、アルバイト店員の着ている黄色のユニフォームではないあたり、社員なのかもしれない。若いのにグレーのスーツの着こなしが堂に入っていて、お洒落な雑貨店で働いているのがイヤミにすら感じられるな、と思った。

男性の指摘により僕は、今しがたまで眺めていた矢が、いわゆる見本だったことを知る。その後ろには、きちんと三本セットになった箱詰めの矢が、行儀よく上のペロンとした部分を吊っている。僕は見本を手に取った。

「あそこを狙って投げてください」

彼の示したボードはややくたびれて、明らかに売り物ではなかった。足元にはビニールテープが貼ってあり、ここから投げろということらしい。自意識過剰からくる緊張で固くなりながら、とりあえずうながされるまま投げてみた。が、矢は大きく的を外れ、ボードの下の壁に当たってカコンと情けない音を立てる。

「すみません、あそこってのは、あのボードという意味だったのですが」

わかってるよ！　言葉どおりすまなそうにしている男性に、かえって神経を逆なでされる。矢を回収し、元のテープの位置へ戻ると、すぐそこで黄色いユニフォーム姿の女性店員が、携帯電話を片耳に当てて呆れ顔で僕を見ていた。たちまち頬を熱くしながら、真に恥ずべきは仕事中に平気で電話をしている彼女の勤務態度のほうだろう、と思う。

回れ右して、第二投。今度はかろうじて的を捕らえたが、狙ったはずの中心からは大きく逸れて外側のダブルリングとの境目、2のシングルに刺さる。初めからうまく投げられるわけもないのに、僕はこの矢を欲したことがだんだん申し訳なくなってきたので、一ラウンドにあたる三投でやめようと思った。

こうなりゃヤケだ。開き直って目をつぶり、やみくもにラスト一投を放つ。

「おぉ！」

すると男性がすっとんきょうな声を上げるので、しばらく現実を直視する勇気がなかった。そんなことをして結果が変わるわけでもないのに、おそるおそる薄目を開く。

奇跡が起きていた。放たれた矢は的の真ん中も真ん中、ブルズアイに突き刺さっていたのだ。こちらの眼《アイ》は、開かれてすらいなかったというのに。

「――これ、買います！」

「よ、よかったですね、決まって」

だしぬけに大声を出されたせいか、男性は笑みをひきつらせる。僕は右に一歩ずれ、再び陳列棚に向かった。ところが、

「あれ、ない」

つい先ほどまで確かにぶら下がっていたはずの、箱詰めになったダーツの矢が、なくなってしまっていた。試投しているすきに、他の客が買い上げてしまったのだろうか。箱を見たのは一瞬だったので、いくつぶら下がっていたのか、もしくは最後の一セットだったのかさえ、僕は確認していなかった。

「ありゃ、残念でしたね。またの機会に、ということで」

男性は愛想のよい対応で取りつくろうが、僕のショックまでは取り去れない。せっかく決心がついたのに。ぐずぐずしていた自分が悪いとわかっていながら、手に入らないと思うとますます欲しくなってしまう。

「お騒がせしました……」

僕は肩を落とし、とぼとぼとココロフトを去った。本当は他のフロアも見て回る予定だったのだが、あいにくそんな気分にはなれなかった。蛸薬師通《たこやくしどおり》側の出口をくぐって、未練がましく建物を振り返れば、勤務態度に難ありの女性店員がまだこちらに視線を投げている。いっそ舌でも出してやろうかと考えていた、そのとき。

「アオヤマさん」

背後から聞こえた声に、僕は落とした肩を戻した。

「やぁ、これは——バリスタ」

さらに体を反転させると、美星バリスタは照れたように微笑む。

「店の外でもその呼び名だと、ちょっぴり恥ずかしいです」

こちらも相好を崩す。「奇遇ですね、こんなところで会えるとは」

「本当に。ココロフトへは、コーヒーに関する器具や食器を見にいらしたのですか」

「いやぁ、ほんの暇つぶしですよ」僕は頭をかいて、「そちらは何をされていたんです？今日はお休みでしたよね」

「はい。たまにはショッピングでもと思い、その辺をぶらぶらしていたところ、あそこの角からちょうど、ココロフトを後にするアオヤマさんの姿が見えたので。ほら、私もほんの十分くらい前までいたんですよ」

彼女はココロフトの黄色い小さな紙袋を、顔の横に掲げた。語りながら肩を小刻みに揺らす度、レースのチュニックの裾がふわふわと泳ぐ。彼女のそんなさまが実に楽しげで、僕は何だか、かわいらしいじゃないかと思ってしまった。

本能的に、衝動的に、感情が僕の背中を押したのだろうか。もしくはすでに一つ逃した願望が、異なる願望への貪欲さを駆り立てたのだろうか。

次の台詞はことの外、すんなり口から転がり出た。

「ところでもうじき夜になりますけど、これからお時間ありますか」

瞬時に彼女が真顔になるので、頭の中が真っ白になる。しまった、と思う。

だから彼女の返答は、白い頭にすっきり響いた。

「えぇ。今夜は私、つれづれです」

柔らかな声に、胸の奥をぎゅっとつかまれた。次こそどもりながらになる。

「あの、よかったら、でいいんですけど。ご飯でも食べに行きませんか、なんて」

「お誘いいただいて光栄です」彼女はふわりと微笑む。「行きましょう、ぜひ」

電子の快音が耳の奥に響いた。ブルに的中するとダーツマシンが鳴らす、あれだ。

「ついてきてください。木屋町《きやまち》にいいお店があるのを知ってるんです」

暮れかかる街に意気揚々と踏み出そうとして、僕はふと、もはやコーヒーを《タレーラン》をも介しない二人の関係に不思議な感慨を覚えた。信号待ちで立ち止まるとき、にかよい始めた理由は何だっけ、と我に返りかけたが、隣を見るとバリスタは楽しそうにこちらを見上げていたので、まぁいいかと自分を納得させた。

2

京都には、《おばんざい》なる料理のジャンルがある。

言ってしまえば惣菜のことなのだが、出汁などを用いて薄く味付けされた、質素にしてヘルシーな傾向を持つおばんざいは、一般的にイメージされる惣菜とは一線を画しており、歴史ある京都ならではの風情を感じられる。本来は家庭料理であるこれらおばんざいだが、なかなかどうして酒のつまみにもうってつけで、日本三大銘醸地として名高い伏見の日本酒が進む、進む。京都きっての飲み屋街である木屋町におばんざいのおいしい居酒屋を見つけて以来、こんなところで女性にお酌でもしてもらえたらと憧れていた僕は、これ幸いとばかりに美星バリスタを引き連れ、その店を訪れた。

通りの角にたたずむビルに到着し、エレベーターで四階へ。ところが、暖簾《のれん》のかかった格子の引き戸の向こうは何やら慌ただしく、僕らを迎え入れてくれる気配はない。

「あれ、今日はやってないのかな」

「中に人がいるのでそれはないかと……私たち、早すぎたのではないでしょうか」

営業時間を確認。午後六時開店。時計を確認。午後五時四十五分。

「ご明察ですよ。まいったな」

乾いた笑いでごまかしていると、引き戸が開いて店員と思しき女性が出てきた。

「すみません、開店までもう少々お待ちいただけますか」

そりゃ、もう。こちらがフライングしたのですから。

「お席をお取りしておきますので、お名前をうかがってもよろしいでしょうか」

「あ、えっと、あおのやまと、書いて《青山》です」

隣をちらり。早くもバリスタは、順番待ちのベンチにちょこんと座って、携帯電話をいじっていた。

どうにか困難を乗り切った模様。ほっとして、バリスタに並んで腰を下ろす。彼女は携帯電話をしまい、のんびりと問う。

「おばんざいの居酒屋ですか。お好きなんですね」

「ええ。感動するほどの派手さこそないですが、飽きのこない深い味わいがありますね」

「私にとっておばんざいとは、亡くなった奥さんの作ってくれるお料理そのものでした」

眉根を揉んだ。奥さん、すなわち藻川夫人が、いわゆる京おんなであることは聞き知っていた。バリスタは京都の出身でこそないが、居住歴二年半の僕とは異なり、京都の食文化に触れる機会は数多くあったはずだ。

「すみません、本当に気の利かない男で」

「何をおっしゃいます。懐かしく感じられてうれしい、と申し上げているのですよ」

ならいいんだけど。藪蛇になってもいけないので、僕は鼻をすすって返事に代えた。

「お待たせしました。こちらへどうぞ」

先の店員に通されたのは、小さなテーブル席だった。ほの暗く、居酒屋という響きとは不釣り合いなほど瀟洒《しょうしゃ》な店内に、行燈《あんどん》を模した暖色の灯りが優しい。上座のソファにバリスタを座らせ、僕は籐《とう》椅子に身を落ちつける。

いきなり日本酒から攻めて酔いが回るのももったいないので、僕はまず京都の地ビールを選んだ。バリスタは梅酒のソーダ割り。いける口なのかは微妙なところだ。さらにあてとして生麩《なまふ》の揚げ出し、自家製ひろうす、小芋の炊いたんなどを注文する。

ほどなく手元には、円錐《えんすい》形のビールグラスと大ぶりのシャンパングラスが並んだ。透過した光によってテーブルを琥珀《こはく》色に染め上げる二つのグラスを手に取り、まずは乾杯。

「……何に乾杯いたしましょう」

バリスタはふっと微笑む。

「それでは、数字の8に、というのはいかがでしょうか」

求めるまでもなく説明待ちだ。

「十月ですね。英語ではOctoberです。ところで今日、私たちが出会ったのは蛸薬師通でした。蛸、といえば英語ではoctopusとなり、〝octo〟が共通しています」

「〝octo〟ってのは確か、ラテン語でいうところの8でしたね」

「Octoberという名称は、古代ローマの暦で第八番目の月に当たることからついたそうです。そして日本で八といえば、末広がりで縁起のいい数字とされていますね。どうです、となると今宵の私たちの邂逅も、いっそう素敵なもののように思えてきませんか」

どきりとさせられる。彼女の笑顔に、妙な計算が透けて見えないからなおさらだ。

「ですから数字の8に、ということで、えいっと乾杯してしまいましょう」

「eightだけに、ですか。今の台詞、僕は言わないほうがよかったと思います」

チンと触れ合うグラスの振動が、心までも震わせた。

和洋折衷の行き届いた店の雰囲気が、シャンパングラスとおばんざいを並べてもなお調和を醸す。彼女はひろうすを口に含むと、やはり家庭のものとは違いますね、と言って笑った。気に入ってもらえたようだ。たわいもない会話は心地よく流れて酔いの力を借りるまでもなく、幸せな気分を噛みしめながら僕は、飾り気のないごちそうに舌鼓を打った。

吟醸酒を徳利で頼むと、バリスタはお酌を買って出てくれた。

「感無量ですね。美星さんに、こうしてお酌をしてもらえるなんて」

猪口を持ち上げて言う。照れくさかったが、仰せのとおりに名前で呼んでみたのだ。

「大げさですよ。飲みものなら、いつもお出ししているではありませんか」

「いやいや、これはまぎれもない本心でね。ことさらに性差を強調する発言となれば本意ではありませんが、素敵な女性に一対一で、それも徳利でお酌をしてもらうというのは、えも言われぬうれしさがあるものです」

少しずつ、けれども着実に酔いは回ってきているらしい。常ならぬ大胆な発言も、僕の唇のフィルターを易々と通過していく。しかし彼女は、いたって冷静らしかった。

「でも、こういった機会が初めて、というわけではないのでしょう」

おっと、今ここでそれに触れるんだ。表現は直截《ちょくせつ》でこそないが、バリスタの言葉が僕のかつての恋人を示唆しているのは明らかだった。意外な気がして、僕は言う。

「めずらしく、踏み込んだ質問ですね。僕のごく個人的な領域について、これまでのあなたは、面白がって言い当てようとすることはあっても、素直に訊ねたことはあまりなかったように思いますが。てっきり、そんなに興味がないんだろうと」

あくまでも、茶化すような気持ちに過ぎなかったのだ。ところがバリスタは、いくぶん特異な反応を見せた。

「気に障ったのなら謝ります。いい気分だったのでつい、図に乗りすぎてしまったようです。たいへん申し訳ありませんでした」

そう言って、深々と頭を下げたのだ。

「いや、別に怒ったわけじゃ。構わないんですよ、訊かれることも、答えることも」

僕は慌てて手を振った。けれども彼女の表情の曇りは取れないので、勢いでぺらぺらしゃべってしまう。

「ええ、確かに初めてではありません。でも振り返ってみると、その人はまるで、ペットの犬を服従させようとする幼児のような感覚で、僕を扱っていたように思うんです。気に入らないとカンシャク起こしてしいたげるような感覚で、ね。だからお酌一つとっても、そこまでが彼女の計画の内というか、それこそ僕は要らない服を着せられた飼い犬の心境に近かった気がします。当時はそれでもよかったんでしょうが、今夜のこれとはまったく別物なんじゃないかな」

　気に障ってなどいないことを示すつもりで打ち明けたのだが、言いきってから余計な話をしたな、と思った。バリスタの様子は変わらずで、グラスを握る指に力がこもっているのが、怖いとすら感じられる。

　これ以上、自分の話はすまい。僕は猪口《ちょこ》の酒をぐいとあおって、安直に球を投げ返す。

「あなたのほうこそ、僕より長く生きてきたのですから」

「たったの一年ではありませんか」少しだけ、頬が緩む。

「いわゆる《こういった機会》というやつも、きっとあったのでしょう。踏み込んだことを謝るくらいなら、こっちにも踏み込ませてくださいよ」

　僕自身、バリスタとは店員と客との距離を保ち、踏み込んだ質問をしてこなかった。

そういう匂いは嗅ぎ取れなかったけれど、極端な話、ここで彼女が「恋人がいる」と言い出したっておかしくはなかったのだ。

幸いというべきか、彼女はそうすることもなく、うつむいて小芋に箸を伸ばした。

「文字通り《お酌をする機会》というのであれば、皆無ではありませんでしたが……それ以上の意味合いを含むとなると、楽しんでいただける話の一つも持ち合わせない経験の乏しさに恥じ入るばかりです。実は《こういった機会》でさえも、もう何年振りになるかわからないくらいなのですよ」

おや。僕はこれまで彼女に見出してきた、いくつかの引っかかりを思い出す。梅雨、彼女の態度を見て僕が覚えたいびつな寂しさ。夏、出会いから交際までの展開の早さを知ったときの彼女の驚愕。秋、僕のためだと言って、かつての恋人に善処するよう忠告した際の切実さ。

もしかして、と僕は思いついたままを口にした。が、その言葉はまたしても、言いきったあとで悔やむことになる。

「男性が、もしくは色恋沙汰が苦手なんですか？　過去に何かあったとか」

「――アオヤマさん」

彼女の声は、冷たくて鋭かった。

「おっしゃるとおり、私はあなたよりも一年ほど長く、人生を過ごしてきました。いろんなことがありました、苦しいことや、悲しいこともたくさん。それらを経て、私はあなたと出会い、同じ時間を共有しています」

軽々しくうなずくこともできない。皿の上では、小芋が箸に突き刺されている。

「これは私の勝手な希望かもしれませんが、アオヤマさんとはいずれ、互いの内側の深いところまで立ち入ることのできる間柄になるのでは、という予感がしています。けれども今はまだ、その勇気がないのです。どうか、もうしばらくそっとしておいていただけませんか。しかるべき時期がきたら必ず、私のほうからお願いいたしますので」

それはきわめて抽象的な言葉で、僕自身、すべての意味を理解できたとは思っていなかった。ただ、彼女が胸の奥に抱えたものの正体を隠しながらも、その存在を僕に知らしめようとしていることは伝わった。もとより土足で踏み荒らすような真似をしたかったわけではないし、彼女の秘めたる何かを受け止める覚悟だって、あるかと問われても答えられない。僕にできることと言ったら、彼女がそれを必要としたとき、内側にそっと進み入ることくらいだろう。

「すみませんでした。あなたは話したいことだけを、話してくれればいいんです」

「そんな、謝らないで」彼女の声音に、やっと温かみが戻る。「私のほうこそごめんなさい。きっと浮かない顔をしていたのでしょう。そんな私を気遣ってくれるあなたの優しさには、心から感謝しています」

「そんな高尚なものではありません。自分でも、軽薄だったと思います。けれどもしつらくなったとき、誰かに何かを吐き出したくなったときは、僕でよければ聞きますから」

「ありがとう。そうですね、少しつらい時期もありましたが、私は大丈夫です」

彼女が元の笑みを浮かべたとき、僕はほっとする一方で、今宵ちぢまったかに見えた距離が、リセットされてしまったようにも感じた。

「私には、守ってくれた人がいました。今でも大切な親友なんです」

それはよかった。僕の出る幕なんて、ないほうがいいに決まっているのだ。

何も言えなくなってしまった。どう振る舞うのが正解なのか、わからなかった。ふせた目は空の猪口をとらえたが、ここでお酌を求めるのも違う気がした。

「……ちょっと、お手洗いに行ってきます」

僕が選んだのは結局、中座というありふれた逃避だった。ところがその情けない振る舞いが、少なくともバリスタにとっては正解であったことを、僕は直後に知ることになる。


仕切り直すべきか、それとも出直すべきか。

決めきれぬまま席に戻ってみると、僕のいない間にバリスタが、お酒を追加注文していた。どうやらいける口らしい。仕切り直すことにあいなり、今度こそお酌を頂戴する。

薄暗い照明がにわかに、輪をかけて弱々しくなったのは、午後九時を回った頃だった。

ＢＧＭが変わる。誰もが耳になじみのある曲を、ボサノヴァ調にアレンジしたものだ。店の奥からはウェイターが、ぱちぱちと弾ける花火の立った、小ぢんまりとしたケーキを片手にこちらへ近付いてきた。

まさか、である。ケーキはごく自然な動作で、僕の目の前に着陸したのだ。

「ハッピーバースデーですよ、アオヤマさん」

よく見えないのに、彼女の笑顔が手に取るようにわかった。

「憶えていてくれたんですか」

本人が教えるより先に、彼女には誕生日を言い当てられている。それが神無月の末日、和を洋に翻訳するならハロウィンだ。今日は当日でこそないけれど、祝ってもらうにはグッドタイミングと言っていい邂逅だった。が、乾杯の文句で触れられなかったので、すでに僕はこれっぽっちも期待していなかったのである。

「これはまた、機転の利いた《お詫び》ですね」

彼女の声は怪訝そう。「お詫び？」

「先月約束したお詫びも兼ねて、お祝いしてくれているのでしょう」

「それとこれとは話が別です。お誕生日をお祝いするのに、何か理由が必要ですか」

純粋な厚意がまぶしい。打算と見なした浅ましさを恥じ、苦りきった顔をしていると、バリスタも解釈を誤る。

「あぁ、気がかりなのですね。その節は申し訳ありませんでした。ご安心ください、おじちゃんにはきつく言って、連絡先も消去させましたから」

「それは構いませんがね。どうです、藻川氏は反省したようでしたか」

あちらも苦りきった顔。「さっぱりですよ。相も変わらず、営業中に居眠りばかりして。もういっそ、あの隅っこの椅子に大きなぬいぐるみでも置いてやろうかしら。強制的に居場所を奪ってやらないと、サボることしか考えないんだわ」

椅子を置かなければいいのでは、とは言わないでおいた。

ほどなく店内に、元の明るさが戻る。ケーキを切り分ける彼女を眺め、僕は言う。

「だから、お酒を追加したんですね。ケーキを注文するチャンスは一度きり、僕が席を立ったときしかなかった。届くまでには間があるので、それまでの時間稼ぎを試みた、と」

「いかにもです。はい、どうぞ」

小ぶりなパンプキンケーキは見るからに誕生日仕様ではないが、急ごしらえとしては上出来すぎるくらいだ。藻川氏の作るアップルパイほどではないにせよ、味も申し分ない。

彼女の抜かりのなさに脱帽しかけて僕は、まだみくびっていたことを思い知る。

「お誕生日といえば、欠かせないものがありますね」

そう言って、バリスタはココロフトの小さな紙袋を差し出した。

「プレゼントです。どうぞ、受け取ってください」

「えっ、だってこれは」

「遠慮は無用です。そのために買ったものですし、安価で入手できましたから」

礼を述べながら僕は内心、首をかしげていた。ココロフトの前で出会ったとき、彼女はすでにこの紙袋を提げていたような。今日でなくてもいずれ、お祝いしてくれるつもりだったのか？

バリスタはまるで自分がプレゼントをもらったみたいににこにこして、開封を今か今かと待ち受けている。

「間違いなく、お気に召されることと思います」

「いやに自信たっぷりですね。コーヒーにまつわる何かかな」紙袋の口を閉じるシールに指をかけたところで、僕は一時停止した。

「いいえ。では、ヒントをば。本日の乾杯は、数字の8に、ということでした。語呂合わせなら、何と読めるでしょうか。あるいは昆虫の蜂と読み替えて、彼らの得意な動作から連想してもいいかもしれません」

すぐに、ピンとくるものがあった——だが、それはありえないのだ。

嘘だ。そう思った瞬間、辛抱たまらなくなった。シールを破り、紙袋の中から文庫本ほどのサイズの箱を取り出す。丁寧にはがす間ももどかしく、ココロフトのロゴ入りの包装紙を裂くように取り去っていく。

そして、僕は絶句した。

「どうです、お気に召しましたでしょうか」

してやったり、とでも言いたげな彼女を凝視する。どうしてこいつが、こんなところに。

お気に召した、なんてものではなかった。抜かりなきバリスタが用意したプレゼントとは、数時間前に僕が泣く泣くあきらめた、あのダーツの矢だったのだ。

3

「は、ははぁ、わかりましたよ美星さん！」

ありえないことは起こりえないのだ。いくら聡明な美星バリスタでも、僕とこのダーツとの出会いを事前に予測できたはずがない。つまり、論理的に導き出される結論は一つ。

「あなたは僕がこいつを試投するさまを、ココロフトの同じフロアのどこかからかこっそりうかがっていたんだ。そして僕が立ち去ったと見るや、急いでこいつを購入し、僕の背後へ回って声をかけた。違いますか」

「全然違うと思います」

間髪を容れず、バリスタは否定した。思います、じゃないでしょうが。

「先に申しましたとおり、私、アオヤマさんがココロフトから出てくる場面を見ておりました。振り返るときの表情はいかにも後ろ髪を引かれるようではありましたが、ものの数十秒でしたでしょう。購入し、ギフトラッピングを頼み、別の出口からぐるりと迂回《うかい》して背後を取るには、ちょっと時間が足りないようですね。それに」

「それに？」

「本人が購入を取りやめたものを、プレゼントに買うのもおかしな話でしょう」

「いや、だって僕は買いたくても買えなかった――」

そうだ。僕はこいつをあきらめた理由を思い出した。

「わかったぞ。そもそも試投するまで確かに陳列されていたはずのこの矢は、僕が試投を終えたとき、一つ残らずなくなっていたんです。となると試投の最中に、誰かが買ったとしか考えられない。それがあなただったんですよ」

「すると私は、試投を終えたアオヤマさんが、やっぱり要らないとの結論を下すおそれを考慮しなかったということですか」

ぐぅ、とうなった。考えてみれば、僕がこいつを買うと決めたのは、三投目の奇跡がすべてだった。二投目までの体たらくなら、むしろ買わないほうが自然だっただろう。

「……いやいや、試投をしている時点で興味を持っていることは確定なのですから、その段階で商品を確保してしまったっていいんです。レジに進むのは、試投が終わるのを待ってからでもよかった」

「ですから、それだと一つめの意見と同じく、私には時間がなかったことになります」

彼女はあっさり僕をうちのめし、携帯電話を確認する。

「時間も時間ですし、そろそろ行きましょうか」

会計を済ませ、エレベーターから木屋町通へ吐き出されたとき、当たり前だがとっぷり日が暮れていた。夜道を一人で帰すわけにもいかないし、送りがてら真相を聞き出そうかと考えていると、

「では、私はここで」

バリスタが逃げ出そうとする。

「ここでって、一人で帰るおつもりですか」

「ご心配には及びません。すぐそこで、人が待っているんです」

「お迎えですか。藻川氏が？」

「いえ、おじちゃんはどちらかといえば、お迎えを待つ側です」

彼女は強烈なブラックジョークでお茶を濁《にご》した。高瀬川のほとりに浮かび上がった笑顔は、いつもと違ってどこかそわそわしているようだった。

それを見て、僕は唐突に悟ったのだ。彼女はそこに、男を待たせているのではないか、と。

でなければ、彼女を待つ人を僕に会わせたがらないことの説明がつかない。また《お酌をする機会》は皆無じゃないと語ったところからも、一緒に食事をする関係の異性がいることは察しがつく。僕とその人、どちらがどうかはさておき、異性の知人どうしを引き合わせたくない理由ならいくらでも想像できるだろう。

「あなたが安全ならいいんですけどね」下手な作り笑いは、夜陰にまぎれたことと思う。「せめて、種明かしをしていってくださいよ」

紙袋を左右に振って示すと、彼女は吐息で微笑んだ。

「では、これは宿題ということにいたしましょう。私なりの、トリック・アンド・トリートです。何かおわかりになりましたら、ぜひ《タレーラン》へお越しください」

——いたずら、そしてプレゼント、か。

一礼し去っていく彼女の背中を見送りながら、ハロウィンの常套句《じょうとうく》さえもじってみせる抜かりのなさに、僕は苦笑した。解ける気のしない宿題が《タレーラン》への道をふさぐとき、彼女は踏み込もうとした僕をいったん遠ざけたかったのかもしれない、との思いが頭をよぎった。が、曲がり角に姿を消す直前、ぴょこぴょことこちらに手を振る彼女があまりにコミカルだったので、振り返す手で邪推を払って僕は帰宅の途についた。


状況が変わったのは、それから十日と経たぬ日のことだった。

宿題をせずに学校へ行く度胸のなかった自分が悲しい。せっかくのプレゼントは自分のものという気がせず、まだ投げてもみないありさまだ。コーヒーは飲みたい、でも解答はこれといって浮かばず、《タレーラン》へも行きづらい。それで仕方なく、僕はいつものロックオン・カフェにて、役立たずの思考をぼんやりもてあそんでいた。

ふと、自家焙煎の香ばしい匂いが鼻先をくすぐったので、店内に風が吹いたのだな、と気がついた。入口の、ガラス張りの扉に目を向ける。

「——あれ」

まったく同時に、そんな言葉が二人の口をついて出た。

グレーのスーツには見覚えがあった。距離を置いて見ると身長はすらりと高く、セルフレームの眼鏡はつんとした鼻梁《びりょう》にフィットしている。

「やぁ、先日はどうも」

驚いた。親しげな笑顔を僕に向けたのは、ココロフトでダーツの試投を勧めてくれた、あの男性だったのだ。

「その節はお世話になりました」

「世話なんて、ボクはただ投げてみたらと言っただけで」

男性は困ったように笑み、僕の感謝を受け流した。そして、年中無休の雑貨店に勤めているとあっては週末とも縁がないのか、日曜日でありながらスーツに包まれた体をくるりと回し、カウンターの奥にいるこの店のオーナーに声をかける。

「彼と、相席お願いできますか」

「構いませんよ。もっとも相席いう言葉は、見知らぬ客に対して使うもんや思いますけどね」

ニヤリと笑うオーナーの声はしわがれ、ボリュームのある口髭《ひげ》と相まって迫力たっぷりである。学生の多いこの地に目をつけ、開業から数年のうちにはこのカフェの人気を不動のものにしたほどのやり手で、バリスタを養成するコースのある大阪の調理師学校にも出向いて直々に講義を行うなど、後続の育成にも関心が高い。

　オーナーの一言が余計なら、男性の勉強になりました、というお愛想も余計だ。だいいち僕は、この青年と話すことなんて何もない。どうしてこういう展開になるのか。首をひねりながらもやむをえず、僕は隅のテーブルで彼と差し向かいになった。

　男性の注文したコーヒーは二杯。一杯は僕の分だ。恐縮しながらカップを受け取り、この居心地の悪さをどうしてくれようかと思っていたら、続くいくつかのやりとりで、僕の困惑は一挙に消し飛ぶこととなる。

「そうだ、まだ名乗っていなかったね。ボクは胡内波和《こないなみかず》といいます。よろしく」

「はぁ、僕は……」

「知ってるよ。いやぁ、二人で居酒屋へ行くような異性が、美星にもいたとはね」

　口に含んだコーヒーをふき出すかと思った。

「お知り合いなんですか、美星さんと」

「あぁ。ココロフトを出ていったきみと話す美星の、安心しきった笑顔を見たときはびっくりしたよ。異性とも簡単に打ち解ける、以前の彼女に戻ったんだなって」

　ココロフトに背を向けた僕と会話する彼女の表情なら、店内からよく見えたに違いない。いつの間にか僕だけが敬語になっているが、胡内と名乗る男性が彼女を呼び捨てにするところから、少なくとも僕より年上と思われるのでこれも気にならない。

どうしても聞き捨てならない点だけを、僕は問いただした。

「待ってください。どういう意味ですか、以前の彼女に戻ったって」

カップを持ち上げる彼の手が止まった。しまった、という仕草だった。

「もしかして、何も聞いていないのかい」

「異性や色恋沙汰に関する話ですか。何かあったのだろう、と匂わせる発言はありましたが、そこから先は何も」

すると彼は、何かを考え込むようにうなだれてしまった。どうしていいかわからず、頭上のスピーカーから流れる古ぼけたロックに鼓膜を明け渡す。曲が変わる。客が帰り、また別の客が来る。コーヒーをすする。そしてもう一度、曲が変わったとき、胡内青年は意を決したように口を開いた。

「聞きたいと思うかい。美星に何があったのか」

「え？」

「聞いたところで、過去が変えられるわけでもない。それでもきみは、彼女の背負ったものを受け止める覚悟があるかい」

それはすでに自問したことだったのに、僕はいまだに答えを見つけきれずにいた。

「……聞きたいとは思います、好奇や興味本位ではないつもりです。だけど彼女、いつかは互いの内側に立ち入れる気がする、ただ今はまだ勇気がない、と。だったら僕は、そのときを待ちたい。でなければ、彼女の信頼を裏切ってしまうことになると思うんです」

　気取った台詞は得意ではない。けれども僕は、懸命に思いを伝えようとした。相対する人の真剣な眼差しが、僕の心にある答えを引き出しているようにも感じられた。

「あなたも、そして彼女自身も、僕の存在が彼女にとって少し特異であることを認めました。僕の思い上がりだけでは説明のつかない場所に、どうやら僕はいるらしいのです。なぜそうなったのかは自分でもわかりません。だけどもし、他の誰にも立ち入れなかった場所に僕が行こうとしているのなら、ここでしくじるわけにはいきません。だから、僕は、彼女の意に沿うようにしたい」

　ところが胡内青年はここで、意想外の発言をした。

「たとえきみや美星に、危険が迫っていたとしても？」

　意味がわからず、眉をひそめる。「危険、ですか」

「それがなければ、ボクだってぺらぺらしゃべろうなんて思わない。どうしても、いい話ではないから、美星も打ち明けられずにいるんだろう。だが、だからといって知らずにいれば、過去は繰り返されるかもしれない。そうならないためにもボクは、話しておくべきだと考えた。むろん、美星には内緒で、ね」

　胡内は僕の返事を待つように、ぎこちなくコーヒーに口をつけた。

大きな戸惑いがあった。まだ内容を知らないから、僕らに迫る危険とやらについても判断のしようがなかった。だけど仮に、彼の言うことが本当だとしたら？　繰り返されるおそれのある過去に、すでに自分が片足を突っ込んでいるのだとしたら？

スピーカーから流れる曲が、フェードアウトして次の曲に変わる。

「……わかりました」僕は溜め息まじりに言った。「聞かせてください、美星さんの話を」

何も知らなければいかなる対応もしようがない、しかし知ることができれば、好ましからざる何かを未然に防ぐ手だてを講じられるかもしれない。せめてそれが必要かどうかを判断するための材料だけでも、手に入れておいたほうがよいのではないか。少なくとも彼の言葉には、数分前の自分を翻意させるだけの不気味さがにじみ出ていた。

「そう言ってくれると思っていたよ。ただ一つ、条件がある。きみはこれからボクのする話を、いや、ボクとこうして会話したことを、決して美星に知られてはいけない。いいね」

あごを引く。彼女の信頼を裏切ってしまうことを、自ら打ち明けるはずがない。

気つけのブランデーさながらにカップをくいと傾けてから、彼はゆっくり語り始めた。

「そうだな、一つの寓話《ぐうわ》を聞くような気持ちでいてほしい。——彼女が京都へやってきたのは四年前の春。地元の高校を卒業し、短大へ通うためだった」

　バリスタは今年で二十三歳になると言っていた。四年前で計算は合う。

「彼女は好奇心旺盛で、男女や年齢の別を問わず、また容姿やステータスにかかわらず、誰とでも積極的にコミュニケーションを図る女性だった。進学してすぐ、親類のつてを頼って喫茶店でアルバイトを始めると、彼女はどのような客にも親しみをもって明るく接した。来てくれた客が元気になって帰っていく喫茶店であるよう心がけるのだ、そう話しているのを聞いたことがある」

　それは微妙に、僕が彼女に抱くイメージと異なっていた。確かに彼女は知的好奇心が旺盛で、その関連で僕も話しかけられたといえる。が、他の客にも同様に接しているというわけではなく、むしろ静かな時間をたしなむ客の邪魔をしないタイプに見えた。変わった、ということだろうか。同じ店で働く親類の言動を踏まえれば、胡内青年の語る彼女のイメージは、意外ではあってもありえないことではないように思われる。

「だから肩を落としている客や、どことなく陰気そうな客を見ると、彼女はとにかく話を訊き出して、彼らを元気づけようとした。志は立派かもしれないし、そんな彼女に救われる客も少なからずいたこととは思う。だが、誰に対してもそのように均一に接することが、必ずしも最善とは言えないだろう。彼女には、それがわからなかったんだ。――あるとき、喫茶店に一人の男性客が現れた。彼は端的に言って、他人から好感を持たれにくい容姿をしていた。身体的特徴などではなく、まぁ身だしなみとか、清潔感といったレベルの話だ。男は他人に疎まれがちだという事実も、またその理由も自分でわきまえていたし、独りきりでいることには慣れていた。喫茶店に入ってコーヒーを飲むなんて、当然独りでとる行動だと思っていた。そんな男に、彼女は話しかけたんだ――どうしてそんな、寂しそうな顔をしているのですか、とね」

「素晴らしいことじゃないですか、人を見かけで差別しないってのは」

「本当に、そう思うかい」

どきりとした。青年の目が、僕を鋭く非難する色に変わったからだ。

「人間の見かけにはいろんな要素がある。自力ではいかんともしがたいものも多い、たとえば身長が低いことをからかわれている人に向かって、背を伸ばせというのは酷な話だ。だけどそうじゃないこともある。他人に受け入れられないことを知ったときには改善できる要素だって、無数にある。身だしなみなんてのはその最たるものだろう、意識するとしないとにかかわらず、誰しも他人に受け入れてもらうために気をつけていることはある。そうした注意や努力を放棄しながら、ありのままの自分を受け入れろと他人に迫るのは横暴だ。違うかい」

困惑しながらも、違わない、とかぶりを振る。

「ボクは何も、人を見かけで判断しろというんじゃない。本人にどうしようもない部分を理由に疎むのはどうかと思うが、そうでない部分を重んじることにはまったく問題がないし、反対に、見かけをまったく気にしない人がいてもいい。要は価値観の違いだろう、それをきみが安直に『素晴らしい』などと言う点を、ボクは糾弾しているんだ。知った口を利きたがる人が言うだろう、人を見かけで判断するなと、話してみないとわからないと。しかし人の生きる時間は限られている、出会う人出会う人いちいち深く付き合って、内面を確かめてからあらためて好悪を判断する余裕などない。見かけも中身も好感を持てる人を求めることの何がいけない。どうしてそれが、道義的に劣っているかのような言われ方をされなくちゃならない。嫌いだと思う相手に危害を加えるのでもない限り、どのような相手に近づこうと、あるいは見かけで敬遠しようと、批判されるいわれはないはずだ」

「……素晴らしいと言ったのは軽率でした。でも、見かけで好感を持てない人の中に、ひょっとするとものすごく大きな魅力が隠れているかもしれません。それを探そうとする営みまでは、否定できませんよね」

「もちろんだ。ただし、ボクは一つ言い添えたいね。何かしら問題のある人を受け入れるだけならまだしも、そのままでいいよと肯定してしまうような真似は、ややもすると本人を甘やかし、開き直らせ、かえってその人をだめにするケースもある、と。他人に問題視される点について改善の余地がある場合、受け入れてもらうために気をつけるか、または受け入れられることをあきらめるかは、本人の意思しだいであることを忘れてはならない。どっちもなんて子供のワガママみたいなことを許すのが、はたしてその人のためになるのか、考えてみるべきだとは思うね」

そして彼は咳《せき》払いをし、熱くなりすぎたことを謝った。

胡内青年の言うことには一理ある。ただ、生来見かけに恵まれているらしい彼には、自分を磨きたいなんて思えない人の気持ちがわからないのだろうな、と感じた。素質がないとわかっていることに取り組むほど、みじめで苦痛に満ちたことはない。それに、あきらめをつけようとしながらも心の奥では、誰だって誰かに受け入れられたいと願っている。

おそらく胡内青年のまとう親しみやすさは、彼の自覚ある努力によって醸し出されているのだろう。ならばそうした部分に怠慢でいる人や、美星バリスタがそれらを受け入れてしまうことを、彼が度しがたいと思うのも無理はない……いや、違う。僕は思い直した。彼はこの話が行き着く先を知っているのだ。《男》が美星バリスタの過去に汚点を残した張本人ならば、彼女のことをよく知る青年が、その男を憎むのは自然な心の動きだ。彼はそれを、一般論めかすことで補強、あるいは正当化しているのだろう。

「本題に戻ろう。他者に受け入れられることをあきらめていた男の心に、彼女は躊躇なく近づいた。そして頑丈に閉ざされたその門を、じっくり時間をかけて、ちょっとずつ開いていった。初めは何の気なしにその喫茶店へかよっていただけの男も、しだいに彼女に気を許し始め、そしていつしか思うようになるんだ——これまで誰ものぞき込もうとしなかった内側まで、ひたむきに入ろうとしてくれるこの人は、きっと自分にとって特別な存在に違いない、と」

くしくもそれは、美星バリスタとの関係について僕がさっき述べたことと、ちょうど裏返しのようだった。そうであるなら、僕が自分を《特異》と位置づけたこととは反対に、男にとってバリスタが《特別な存在》であったはずだ。だが、男は誰にとって誰が、というところを混同してしまった。

「やがて男は彼女に対して抱いた、あまりなじみのなかった感情を、いわゆる恋とみなして彼女に交際を申し込んだ。ごくありふれた営みとして、彼女は丁重にお断りした。ところが男には、それが許せなかったんだ。最終的に拒絶するなら、どうして一度、こちらの心を溶かそうとしたのか——開くつもりのなかった門を、それでも彼女を信じて開いた、自分の気持ちはいったいどこへ向ければいいのか」

理不尽だ、と思うのに、どこか共感してしまう自分がいた。人に優しくされない間は、誰よりもそのありがたみを理解しているつもりでいるが、優しくされたらされたで、受け取るだけでは飽き足らず注文を加えようとする。醜いことだがたとえば、高級料理の味を知らなければジャンクフードだっておいしく食べられたのに、と感じてしまう瞬間は確かにあるのだ。

「そして、事件は起こった。ある夜のことだった。《タレーラン》のそばを通りかかった男は、偶然にもあの家屋にはさまれたトンネルから、年頃の異性と並んで出てくる彼女を見かけた。相手はそこの常連客だった」

物語が核心に近づきつつある。僕は少しずつ、息苦しさを覚え始める。

「彼女がその後も変わらぬ振る舞いを続け、相手が異性であっても臆せず近づいていることを知った男は、自身の抱えた煩悶でさえ、彼女にとって何の契機にもならなかったと悟って逆上した。反省をうながさなくては、と考えた。交差点で客と別れた彼女が、人気の少ない路地に足を踏み入れると、男は彼女の背後に襲いかかって――」

無音。二人を包む空気から、一切の音が消え失せる。青年が言葉を切っただけなのに、僕は一瞬、自分の聴覚が失われたのかと思った。

ほどなく、重たい岩が転がり出すように、胡内青年は話を再開する。

「彼女にとって幸いだったのは、今しがた別れたばかりの男性客が、すぐに引き返してきたことだ。彼が彼女のもとへ戻ったとき、男の姿はすでにそこになく、彼女はかろうじて危害を免れた。ただし男は去り際、彼女にある言葉を残していたんだ」

「それは、どういう」

「『人の心をもてあそびやがって』。男はそう、彼女の耳元にささやいたんだよ」

はじめ、僕にはそれが、さして深い意味を持たない常套句にしか聞こえなかった。しかし耳の奥で二度、三度と反芻《はんすう》するうちに、たったそれだけが彼女にどのような衝撃を与えたか、想像が結露のようにじわじわと浮かんだ。

「それは彼女の信じてきたものと、完全に対極の評価だった。だが賢い彼女は、自分の何が男を狂わせたのかを瞬時に理解した。そして、怖くなった。後先考えず誰かに心を開かせることの、無責任さを思い知った。彼女はしばしの休養を経て喫茶店に復帰したが、以前とはうってかわって、客との間に常に一定の距離を保つようになった。いや、客だけじゃないな。同じことが繰り返されるおそれのあるすべての人に、心の門を閉ざした。正確には、相手に門を閉ざさせた、とでもいうべきかもしれない」

――今はまだ、その勇気がないのです。

居酒屋で聞いた、彼女の台詞を思い返す。立ち入らせる勇気、だと思っていた。自分の心を、痛みをさらす勇気だと思っていた。

僕は勘違いをしていた。相手の心に立ち入る勇気、彼女はそのことを言ったのだ。

「ここまでが、四年前の話になる。その後の彼女に、きみより近づいた男はいないと思う。少なくともボクの知る限り、ね」

「あなたは？　そもそも美星さんのこと、どうしてそんなに詳しいんですか」

今さらながらの疑問をぶつけると、青年はふっと微笑んだ。その表情が、なぜか僕には自嘲めいて見えた。

「嘘をつくのは苦手だから、正直に言うけどね。今の話に、ボクも登場したんだよ」

はっとした。青年の話に登場した男性は、彼が敵視する《男》を除けば一人しかいない。

「あなたも事件の関係者だったんですね。だから、ことの顚末《てんまつ》を知っていた」

「……あの夜は、何となく嫌な予感がしたんだよ」

虫の知らせ、とでもいうのだろうか。彼はそれを信じて引き返し、美星バリスタを危機から救った。英雄であるはずなのに、彼の笑みから自嘲は消えない。

「あんなことがあってから、ボクも表立って彼女と接するわけにはいかなくなったが、なおも少し離れた場所にとどまって、自分なりに彼女のことを見守ってきたんだ。過大評価するつもりはないけど、彼女の役に立てた部分もゼロではないと信じたいね。何せ、あきらめなければならないこともあったから」

僕はようやく、胡内青年の表情のわけに思い至った。異性と心をかよわせることができなくなってしまった彼女の、それでも手助けをしたい一心で、彼は自身の慕情をあきらめたのだ。いかに見上げた精神だと称賛されたって、苦しさがそこに混じらぬはずはない。

守ってくれた人がいた、彼女はそう言った。今でも大切な親友だとも。それが誰を指していたのかを知り、僕は彼女を立ち直らせてくれた人に感謝しかけて、そうするにはまだ早いことを思い出した。

「危険が迫っている、と言いましたね。でも、すべては過ぎ去ったことでしょう。それからも絶えず男が彼女の周りをうろついていたのならともかく、そうじゃないから彼女も立ち直ってきたんだと思う。いつまでも同じ危険におびえ続けることはないのでは」

「確かにもう、四年も前の出来事だからね」胡内は苦笑する。「けりはついたものと思うのなら、それもきみや美星の自由だ。ボクはただ、警告しておくことしかできない。愛する人のためにどうするのがいいか、じっくり考えてみることだね」

「あ、愛するとかそんなじゃなくて」

不意打ちを食らい、しどろもどろになる。

「彼女の淹れるコーヒーが、僕は大好きなんです。その味の秘密を知りたくて、お近づきになったようなものです。僕はあの味が変わることのないようにと願っているし、そのためになら、自分にできることは何でもしたい。繊細な味覚というのはきっと、穏やかで安定した精神があってこそだと思うから」

「へぇ、コーヒーね」

そうつぶやいて、彼はカップの中身を飲み干した。真似して僕も残りをすする。ぬるくなったのに、顔が火照るのはどうしてだろう。

「そろそろ行くとするよ。お代は」

腕時計を一瞥し、彼は席を立った。

「結構です。大事なお話を聞かせていただいたので、今日は僕持ちということで」

「そうか、悪いね。繰り返し念を押しておくが、ここでのことはくれぐれも、彼女には内密に頼むよ。それと、これ」

彼は懐から手帳を取り出し、白いページの端を破いてそこに走り書きをする。十一桁の数字を記す、そのシチュエーションには覚えがあった。

「ボクの電話番号。美星のことで、何か困ったときにはかけてくれ」

「それって、僕と彼女の関係を、応援してくれるってことですか」

「応援も何も、関係なんて当事者の認識しだいだろう。ボクにできるのはせいぜい忠告くらいのものさ、意に介そうと介すまいと、好きにやってくれればいい。だけどまぁ、野放しよりは放し飼いってところかな」

そして胡内青年はもう一度、店内にそよ風を起こし、慌ただしく今出川通を横切ってそのまま見えなくなった。ガラス張りの扉越しに見送ったあとで、手元に残った数字を眺めながら僕は、これで《タレーラン》を訪れることができるぞ、と思う。

さっそく青年との約束を破ろう、というのではない。ならば、どういうことか。

もちろん、宿題が解けたのだ。

4

「……で、どうして解かれる側のあなたがコーヒー豆を挽くのです」

窓際のテーブル席にて声をかけると、美星バリスタはハンドミルを手にふわりと微笑む。

「アオヤマさんのお話を、よく聞くためですよ」

赤ずきんのオオカミみたいな台詞だ。要するに、僕がきちんと宿題をやってきたかどうか、冴えた頭でばっちりチェックするつもりらしい。

いつもと逆転した役割はしっくりこない。来店した僕を一目見るなり、バリスタは二人の席をここに設けた。向かい合うことで対決の姿勢を演出したかったのだろうか、いずれにせよ店内は今日もがらがらで、彼女が店員らしくあるべき状況とも思われなかった。

「プレゼントの調子はいかがですか」ハンドルを回し始めながら、彼女は問う。

「それが、実はボードを持っていませんで。今のところはもっぱら、素振りやイメージトレーニングです」

「お店へ行って投げればよいのでは」

たやすく言ってのける。ある程度要領をつかむまでは、公共の場で投げたくないこの心情、説明すればわかってもらえるだろうか。

「プレゼントの感想はともかく、宿題の解答は持参しましたよ。あなた流に言えば、たいへんよく挽けました」

「拝聴いたしましょう」

不敵に笑むバリスタを前に、僕はまずカフェモカで喉をうるおす。チョコレートを食べると頭のはたらきがよくなる、という話を聞いたことがあるのを思い出し、ものは試しと注文してみたのだ。

カフェモカはエスプレッソのアレンジ飲料である。日本では、エスプレッソはそのまま飲まれるよりもアレンジされることが多い。店によってもレシピに違いはあるがたとえば、カフェラテはエスプレッソに温めた牛乳《スチームドミルク》を、カプチーノはエスプレッソに泡立て牛乳《フォームドミルク》を、そしてカフェマキアートはエスプレッソの上に少量のスチームドミルクを、染み《マキアート》のように垂らしたものである。さらにフレーバーなどを加えることもあり、カフェモカはエスプレッソにスチームドミルクとチョコレートシロップを混ぜたものを指す。

微量のシロップに脳の回転を助ける作用を期待するよりは、ハンドミルでも回転させたほうがまだいいかもしれない。僕は宿題に対する解答の発表を始める。

「順を追って考えます。僕らが蛸薬師通で出会ったとき、あなたはすでにココロフトの紙袋を提げていました。しかし、僕が試投を終えるのを待ってからでは、プレゼントの用意が間に合わなかったことは立証済みです。また僕があのダーツの購入を決めるより早く、あなたがプレゼントを買ったと見るのも道理に合わない。となると考えられるのは一つ、出会った時点であなたはまだプレゼントを入手しておらず、紙袋の中身はまったくの別物だった、ということです」

コリコリコリ。彼女の笑みに変化はない。

「そこから先は僕と行動をともにしていたので、あなたにプレゼントを買いに走る機会がなかったことは言うまでもありません。ところで、プレゼントを渡す際、あなたはさりげなく『安価で入手できましたから』と口走りましたね。僕は事前にあのダーツの値段を確認していますが、五桁に近い四桁というのは、友人の遠慮を取り除くことができるほど安い額だとは思いません。ということは、あの言葉の真意はこうです。

『あなたが思っているよりも、安価で入手できましたから』」

事前に整理しておいたとおりに、僕は話を進めていく。

「なぜ、僕の知る値段より安く買えたのでしょう。包装紙もココロフトのものだったので、他店で購入したという説も成り立ちません。――ここにきて、僕はようやく《社員割引》という言葉を導き出し、共犯者の存在に思い至るのです」

はっきり言って、この思考の流れは嘘だ。僕はいわば、手順を飛ばして先に答えだけを見たようなものだ。が、それは僕が望んだ結果ではないどころか、不可抗力だったのでよしとする。

「あなたには、ココロフトで働く友人がいたんだ。その人と連絡をとることで、あなたは僕へのプレゼントにふさわしいものを調べさせ、さらに居酒屋まで届けてもらった」

――二人で居酒屋へ行くような異性が、美星にもいたとはね。

胡内青年はそう言った。ココロフトにいながら僕とバリスタの繋がりを知ることはできても、二人の向かった先が居酒屋であることまでは知りようがない。事後にバリスタから聞き出したと考えるよりは、彼女の仕込んだトリックの産物と見るほうが妥当だろう。

「あとは僕がトイレに立ったタイミングで、店員にでもあずけておいたのであろうプレゼントを受け取り、自身の持つ紙袋の中身と入れ替えた、という寸法です。物理的にそれしか方法はなく、宿題はこれで解けたも同然だと思いました。——ところが、ここからが少しややこしかった」

話が長くなるので僕は、いったんカフェモカに逃げた。バリスタは楽しそうに聞き入っているが、隣のテーブルの下ではシャルルが、いかにも退屈そうにあくびをしている。

「僕は最初、偶然の出会いを受けて、あなたが友人に連絡をしたと考えたのです。直前までココロフトにいたそうですし、友人がそこにいるのは把握していたでしょうからね。でも、それだとあなたが連絡を取れる機会はきわめて限られていたことになります。何しろ僕の前であなたが携帯電話を操作したのはたったの一度、居酒屋の開店を待つ間だけだったのですから」

もちろんトイレに行った数分間を除いて、僕は彼女から目を離していない。さほど長い時間トイレにこもっていたわけでもないから、僕が席を外した時点で、すでにプレゼントは届いていたと見るべきだろう。

「連絡が一度きりだったとすると、あなたは『これこれこういう人が欲しがっていたものを、この居酒屋まで届けてくれ』というメールを、いきなり友人に送りつけたことになります。さすがにそれは、ダメ元にしても成功の見込みが薄すぎる。友人が僕を見かけていなければ、それでもうおしまいなのですからね。一方的に送っただけで安心ということはありえず、あなたはもう何度か、携帯電話を確認することになったはずです」

「私が携帯電話を扱っていたのは、アオヤマさんが居酒屋の店員と言葉を交わす、ほんのわずかな間でしたね。何から何まで説明しなくてはならず、長文になることは必至のメールを作成するのに、あれだけの時間ではとうてい足りなかったと思います」

それもそうだ。ここまでは、合っているらしい。

「すなわち出会い以後、あなたには充分な連絡を取る機会がなかった。となると残る可能性は、出会い以前のみ。考えてみれば、あなたが去ったばかりのココロフトへ戻ってきたということがまず、不自然だったんですね」

いつぞやの言葉を借りれば、あの邂逅は《運命》と呼びたくなるほど、偶然がうまく重なった結果だった。あまりに都合がよすぎたのだ。

「出会いはまったくの偶然というわけではなかった。あなたの友人は、何らかの形であらかじめ見知っていた僕をココロフトにて発見し、まだ遠くへは行っていないであろうあなたを呼び戻したんです。その応答で、あなたは僕の欲しがっているものを調べるよう指示し、あわせて僕を引き止めることをも依頼した」

だからあのとき、ダーツの矢が急に品切れになったのだ。せっかく興味を示した商品を、みすみす買わせてはプレゼントとして用をなさない。試投の途中、僕が目を閉じたすきにでもひとまず隠しておいて、最終的に僕が買おうとするのを待ってあらためてプレゼントに定めたのだ。

「でも、私の取った連絡がそれだけだとすると、まだ不充分ですよね」

「ええ。よしんば食事に行くところまでは想定できたとしても、お店を決めたのは僕ですからね。少なくとも、居酒屋のことを伝える必要があった。それがあの、開店を待ちながら電話を操作したときに送ったメールです」

　プレゼントにまつわる情報さえ事前に受け取っていれば、このとき伝えるのは居酒屋の店名と、そこまで届けてほしい旨だけで済む。数十秒もあれば難なく目的を果たせるだろう。それにしても、友人とはいえ従業員に品物を届けさせ、しかも待たせておいて帰路にまで付き合わせるとは、美星バリスタ、なかなかの人遣いである。胡内青年の立場にしてみれば、惚れた弱み、というやつか。

　これで、トリック・アンド・トリートはすべて暴かれた。バリスタは解答用紙に丸をつけるように、ハンドルをゆっくり回したあとで、ミルから放した手を叩いて言った。

「素晴らしいです、アオヤマさん」

　興奮に満ちた笑みに、僕もつられる。「全然違うと思わないんですね」

「おみそれしました。正直、ここまで完璧に見通されるとは予想していなかったのです。特に《安価》というフレーズを、社員割引に結びつけた鋭さにはしびれました。そのフレーズを無視すれば、従業員ではなくただの買い物客でも成立するトリックでしたから」

冷や汗をかく。僕にとってはまずココロフトの社員ありきの推論だった。実際は通っていないとしても、きちんと筋道を作っておいてよかった。

「ごめんなさい」バリスタはぺこんと頭を下げる。「実はアオヤマさんのこと、友人に紹介していたんです。最近こんな人と仲良くなったのだということを、お名前や素性も含めて」

悪い気はしない。それに彼女の過去を思えば、親しくなりつつある異性について、信頼または警戒すべきか友人に相談したくなる気持ちは理解できる。僕は仕方ないですよと手を振って、謝罪を取り下げさせた。

「しかし、友人とはどのような」

我ながら白々しい。が、自分のことを知る相手ならば興味を示すのが普通だろう。

「それは、これから――」

「来はったみたいやな」

と、それまでカウンターで手なぐさみのように携帯電話をいじっていた藻川翁が、そう言って窓をあごでしゃくった。外を見ると人影が一つ、小雨のぱらつく中を、入口へと近づいてくる。

　バリスタはふわりと微笑んで、扉のほうへ跳ねるように向かった。続いてカランと鐘の音。安眠を阻害されたことへの抗議か、シャルルが小さくにゃあと鳴く。

　来訪者は差していた傘を閉じた。その陰から現れた人の姿に、僕は目が点になった。

「紹介します、アオヤマさん」バリスタは手のひらを天井に、そしてそろえた指先を並んで立つ来訪者に向ける。「こちらが私の親友にして、今回のトリックの立役者──水山晶子《みずやましょうこ》です」

　肩の下までまっすぐ伸びた茶髪。上背はバリスタより二回りも大きく、僕を見つめる涼しげな顔立ちには愛想のかけらもない。水、晶、山という字を含む名前からは、キューバ産コーヒー豆の最高級品、クリスタルマウンテンが連想された。

　初対面、ではなかった。彼女はまぎれもなく、あの日ココロフトで見かけた、勤務態度に難ありの女性店員だったのである。

「何なの美星、いきなりおじちゃん使って呼び出したりして」

「晶ちゃんの活躍を、享受した人に知らしめたかったんだよ。いいじゃない、すぐ来てくれたってことは、どうせまた学校サボってたんでしょう」

「うるさい。本当のこと言わないで」

「だめよ、たまには真面目に勉強しなきゃ。でないとまた、留年しちゃうよ」

「ちょ、ちょ、ちょっと待ってください」

大きな混乱に見舞われながらも、どうにか僕は二人の会話に割って入った。

「あの、これはいったいどういう」

バリスタはきょとんとしたあとで、

「あぁ、晶ちゃんと私は大学の同期ですが、二年で修了した私と違って、彼女は四年制の学生なんです。なのにバイトばかりしてるから、卒業が遅れてしまって……」

そういうことじゃなくて。僕はぶんぶんとかぶりを振った。

「友人って、女性、だったんですか」

二人は顔を見合わせた。いぶかしげに、バリスタが答える。

「申し上げたでしょう、異性と二人でお酒を飲む機会すら、何年振りかわからない、と。男性が苦手らしいと、アオヤマさんも見抜いていたではありませんか」

「いや、だってあなたを待つ人を、僕に引き合わせたくない素振りを見せたから」

「当然でしょう、晶ちゃんの姿を見られることは、宿題の解答を示すことに等しいのですから」

「あなた、あの日何度かあたしと目が合ったでしょう。おかしいと思わなかったの」

水山嬢もあきれたように言う。わかっている、あのとき電話をかけていた相手が、美星バリスタだったというのだろう。頭では、わかっているけれど。

ならばなぜ、キャストが一人余るのだ。

「……おかしいなとは、思ったんです」

息を呑んだ。ふいにつぶやいたバリスタの唇は、ひどく青ざめていた。

「アオヤマさんは、私があなたを引き止めるよう晶ちゃんにお願いしたと言いました。それは、引き止められた覚えがあるからでしょう。でも私、そんなこと頼んでいません。なぜなら晶ちゃんが、見知らぬ男の人とダーツの試投を始めたから、まだしばらくはここにいると思う、と教えてくれたからです」

「見知らぬ男の人？　彼はココロフトの従業員じゃないんですか」

「グレーのスーツ着て接客にあたる男性従業員なんか、うちにはいないよ」

水山嬢の答えに、混乱は加速する。いっそ洗いざらいぶちまけて答え合わせをしたい、しかし、彼と交わした約束が邪魔をする。

「それに、さっき私が謝ったとき、あなたは『仕方ないですよ』と。何が、仕方ないのですか。親しくなった異性の情報を親友にぺらぺらしゃべることについて、あなたはどのようなやむにやまれぬ事情を見出しておられるのですか」

バリスタのおびえはいや増す。言葉の綾で済まされそうな失言さえ、彼女は決して、見逃してはくれない。

「美星、あんた、何考えてるの」

異変を察した水山嬢が、バリスタの腕をつかんだ。遠巻きに藻川翁が、そして猫のシャルルまでもが、じっとそちらを注視している。けれどもバリスタから発せられる不穏な気配は鎮まるどころか、いっそう濃くなりながら僕を締めつける。《タレーラン》のフロアには今、禍々しい気流が立ちこめて、触手のようにうごめいていた。

僕は考えていた。自分の耳で聞いた言葉を、必死に思い出していた。決して美星に知られてはいけない。彼女の過去を勝手に話すから？　本当にそれだけ？　男は思った。考えた。どうしてそんな、心の動きまで知っている？　彼女を見かけた。偶然にも。なぜそれが、偶然だったと言いきれる？　あの夜は嫌な予感がした。何かが起きる予感、それとも、何かを邪魔される予感？　表立って彼女と接するわけにはいかなくなった。彼女が心を閉ざしたから、ではなかったとしたら？　嘘をつくのは苦手。今の話に、ボクも登場した。《男》を除けば？　誰がそれを除いていいと言った？　危険が迫っていたとしても。その警告は親切心、あるいは——宣戦布告？

僕は何か、とんでもない思い違いをしていたのではないか。

「教えてください、アオヤマさん——」

バリスタは震える声で言う。クラーケンのように暴れていた気流はその一言により、巨大な矢へと形を変えて、僕の心を得体の知れぬ恐怖へと磔《はりつけ》にした。

「あなたいったい、誰に、何を聞いたのです？」

第六章

Animals in the closed room

1

「美星さんは、世界三大コーヒーというのをご存じですか」

雨の日の《タレーラン》。平日の昼下がりは、例にもれず客の入りも少ない。

十二月を迎え一段と、ホットコーヒーがおいしい季節になった。世間では人恋しい、などと冠詞のつくこともあるこの頃、僕は相変わらず時間を見つけては《タレーラン》へとかよい、美星バリスタもまたいつもの微笑みで僕を迎え入れてくれるが、二人の関係にこれといって進展は見られない。しかし今の状況を思えば、変化がないことにかえって胸をなで下ろしている自分がいるのだった。

関係に特別の変化はなくても、目の前のコーヒーには微妙な変化を感じとれないこともない。季節のせいか、それともめずらしく味がぶれたのか、はたまた僕自身の心理によるものか。少なくとも、カウンター越しの唐突な質問にも愛想よく答えるバリスタに、味覚のぶれを暗示するような動揺などは見られない。

「はい。ブルーマウンテン、キリマンジャロ、コナですね」

あぁ、確かにそれらのコーヒー豆は、世界三大コーヒーと称される。ブルーマウンテンは、ジャマイカのブルーマウンテン山脈高地にて栽培される高級ブランドで、とりわけ日本で人気が高い。言わずもがな、バリスタが僕のメールアドレスから連想した銘柄というのがこれだ。キリマンジャロは元々、タンザニアのキリマンジャロ山域で産出されるコーヒー豆を指すブランドであったが、現在は幅広くタンザニア産コーヒー豆の総称となっている。美星バリスタの苗字は切間だが、キリマンジャロはキリマンと略されることもある。そしてコナはハワイ島原産のコーヒー豆、こちらも高級品だ。ハワイコナという名称からはやはり、一人の人物を……もっともそれはあの日以来、彼女の前では禁句であるが。

——あの日から、早くもひと月が過ぎようとしている。

「み、美星さん！」

約束を破らざるをえなくなった僕が、胡内波和の名を口にした瞬間、美星バリスタは糸の切れたマリオネットみたいになって、その場に卒倒した。

それからが慌ただしかった。水山嬢がバリスタの肩を抱き、名前を呼びながら頬を叩いた。藻川氏がカウンターの奥の控え室へ飛んでいき、かわいらしい柄のポーチを水山嬢に向けてほうった。彼女は飲めないでしょ、と言ってそれを受け取らなかった。口の開いたポーチから、何種類もの薬が飛び出して床に散乱した。藻川氏は再び取って返し、今度はショットグラスとウィスキーのボトルを持ってきた。水山嬢がそれを気付けとして飲ませると、バリスタは薄く目を開いた。大丈夫だと強がる彼女を抱えて水山嬢が、そして藻川氏が控え室へと入っていく。やがてバリスタを室内に残し二人が戻ってくるまでの間、情けないことに僕は、一歩もそこを動けずにいた。

バリスタと入れ替わるように僕の正面に座ると、水山嬢は、控え室のベッドに美星を寝かせてきた、と説明した。控え室をのぞいたことはないが、ベッドがあるとは、思ったより広い部屋らしい。

「包み隠さず話して。美星の問いの答え、あたしが代わりに全部聞くから」

従うしかない。僕は胡内と交わした会話を、記憶の限り語って聞かせた。それが済んだとき、水山嬢はかぶりを振って、自身の携帯電話の画面を僕に示した。

「これは……？」

写真は晴天の円山《まるやま》公園、葉桜の下で撮影されたものらしい。被写体は三人、中央には笑顔の美星バリスタ。今より髪が長く、花柄のカットソーにサロペットという組み合わせがやや幼げでかわいい。その左に水山嬢が、そして右には、控えめに笑みを浮かべる、若いがどことなく野暮ったい印象の男性が立っていた。

「言い訳をするようだけどね」彼女は深いため息をつく。「あたしが気づかなかったのも無理はないでしょう。それが、四年前の胡内波和なの」

驚愕した。そこにあの垢抜けた青年の特徴はかけらもなく、僕はしばらく二人の男について、まったくの別人としか思えなかった。しかし顔のパーツごとに切り取って、頭の中の映像と照らし合わせていくことでどうにか、最終的には同一人物だと受け入れることができた。

「知り合ったばかりのお客さんを公園に連れていくんだって美星が言うから、少し心配になってね。あたしも当時は美星と仲良くなって日が浅かったけど、危なっかしい子だと思ってたからついていったの。その日は何事もなかったけれど……まさか、のちのちあんなことになるなんて、ね。いろんなこと、もっと真剣に引き止めておくべきだった」

「ということは、晶子さんも胡内と面識があったんですね」

「どこまでが偶然なのかわからないけど、おそらく胡内は美星を尾行するかどうかしていて、ココロフトであたしを見つけたんでしょうね。そして盗み聞きした電話の内容から、あなたに接触を図った。従業員を演じたのか、あるいは単に試投を勧めただけなのかも」

「どうして僕に接触を？」

「あなたと美星がどのような関係なのか、探ろうとしたんでしょう。だから、二人が居酒屋へ行ったことまで知っていた」

つけられていたのか。そのさまを想像し、ぞっとする。

「言葉のとおり、胡内がこの四年間の美星の状態を把握していたとしたら、あなたのことをただの常連客と結論づけるはずがない。そうして胡内はあなたのことを調べ、偶然を装って会いに来た、といったところでしょう。あの男なら、そのくらいやりかねない」

彼女の台詞に僕はどきりとする。真意を問いただしたいが今は、それを取り上げていられる状況ではない。

「……その画像、万が一の場合に備えて、ずっと保存しておいたの。今となっては、何の意味もないことがわかったけど」

水山嬢は視線を、テーブルの上の携帯電話に落とした。失礼だがどちらかといえば、冷淡な雰囲気をまとった女性だ。それでいて、親友への情けの深さは並々ならぬものをうかがわせる。軽々しく親しみをあらわにしない人ほど、内に優しさを秘めているものなのだろうか。それとも、先ほどの発言からも嗅ぎとれたように、バリスタの悲しみに対して何らかの責任を感じているのか。そんな哀しい友情だとは、できれば信じたくなかった。

「この四年における胡内のこと、晶子さんは何も知らなかったんですよね。見た目の変化に気がつかなかったくらいだから」

「そうね、まぁ、彼が背を向けていたせいもあるだろうけど。見逃したことを責めたいのなら、あなただって同罪よ。話の中に、違和感を見出せるポイントはいくらでもあった」

「いや、そんなつもりじゃなくて……たぶんその違和感ってやつを覆い隠したのが、《男》に対する胡内の、軽蔑するような視点だったと思うんです」

他人に受け入れられる努力を怠った、《男》のような人間一般を、胡内はかなり手厳しく批判した。しかし《男》イコール胡内自身であるとわかった今、とりもなおさずそれは、過去の自分に対する痛烈な批判だったことになる。

「僕に話しかけてきた胡内は人一倍、身だしなみや態度に気を遣っていて、《男》とは対極の存在であるように見えました。もちろん成長とは過去の自分への否定の上に成り立つ場合も多いから、それ自体おかしなことだとは思いません。だけど、現在の姿を手に入れることで、胡内は過去をすっかり見返したはずでしょう。ならばどうしてこのうえ、美星さんに執着し続けるのでしょうか」

「あなた、難しいことを言うんだね」彼女はこめかみに立てた人差し指を動かして、長い髪を耳にかける。「鍵をかけ忘れた窓から空き巣に入られたとき、確認しなかった自分も憎ければ、空き巣だって当然憎いでしょう。二つの憎しみは独立していて、だから今後どんなに戸締まりを注意してみたところで、空き巣への憎しみは消えない」

「空き巣だったんですか、美星さんは」

「正体がサンタクロースだったって、胡内には空き巣に見えたと思うよ」

よくわからないたとえだ。が、自分を成長させる契機となった存在に対し、感謝するどころか憎悪を燃やす心境が、至ってありふれたものであるということは理解できた。胡内は四年が経った今なお、自分が受けたのと同じ振る舞いを、彼女がすることを許していないのだ。

「あそこまで自分を変えておきながら、もっとも厄介な部分は変わらなかったんですね」

「あなたに堂々と身分を明かすどころか、連絡先まで教えていったくらいだからね。裏から糸引いて、あわよくば二人を引き裂くつもりだったんだろうけど、どう考えても正気の沙汰じゃない。それでなくても、あなたに会いにきた理由なんて一つしか考えられないのに」

水山嬢は、懇願するような目を僕に向ける。

「お願い。あんなこと、もう絶対に繰り返させないで」

守ってくれた人。その言葉に偽りや誇張がなかったことを、僕はあらためて思い知る。

「胡内の話からでは伝わらないけど、あの頃の美星の落ち込みようは相当なものだったの。身体的被害はほとんどなかったとしても、精神的被害なんてそれこそ、主観でしか測れないじゃない。あんなに天真爛漫としていたあの子が、うつむきがちになって、口数もめっきり減ってしまって……さっきの薬、あなたも見たでしょう。この頃はそうでもなかったはずだけど、当時はああいうのに頼らないと、眠ることもできないくらいだった」

散らばった薬はいつの間にか、藻川氏があらかた拾い集めてしまった。何となく、僕は触れてはいけないような気がした、もっとも見ただけで何の薬かわかるほどの知識はないが、どうやら睡眠導入剤や精神安定剤の類だったらしい。別に大騒ぎするほどのものでもないのだろう、が、やはり胸が苦しくなる。

「だからあなたの話を聞いたとき、あたし、うれしかった。ゆっくり時間をかけて、やっとここまで立ち直ってきたの。なのに今さら、またあんな奴に邪魔されるなんて」

「だけどまだ、何かが起きると決まったわけじゃ……胡内だって昔のように、いきなり襲いかかりはしなかったんだから」

「悠長なこと言ってる場合？　直接やってきて、『危険が迫っている』と言ったんだよ。それって脅し以外の何物でもないじゃない。同じことが繰り返されてみなさい、前回は運よく助けられたけど、次も助かるなんて保証はない。またあんなことが起きたら

――自分が異性と心をかよわせたせいで、さらなる凶行が生まれたと美星が考えてしまったら、今度こそあの子、立ち直れるかわからない」

「じゃあ、もう会うなってことですか」

僕は目を逸らした。水山嬢が吐息だけで、え、とつぶやく。

「関係性を踏まえたうえで、あらためて胡内の発言を振り返ると、彼は『切間美星に近づくな』と僕に伝えたかったとしか思えないんです。過去を繰り返すなってのはつまり、そういうことですよね。彼女のコーヒーを飲みに来ることさえ、僕には許されないんですね」

「それは、……違う。それは違うと思う」

「ならどうしろって言うんですか。悠長だなんて晶子さんは言うけど、僕だって胡内の言いなりにはなりたくないから、美星さんの淹れるコーヒーが飲めなくなるのは嫌だから、そうならずに済ませられないかと思ってみただけなんだ。繰り返すなと言われたって、僕は当時のことも知らなければ、胡内の人格だってほとんど何もわかっていないんですよ。他に方法があるのなら――」

「考えてよ！」

彼女はかん高い声で叫び、驚いた仔猫がレジのカウンターの裏へと逃げていった。藻川氏はフロアの隅から一度、こちらをじろりとにらんだが、それでも沈黙を保っている。

「ようやく心をかよわせることのできる相手が見つかったかもしれない、美星がそう思っているとしたら、あなたが遠ざかることが正解であるはずがない。そうなることを望まないのなら、あなたも方法を考えてよ。このままでいようとすることが単なる逃避に過ぎないことくらい、自分でもわかっているでしょう。考えて。あたしも考えるから」

方法。過去を繰り返さない方法。胡内の凶行から、切間美星を救う方法。

「……今日のところは帰ります。美星さんのこと、よろしくお願いします」

僕は席を立った。控え室の様子を見ていく気にはなれなかった。扉に手をかけて鐘を鳴らしたとき、ふと思い立って振り向く。

「一つ、いいですか」

「何」水山嬢はさげすむような態度だ。

「どうして美星さんは、そんな大事な相手に僕を選んだのでしょう。僕はかつての彼女のように、積極的に心の門を開こうとした覚えもない。あるいは逆に、僕が昔の胡内みたいに、自分の門を開くのが下手らしく見えたから？　それって、同情めいていやしませんか」

「知らない、そんなこと」彼女は鬱陶しそうに、横目を窓に向けたあとで、「でも、言ってたよ、あの子。すごくおいしそうにコーヒーを飲むんだ、って」

……コーヒー、だって？

「えっと、それって何だか、ちょっぴり肩透かしのような気が」

「そんなものじゃない？　誰かに心を動かされるきっかけなんて」

あっさり言い放つ水山嬢に別れを告げて、帰り道、僕は我が身を振り返りながら思った。

まぁ、確かにそんなものかもしれない。


――沈鬱を振り払うように、あえて僕は陽気に応じる。

「さすがは本職のバリスタ、回答によどみがない。でもね、美星さん。僕が想定していたのはそっちじゃなくて、世界三大《幻の》コーヒーなんです」

「というと、インドネシアのコピ・ルアク、別名イタチコーヒーと、アフリカのモンキーコーヒー、そしてベトナムのタヌキコーヒーですか」

バリスタの微笑にはやはり、一分の動揺も見られなかった。

「いずれもコーヒーの実、コーヒーチェリーを食べた動物の糞《ふん》から、未消化のコーヒー豆を取り出し、洗浄・乾燥したうえで抽出に用いるものです。消化のメカニズムに沿って動物の体内を通り抜ける過程で、成分に生じる変化により複雑で独特な香味が加わるといわれ、コピ・ルアクが稀少価値の高さからかなりの高額で取り引きされているほか、モンキーコーヒーなどはもはや伝説のごとき扱いを受けていますね」

「糞から豆を取り出すなんて、知らない人にしてみたら衝撃でしょうね。コーヒー好きの僕だって正直、眉をしかめてしまいます」

「あら、私はおいしいコーヒーが飲めるなら、そのくらい何でもありませんわ」

そんな彼女には、糞度胸という言葉を贈りたい。

「しかし、普通のコーヒーに比べれば抵抗がある点までは否定しないでしょう。そこで、ですよ。実は昨日、とあるカフェを経営する知人が、台湾旅行から帰ってきましてね。お土産に、《猿珈琲》なるものをくれたんです。何でも台湾の高地ではコーヒーの木が栽培されており、野生のタイワンザルがコーヒーチェリーを食べてしまうらしいのですが、その吐き出した種子を集めたものだそうで。どうです、糞よりはよほど、飲んでみようかという気にさせるではありませんか」

「それは、それは。実に興味深いですね。ずいぶん気前のいいお知り合いをお持ちで」

「いえ、さすがに高価ですからね。本人が買ったものを少量、分けてもらっただけです。残念ですが、たかだか二、三杯分なので、味の詳細は後日あらためてレポートを……あの、何をされているんです？」

見るとバリスタは先ほどまでいじっていた食器類を片づけ、いそいそと紺の前掛けを外しにかかっている。背中に指を回し、胸を反らした姿勢のままで言うことには、

「アオヤマさん。あらかじめお断りしておきますが、友人とはいえ異性であるあなたのご自宅にお邪魔することは本来、私の信条にのっとって奨励されるべき行為ではあ

りません。しかし、一つの道を究めたいと願えば、どうしても多少の冒険はつきものなのです。くれぐれも、そうした行為に躊躇のない女だとは誤解なさることのなきよう」

「えっと、それはひょっとして」いろいろと失礼なことを言われている気がする。「今からうちに来たい、とでも？」

「この機を逃せば両日中にも、あなたは飲み干してしまわれるでしょう。となると他に選択肢はないようです。断腸の思いですが、猿だけに」

《断腸》という言葉の語源は、子猿を奪われた母猿の、はらわたが断ち切れてしまうほどの悲しみを表したものだったはずだ。うまいことを言ったつもりか知らないが、そもそも《断腸》の一言が余計なのである。

大仰に溜め息をついて、僕は椅子を傾けフロアを見回す。先刻から藻川の爺さんが、床にはいつくばって家具類の下や隙間を探っているのが気になって仕方ない。テーブルの上に無造作に置かれた数枚の小銭が状況を説明していると思われるが、今のところ僕には適当な想像がはたらかなかった。

悲哀すらまとってもぞもぞと動く背中を見ながら、僕はどうにか表情を取りつくろう。そうでもしなければ、頰が緩むのをこらえきれそうになかったのだ——あまりにもうまく、ことが運び過ぎている。

「まぁ、そこまでおっしゃるのならいたし方ありませんね」あくまでも、渋々といった体を装う。「しかし美星さんが僕の自宅に来るとなると、この店はどうするのです」

するといきなり、爺さんがすっくと立ち上がり、振り返ってどんと胸を叩いた。

「わしに、まかせよし」

二人は沈黙した。静寂の中、何かのエサにありついたらしいシャルルの、カリカリと咀嚼《そしゃく》する音だけが聞こえる。

「……研修のための臨時休業といたします。この時間はお客様も少ないし、大丈夫でしょう。アオヤマさん、たいへん申し訳ないのですが、よろしければ外の電気看板をこちらまで持ってきていただけないでしょうか」

「了解です」

「わしに、まかせよし」

僕は指示どおりにいったん店を出て、表から電気看板を引き上げてきた。キャスター付きとはいえレンガの道を運ぶのは想像以上に困難で、五分ほどもかかってしまった。きっと普段は爺にまかされた仕事なのだろう。

戻ってみると、扉のそばの床に、大きなトートバッグが置かれていた。口からモノクロの制服がのぞいているので、急いで着替えたのだろう。はたして脇のトイレから出てきたバリスタは、グレーのコートに身を包んでいた。

「お待たせしました。では、行きましょう」

声に反応してこちらに向き直り、あきらめの悪い爺は三度目の台詞を放とうとした。

「せやから、わしに――」

「まかせられません！」

心臓に悪い。火山の噴火さながらに、隣でバリスタが怒鳴ったのだ。

「若い女性のお客様にしつこく言い寄ったあげく、お代を投げつけられてしまうような人に、金輪際、お店の番はまかせられません！　小銭がすべて過不足なく見つかるまで、絶対に許しませんからね！」

事情は知れた。どうやら僕が来る前に、ひと悶着あったようだ。ていうかほんと、何やってんだ爺さん。

僕は進んでバリスタのトートバッグを取り上げ、それは予想したよりははるかに重かったが、ともかくも一路、自宅を目指した。裁判所前のバス停へと向かう道の途中、バリスタは僕のモスグリーンの傘を見て、懐かしむように微笑んだ。瞬く間に過ぎた日々は確かに、二人の距離をちぢめつつあるようだ。本懐を遂げるのも時間の問題かもしれない――けれども今日はある目的のため、そう自らを戒めるとき、絶えず心にかかっていた霧のような不安も、あわせてどこかへ霧散してしまっていた。

2

北白川にあるくたびれたアパートの、最上階にあたる二階の一室が僕の城だ。降車するバス停は《銀閣寺道《ぎんかくじみち》》、裁判所前からは乗り換えることなく一本のバスで行ける。

「毎日徒歩でかよっているのは今出川通ですけど、バスだと白川通から乗ることも少なくありません。《タレーラン》へ行くには、そっちのほうが便利なんです」

説明しているうちに自宅へたどり着く。鍵を開けて先に上がると、三和土《たたき》へバリスタを迎え入れた。

「ささ、どうぞ。むさくるしいところですが」

「おじゃましまぁす」

ちょこんとお辞儀して、バリスタは偉大なる一歩を踏み出す。ユニットバスの前を行き過ぎ、せまいキッチンを軽やかに抜け、僕の自室の入口に立ち感想を一言。

「小綺麗にしておられますね」

「そうですか？　昨日たまたま、掃除機をかけたからかな」

白々しい。万一を頼み、隅々まで入念に掃除しておいたのだ。六畳一間は奥にベッドが、手前にローテーブルがあるほか、必要最低限の家具によって占められ、清潔感以外に褒める要素もない。殺風景だが、男の独り暮らしなんてこんなものだろう。

バリスタは僕の自室に入ると、脱いだコートをたたみ、斜めがけのバッグとひとまとめにしてベッドの脇へ置いた。プレッピーとでもいうのか、アーガイルのカーディガンにキュロットという組み合わせが素敵だ。そして僕が無造作に手放したトートバッグを自身の荷物の隣に並べ直し、左右をきょろきょろ見回してささやく。

「ではさっそく、例のブツを」

「怪しいクスリじゃないんですから。こっちです」

連れ立ってキッチンへ行くと、僕は食器棚からコーヒー豆を保管するキャニスターを取り出した。分けてもらってきたものを、すでに移し替えておいたのだ。ふたを開ければ、炒った豆の香りがあたりに充満する。

「これが、猿珈琲……」バリスタの目は恍惚《こうこつ》としている。「ウキウキしますね。猿だけに」

聞かなかったことにした。「焙煎は知人が済ませてくれました。あとはこれを挽いて、ドリップすれば……あ」

「どうかしました？」

「まいったなぁ、いま思い出しましたよ。ペーパーフィルターを切らしていたのを」

「アオヤマさんでも、フィルターを切らすことがあるんですね」

「ま、まぁね。すみませんが、近くのコンビニへ買いに行きましょう」

「私はお留守番をしています」

「だめですよ。ここ僕の家ですよ」

なぜか頬を膨らませる彼女を引っ張って、僕はいったん自宅を出た。アパートの外廊下を階段まで進んだところで立ち止まり、かかとを踏んづけていたスニーカーを履き直す。と、階下から野球帽を目深に被った男性が現れ、僕らは身をよじり道を空けた。

「今の方は……」何が気になるのか、彼女は後ろを振り返っている。

「さぁ、きっと住人か、さもなくば新聞配達じゃないですか」

「新聞なんて持っていたかしら」

「一部だけだから見えなかったのでしょう。独り暮らしの学生が大半を占めるこの建物で、夕刊なんてとっているのは僕ぐらいなものです」

階段を下りきったところで、僕は傘を開く。バリスタもちゃっかり自分のを持ち出していたので、相合傘にはならない。水を切るように柄をくるくる回しながら、彼女を先導して今出川通の坂を下っていった。

《農学部前店》と名のついたコンビニに、ペーパーフィルターはあった。ついでにお茶菓子なんかも購入し、アパートへ戻るまでにかかった時間は二十分ほど。階段の下で濡れた傘をたたんでいると、バリスタがふいに上方を見やる。

「また誰かいますね」

言われてみると、二階の廊下を駆け足で逃げていくような音が聞こえる。

「遅刻しそうな学生が、部屋を飛び出していったのかな。次の講義の始まる時間が近いですからね。このアパート、横一列に部屋が並んでいるので、反対側にも階段があるんです」

彼女はどうも、過敏になっているようだ。僕の想像したとおりの理由なら、そうなるのも無理からぬ状況なのかもしれない。彼女の言い出したこととはいえそれなりに責任を感じ、胸が痛む。

二階の廊下に人影はなかった。自宅のドアには案の定、夕刊がはさまっている。それを抜き取って再び鍵を開け、奥の自室へと彼女を招き入れた。

「あら、何かしら」

テーブルの上に転がる、大きくてきらびやかな包みに、バリスタは目を奪われていた。

「おや、届いたようですね。頼んでおいた、いつぞやのお詫びが」

事前に用意しておいた台詞ほど、口にしてみるとぎこちない。照れ隠しに夕刊をベッドに向けほうったが、ページがめくれてみっともないことになってしまった。

「まぁ」うれしい反応だ。彼女は合わせた手を口元へ持っていき、驚きを表したのだ。

「おもしろいこともあるものですね。実は――」

「そうだ、せっかく豆を挽くのですから、あなたに解決してもらいましょうか」

僕の提案に、バリスタは目をぱちくりとさせた。「と、言いますと」

「ご覧になりましたよね、最初に帰ってきたとき、テーブルには何も載っていなかったのを。そのプレゼント、どのようにして届いたのでしょうね？　僕はあなたと一緒に部屋を出たから、それを置く機会がなかったことは言うまでもありません」

「あの、アオヤマさん」

「何でしょう」

「初めから、こういうつもりだったんですね？」

んぐぁ。「何をおっしゃいますやら。猿珈琲をもらったのはたまたまだし、だいいちあなたがここに来たいと言い出したんじゃごめんなさいすみませんでしたゆるしてください」

何ということだろう。ごまかそうとしていたはずが、気づくと僕はすごい勢いで頭を下げていたのだ。

「やめてください。謝られるとかえって、いいように扱われた自分がみじめになります」

　バリスタは泣き笑いのような顔で言う。出町柳のカフェにも連れて行けとせがんだ彼女だ、二度と手に入らないかもしれない稀少なコーヒー豆とあっては、必ずや鮮度の落ちないうちに飲ませろと言ってくるに違いない、と踏んでいた。問題はそれが異性の自宅であってもか、という点だったが、好奇は警戒をいともたやすく上回ったらしい。

「正直、ここまでうまくいくとは思っていませんでしたよ。せいぜいが今晩だろうと思っていたのに、店を閉めてまで直行しようだなんて」

「やめてくださいってば」顔の赤みが増している。

「でもどうせ、豆は挽かずに済みません。ならばこの謎、ついでに解かれてみてはいかがでしょう。ちょっと待ってくださいね、いまキッチンから豆とミルを——」

「あぁ、それなら」バリスタはまず包みを両腕で抱え、中途半端に戸の開いたクローゼットを、続けてテーブルの真上の天井を見上げ、最後に玄関に目をやった。「ハンドミルは要りません。もう、挽けましたから」

　……え、何が？

「きわめて古典的な手段です。少し開けておいたクローゼットの内側、おそらくテーブルより高い位置に置いたギフトバッグに、長いテグスか何かを輪っかにしたものを通し、テーブルの真上のフックに引っかけます」

彼女はほら、と天井を示すが、見なくてもわかる。そこには僕がとりつけた、小さな金属のフックがある。

「そのままテグスを目立たないように、玄関のほうまではわせます。部屋から出たあなたは、ドアの隙間から出しておいたテグスの端をつかみ、歩きながら引っ張ります。このくらいの重さなら、ギフトバッグはテグスによってクローゼットから吊り上げられ、フックに達した段階で止まります。そのとき靴を履くふりをして立ち止まったあなたが、輪になったテグスを切ると、ギフトバッグは落下し、それ自体のやわらかさがクッションとなってテーブルの上で動きを止めます。あとは、切ったテグスの片方を引いて回収すればいいというわけです」

「そ、そんなのはただの憶測だ！」僕は、これがフィクションの世界なら自供したも同然の台詞を吐く。「証拠はあるんですか、証拠は」

「証拠ならきっと、今もあそこにあるんじゃないですか」

三和土の傘立てを指差すバリスタは、直感でも敵に回したくないと思うほどに勇ましい。

「やたらくるくる回すなぁとは思っていたのです。柄に巻きつけて、テグスを回収していたのでしょう。たったそれだけにしては、ずいぶん凝ったことを考えたものですが……アオヤマさん」

「はい」急に名前を呼ばれ、背筋が伸びる。

　バリスタは、にこりと微笑んだ。

「この程度の仕掛けで豆を挽かせようだなんて、あまり私を甘く見ないでくださいね」

「ははぁ、まいりました！」

　危うく土下座しそうになった。何から何まで、彼女が一瞬で見透かしたとおりだった。猿珈琲をもらった昨日、この計画を思い立ち、かねてから見当をつけていたプレゼントと必要な道具を買いそろえ、今朝のうちに何度か実験して仕掛けの精度を高めておいた。何としても、彼女にひと泡吹かせてみたかったのだ。実行している最中は、我ながら惚れ惚れする計画だと思っていたが、その解決はバリスタにとって赤子の手をひねるようだったらしい。残念である。

　彼女は上機嫌で包みを揺らし、

「開けてもいいですか、これ」

　言うが早いか、開封にとりかかる。口をしぼるリボンがバッグと一体化して巾着のようになったそれは、落下の衝撃によるものか、リボンをほどくまでもなく口がすでに開いている。バリスタはそこに指をかけて広げ、ゆっくり押し下げた。

　文字どおり顔をのぞかせたのは、大きめのテディベアだった。

「かわいいプレゼントですね」かわいいというのがテディベアを指すのか、それとも僕のチョイスを指すのか、どちらとも取れる言い方だ。

「前におっしゃっていたでしょう。藻川氏のサボりぐせを正すため、隅っこの椅子にぬいぐるみでも置いてやろうか、と」

「あぁ、それで。実益も兼ねているというわけですね。ふふ、どうもありが——」

なぜか彼女はそこで、バッグの口を下ろす手を止めてしまった。

「では、持ち帰る際に濡れないよう、お店に戻ってから包装を解くことにいたしますね」

笑顔を慌ててこしらえた感が尋常ではない。

「まぁまずは、ここでいっぺん全身を見てみましょうよ」

「いえ、でも」

「いいからいいから、一息にぐいっと」

僕が横から伸ばした手に力を込めた瞬間、バリスタはかろうじて悲鳴を押しとどめるように、あっと小さく叫んだ。

「あれ……何だ、これ」

目の前にあるものを、僕は受け入れることができない。

ついに全身があらわになった、ただのぬいぐるみであるはずのクマ——そいつはしかし、あたかも今しがた同士と死闘を繰り広げてきたかのごとく、胴体や四肢のいたるところを引き裂かれ、ずたずたになってしまっていたのだ。

3

贈り物にはしばしば《心を込めた》との枕詞がつくが、それに《魂を吹き込む》といった意味合いはなかったはずだ。

「バッグの口から、生地の破れ目が見えたんです。私、アオヤマさんがお気づきになる前に、持ち帰って修繕してしまおうと……まさか、こんなことになっているなんて」

語るバリスタの顔は青いし、僕は完全に取り乱している。

「おかしいな。変ですよ。だって僕、今朝出がけにこいつをクローゼットに仕掛けたとき、ちゃんと中身を確認したんですよ？　一度リボンを緩めて、異状がないのをこの目でしかと見たんです。そして自宅を離れるときは、きちんとドアに鍵をかけていました。つまりこいつは、密室となったこの部屋の中で、ずたずたにされてしまったんです」

本当に、ぬいぐるみに魂が宿ったのか？　むろんバリスタはそれを肯定しない。

「私たち以外の何者かが、これをやったことには違いないのです。アオヤマさん、この部屋の合鍵はちゃんとありますか」

　僕はキッチンへ移動し、食器棚の引き出しを開けた。大家から預かっている唯一の合鍵は、いつもの保管場所にあった。それを手に、自室へ戻る。

「合鍵ならここに——ちょっと何やってるんです美星さん！」

　危機一髪、僕はバリスタを背後から羽交い締めにした。彼女はクローゼットの折れ戸に触れ、今にもめいっぱい開け放たんとしていたのだ。

「放して！」バリスタは息も絶え絶えに、引きはがされてもまだクローゼットに手を伸ばす。「いま調べたところ、窓には鍵がかかっていました。玄関が施錠されていたのも間違いありません。そしてあなたは、合鍵もなくなっていないと言います。この状況が、何を意味するかおわかりですか」

「何ってさっきも言ったように、密室だったってことくらいしか」

「ええ、そしてとりもなおさずそれは、私たちのほかにこの部屋から出て行った者はいない、ということではありませんか」

　総毛立った。外から鍵をかける手段がなければ、何人たりともこの自宅を密室状態にして出ていくことはできない——言い換えるなら、あのテディベアをずたずたにした《侵入者》は、この部屋のどこかにとどまっているとしか考えられない。

「で、でもまだ侵入経路が判明していませんし。どこからか入ったんだから、そこから出たと見るのが筋でしょう」

「アオヤマさん、あなた本当に、ご自分で玄関の鍵をかけましたか」

「は？　あなたも認めたではありませんか、玄関が施錠されていたのは間違いない、と」

「はい。アオヤマさんが鍵を開けるところ、私も見ました。でも、鍵をかけるところは見ていません」

そう言われると、自信がなくなってくるのが人の心理というものだ。

「では侵入者は、僕が施錠し忘れたドアを開けて入り、内側から鍵をかけた」

「ぬいぐるみにこんなことをしたあとで、わざわざ仕掛けを元どおりにしておくとも思えませんね。侵入したタイミングはおそらく、私たちがコンビニへ行った二十分ほどの間」

真っ先に、野球帽の男が浮かんだ。あのときは新聞配達員だと思ったが、帰ってきたときにも足音を聞いているので、そちらが夕刊を届けてくれた人のものだとしてもおかしくない。

「でも、侵入者の目的は？　ぬいぐるみにこんなことをして、何の意味があるんです」

バリスタはなおも、おびえきった視線をクローゼットの戸から離さない。

「鍵のかけ忘れに気づいたくらいですから、偶然かそうでないかはともかく、侵入者は私たちの姿を見ていたはずです。それを踏まえたうえで、プレゼントであることが一目瞭然のぬいぐるみを傷つけるという行為が、どのような意図をもってなされたのかを想像するとき、私は――」

背後から抱えた小柄な体が、にわかに重くなったように感じた。

「また、気を失ってしまいそう」

慄然とした。バリスタはこれをあの男の、胡内波和の仕業だと考えているのだ。言葉による警告が効かなければ、次は実力行使ということか。鵜呑《うの》みにするわけではないが、だとしたら怖ろしい思考回路だ。侵入者に対する恐怖だけでも相当なものなのに、ましてそれがあの男となれば、彼女のおびえっぷりも当然の反応といえる。

あの野球帽の男が、胡内波和だったのか？　必死に思い出そうとするが、うまくいかない。雰囲気はまるで違ったけれど、そういう場合ほど怪しい。美星バリスタなら見過ごすまい、と言いたいところだが、あれだけ容姿が変わったとなるとそれすら疑わしい。

「だけど、美星さん」やむなく僕は、欠かせない反論を試みた。「たとえあなたの考えに正しいところがあったとしても、侵入者はこのクローゼットにはいません。何しろ中はぎゅうぎゅう詰めで、あのクマでさえ、収めるのに難儀したほどなんです。人ひとり隠れるスペースなんて絶対にない、それは僕が保証しますから」

嘘ではなかったが、むしろクローゼットの中を見られたくない一心だった。あそこにはワードローブのほかに、彼女に見られたら困る、僕のプライバシーに関する一切合財を投げ込んである。誰にだって、特定の相手に知られたくないことの一つや二つあるものだ。彼女の言葉を借りるなら、いずれ打ち明けるときがくるとしても、《今はまだその勇気がない》のである。

納得したわけでもないのだろうが、ようやく彼女はおとなしくなり、クローゼットへ近づくのをあきらめた。

「……わかりました。私に確かめさせてくれないのなら、ご自身でお確かめください。それが済むまではどうにも気が休まりません。ご希望とあらば、私は席を外しますので」

「まぁ、そういうことなら」人なんか入れっこないけどな。思いながらも請け負う。

「では、私はキッチンにいます。何かあったら叫んでくださいね。助けに駆けつけます」

羽交い締めを解くと、バリスタは僕の自室を出ていった。助けに駆けつけるなどと言うが、もしも暴漢が現れたら、彼女はどうするつもりなのだろう。包丁でも持ち出すか？　それこそ嫌な予感しかしなかった。

ここにはいないとわかっていても、あれだけおどかされれば少しは不気味だ。びくびくしながらクローゼットを開けたが、中は記憶のとおりのぎゅうぎゅう詰めだった。生まれたてのクマならいざ知らず、侵入者の隠れるスペースなどないことは、衣類をかき分けてみるまでもなく明白である。

丁寧にクローゼットを閉める。隙間なく一枚の壁と化して、内側を密室にした折れ戸を見ながら、ふと思う——侵入者が今もこの部屋のどこかにとどまっているとして、彼はなぜ、そんなことをしているのだろう？

戻ってきた僕らのすきをついて何かことを起こすつもりなら、ぬいぐるみを傷つけたのは不可解である。自らの存在を示すその行為は、僕らに警戒されてしまうだけで、侵入者にとって何のメリットもないからだ。

そもそもバリスタが今日ここへ来たこと自体、予定されたものではなかったから、侵入者の行動もまた場当たりに過ぎないのだろう。となると侵入者はやはり、ぬいぐるみを傷つけることで一応、満足したのかもしれない。ところが部屋を出ていく前に僕らが帰ってきてしまい、やむをえずどこかへ身をひそめた。こうした場合に備えたとみれば、玄関に鍵をかけておいたことも筋が通る。

今もって姿を現さないところを見ると、侵入者は可能な限り僕らの目を盗んで、穏便に部屋を脱出したいと考えているのではなかろうか。そして身をひそめる瞬間にもそのような思考がはたらいたとしたら、できるだけ玄関の近くに隠れようとするのではないか。もとよりこんな、独り暮らし仕様のせまい部屋に、隠れられるスペースなんていくつもない。都合のいい場所があるとすればただ一つ、それは——。

「きゃあっ！」

激しい金属音とバリスタの悲鳴とが交錯し、僕のほうこそ気を失いかけた。

侵入者が身をひそめるとしたら、玄関を入ってすぐ脇の、ユニットバスをおいてなかったのである。彼はそこで僕らをやり過ごし、脱出の機会をうかがっていた。が、たとえ自分から出ていく気がなくても、誰かにドアを開けられてしまっては強引な手段に訴えざるをえない。バリスタはトイレに行きたかっただけかもしれないが、それは彼にとり、引き金を引かれたも同然の行動だった。

順番を間違えた。まずはそちらを確かめてから、バリスタを一人にすべきだったのだ。

「美星さん！」

転がるように自室を出る。ボウルや鍋の散乱したキッチンに立ちつくす彼女は、こちらを振り向くと、ばつが悪そうにえへへと微笑んだ。

「……何をしているんです」

「ごめんなさい。武器になる包丁を、と思いまして」

シンクの下の戸棚を開けて、雪崩を引き起こしてしまったらしい。

「心臓が止まるかと思いましたよ」

「勝手に戸棚をのぞいたことは弁解の余地もありません。しかし、私も必死なのです。

包丁を持ち出さずに済み、安心しました。クローゼットに侵入者はいなかったのですね」

「だから言ったでしょう。それよりユニットバスはどうです、僕はそっちのほうが」

「もう見ました。誰もいないことが一目でわかりました」

いつの間に。相変わらず抜かりがないが、それならそうと一言くれればいいのに。非常事態につき非常識には目をつぶるとしても、危ないだろう、包丁すら持たぬ身では。

「振り出しに戻る、ですね。他に隠れる場所なんてないし、やっぱり侵入者にとって、この部屋は出入り自由だったとしか」

「だとすればなおのこと、由々しき事態です。一刻も早く経路を特定し、しかるべき手を打たなければなりません。——アオヤマさん」

きりりと引き締まった表情に、僕は気をつけをする。「何でしょう」

「ハンドミルを貸していただけますか。それと、コーヒー豆を」

おぉ、ついに出番がめぐってきたぞ。がぜん頼りになりそうな気配を見せるバリスタに、僕はセラミックのハンドミルを渡した。ホッパーには先ほどから出しっぱなしになっていた猿珈琲を、分量を計って投入する。

「よろしいのですか、貴重な豆を」

「挽き終わる頃にはきっと、この謎も解明されていることでしょう。そしたら僕ら、猿珈琲で乾杯をいたしましょう」

彼女は決意をたたえた笑みで、こくんと首を縦に振った。

「気が散ってもいけませんね。もう一度、僕はあっちを見てきます」

コリコリを開始するバリスタを残し、僕は自室へ戻ってきた。コンビニへ出かける直前の記憶を懸命に手繰り寄せ、相違点がないか点検してみる。テーブルに載ったプレゼントとなくなったテグス、僕の計画が成功した証だ。戸が閉まったクローゼット、さっき僕が閉めた。あとはコンビニのビニール袋、夕刊と、バリスタのトートバッグが倒れてしまっているくらいか。

何か手がかりがあるはずだ。僕は腹ばいになり、ベッドの下をのぞいてみた。が、都市伝説さながらに人と目が合うということもない、というかまず人の入れそうなスペースがない。掃除機をかけたばかりなので、そこにはゴミの一つすら……いや。

カーペットの縁、ベッドがひさしにならない部分に、僕は妙なものを発見した。髪の毛だ。髪型にすればセミロングはありそうだが、長さを持ち出すまでもなく美星バリスタから抜け落ちたものではないし、まして僕のものでもない。なぜならそれは、明るい茶色をしていたからだ。しかも一本や二本ではなく、何十本という束でばさっと落ちていたのである。

昨日掃除をしたので、以前からずっとここに落ちていたということはない。また衣類等に付着してきたと見るには、量が多すぎる。となるとこれも、何者かがやったとしか考えられない。侵入者がそう何人もいるはずはないから、おそらくはぬいぐるみを傷つけたのと同じ何者かが。

どのような意図をもってなされたのか。あらためて、僕は考える。テディベアをずたずたにする意図。誰のものとも知れぬ髪の毛を残していく意図。すると、おぼろげながらある推論が浮かび上がってきた。両方の行為に共通しうる目的が達成されると、喜ぶのは誰なのか。その人物に、侵入および脱出経路を確保することは不可能か。二つの問いは明確に、一つの真相を指し示していたのである。

「ははぁ、わかりましたよ、美星さん」

どう説明しようかと悩みながら、僕はキッチンへ向かう。バリスタの頰は心なしか、血の気を取り戻してきたようだ。コリコリの音も歯切れがいい。

「クマちゃんに爪痕《あと》を残した犯人が、ですか」

「怖い思いをさせてしまってすみません。実はこれ、すべて僕の失敗だったんですよ」

僕ははらわたのように腹から綿がはみ出した、テディベアを両手で抱えてみせた。

「ギフトバッグにテグスを通すとき、中身だけ落ちてしまってもいけないと思った僕は、ぬいぐるみの体にも巻きつけるようにしていたんです。室外から引っ張られ、ギフトバッグの口からせり上がったぬいぐるみが、ちょうどフックに押しつけられる格好となり、そうこうしているうちにフックの端が生地を傷つけてしまったんですね。いやぁ、実験ではうまくいっていたことが、本番となると想定しない事態に陥るものです」

バリスタはまだコリコリをやめない。早いところ話を打ち切ろう、彼女があの台詞を吐く前に。

「そういうわけですから、もう心配は無用です。残念ですが、こんなことになってしまったのは僕のせいなので、お詫びはまた日をあらためて用意します。侵入者の脅威に比べればということで、今日のところは勘弁してください。お騒がせしてすみませんでした」

しかし、間に合わなかった。彼女は微笑んで言ったのだ。

「全然違うと思います」

コリコリコリ。

「……いや、僕がそうだというのだから、今回ばかりは反論の余地もないでしょう。クマのことよりも今は猿ですよ。豆、挽き終わったんですか」

「ええ」バリスタはミルを開け、猿珈琲の香りを嗅いだ。「たいへんよく挽けましたとも」

その言い方は、もしや。

「嘘だ。あなたにわかるはずがない」

「嘘はアオヤマさんでしょう。私の恐怖を取り除きたいというお心遣いには感謝しますが、その程度の猿知恵でだませると思われたなら心外です。それも、一度ならず二度までも」

この期に及んでまた猿か。

「もう心配は無用ですとのお言葉、そっくりそのままお返しいたします。——クマちゃんに爪痕をつけた犯人がわかりました。この、猿珈琲のおかげで」

ミルを掲げるバリスタに、思わず問いただす。「猿珈琲？　ミルではなくて？」

「はい。アオヤマさん、《タレーラン》で世界三大コーヒーのお話をされましたね」

「《幻の》、のほうですね。コピ・ルアク、モンキーコーヒー、そしてタヌキコーヒー」

「モンキーコーヒーはその名のとおり、猿の糞から豆を取り出します。では、イタチコーヒーやタヌキコーヒーは、どんな動物の糞から作られるかご存じですか」

「もちろんですとも。あれはどちらも、ジャコウネコという動物だったはずです」

ジャコウネコとは、アジアの熱帯・亜熱帯地域などに広く分布する、哺乳綱食肉目ジャコウネコ科の生物である。名前から誤解を受けやすいがいわゆるネコ科の動物とは異なり、日本国内に生息する動物では、唯一ジャコウネコ科に属するハクビシンがもっとも近縁種といえるだろう。

コピ・ルアクが現地語で《コーヒー・ジャコウネコ》を意味するのに対し、イタチコーヒーやタヌキコーヒーといった呼称は、アメリカ国内で流通した際の英語名Weasel Coffeeからきている。当然ながらイタチやタヌキとジャコウネコはまったく別の生き物であるにもかかわらず、不要な混同を招いてしまうこれらの呼称が、そのまま定着してしまった。

僕の回答を受け、バリスタは満足そうにうなずく。

「アオヤマさんにお願いがあります。今一度、クローゼットの中をあらためていただきたいのです。私がいまだに見つけられないのですから、犯人はあそこにいるとしか考えられません。もう見たよ、なんて言わずに、衣類が詰まっていればかき分け、衣装ケースに隙間があればそこを照らすなどして、よくよく探ってみてください。面倒ならば、私がやります」

おびえはすでに感じられなくなったが、彼女の眼差しは真剣そのものだ。気圧《けお》されて、せんないことと思いつつ単身クローゼットの前に立つ。折れ戸を全開にし、ポールからぶら下がるジャケットやコートの奥へ片腕を突っ込む、と――。

「ひぃっ！」

指先が生温かいものに触れ、僕は情けない声を上げた。間髪容れず、

「にゃー」

……にゃー？

すぐさま、今度は両腕を突っ込み、温度を持ったその物体をそっと引きずり出す。

「どうしてお前がここにいるんだ？」

両脇を僕に抱えられ、無抵抗で前脚を突き出していたのは、シャム猫のシャルルだった。

4

「人間のための脱出経路も隠れる場所も見当たらなければ、そもそも人間であるという前提が間違っていたことになります。ジャコウネコは猫でこそありませんが、シャルルを連想させるには充分でしたね。クマちゃんの傷は見るからに、爪痕のようでしたから」

バリスタは僕に説明しながら、横座りにした脚の上で心地よさそうに丸まるシャルルの背中をなでる。

「そういえば、僕も真っ先に思いましたよ。まるで、他のクマとどこかで死闘を繰り広げてきたみたいだなって。だけど、シャルルはどうやってこの部屋に」

「それは、おそらくあれかと」

彼女が指差したのは、ベッドの脇のトートバッグだった。倒れたままになり、バリスタの制服がはみ出している。

「中にもぐり込んだまま、ここまで運ばれてきたということですか」

「《タレーラン》で着替えを済ませてお手洗いに入っている間、私はトートバッグを床に置いておきました。アオヤマさんは店の外にいましたし、おじちゃんはあんな風でしたので、シャルルがもぐり込んでしまったことに誰も気がつかなかったのでしょう」

「持った重みでわからないもんですかね」

「先週シャルルの体重を測りましたところ、およそ一五〇〇グラムでした。生後五ヶ月ということで、獣医さんにも健康であるとお墨付きをいただいております」

一五〇〇グラムか。僕は量り売りでコーヒー豆を買い込んだときの感触を思い出す。他の荷物と一緒に提げて、重いと感じたことがあったか——意識に上りさえしないかもしれない、その程度の変動では。

「バッグが空だったならまだしも、元々それなりの重さでしたし……だいいちそのバッグ、ここまでアオヤマさんにお持ちいただいたので、私ほとんど触ってもいません」

「そうか、僕じゃわかりっこないなぁ。で、シャルルは僕らがコンビニへ行っている間に、ギフトバッグの中のクマを攻撃したというわけですね」

「誰もいなくなったはずの部屋で気配を感じ、空中を見上げると、そこにはひとりでに動くギフトバッグが……仔猫が襲いかかるのも無理はありませんよね」彼女につられ、僕まで笑ってしまう。「せまくて暗いバッグの内側にしばらく押し込められていたために、気が立っていたこともあるのかもしれません。ひと暴れして気が済んだら、そのあとはクローゼットへ逃げ込み、そこで眠ってしまった」

シャルルは今も眠っている。飼い主に似るとはいうが、似るほうを間違えたと思う。

「それにしても、ずいぶんおとなしくしていたものですね。バッグごと揺すられてもじたばたしないどころか、鳴き声すら上げなかったとしたら」

「雨音やバスのエンジン音で、かき消された可能性はありますが……」

煮え切らない。バリスタ自身、そう信じていないような節がある。

「動いてくれれば一発で気づいたんですけどね。急に睡魔が襲ってきたのかな。直前まで、元気にエサをカリカリやってたのに」

「――シャルルが、エサを?」

バリスタが眉をひそめる意味がわからない。

「猫なんだから、エサだって食べるでしょう。咀嚼の音を聞きませんでしたか」

「さぁ、覚えがありませんが……シャルルには、適当な時間に、適当な分量だけエサを与えるようにしてあります。昼間の分は食べつくしたのを見ていますから、あのフロアにエサはなかったはずなのですが」

　ひとしきりうなったあとで、バリスタはシャルルを見つめ、深刻そうにつぶやいた。

「私のせい、だったのかもしれませんね」

「美星さんの？」

「シャルルがかじっていたものとは、私が常備していた錠剤のいずれかだったのではないでしょうか。私が気を失ったとき、おじちゃんがほうったポーチから飛び出して床に散乱してしまったと聞いています。その際に回収しきれなかった分を、シャルルがエサと勘違いして食べてしまった」

　あぁ、と僕は声をもらし、彼女から目を逸らしてしまう。

「しかしあれはもう、ひと月近くも前の話でしょう。掃除だってきちんとしているだろうに、薬なんかいつまでも転がっているでしょうか」

「きっと棚の下かどこかに、入り込んでいたのですよ。それを今日、はいつくばって小銭を探すおじちゃんが、明るみへかき出してしまった」

「はぁ、なるほど……人間に処方される薬って、猫にも効くんですね」

「詳しくは存じ上げませんが、たとえばジアゼパムという薬――様々な精神疾患やてんかんといった症状に対して処方されるほか、海外では代表的な睡眠薬でもあるそうです――が、安定剤として猫に処方されるケースを聞いたことがあります。効能には個体差があるでしょうが、中には服用後ぐっすり眠ってしまう猫もいる、と」

彼女は小さな猫の背中にそっと手を当てていたが、やがて意を決したように顔を上げた。

「今もこれだけ眠り込んでいるのは、やはり心配ですね。私、念のためこの子を、動物病院へ連れて行こうかと思います」

「それがいいかもしれません。何か起きてからでは遅い。僕も付き添いましょうか」

「結構です。風味が落ちるともったいないので、あなたは猿珈琲を飲んでください」

すっかり失念していた。「あなたはいいんですか」

「この子の無事には代えられません。断腸の思いですが」バリスタは寂しそうに微笑む。「味のレポート、楽しみにしていますね」

抱いたままよりはまだ安定するだろうということで、ちょっぴりかわいそうだが、シャルルには来たときと同じトートバッグに入ってもらうことになる。バリスタは中身をひっくり返し、自らの着替えをタオル代わりにして猫の寝床をこしらえた。

「運びにくくありませんか。かなり重かったようですが」

「平気です。来たときよりはうんと軽くなるので」

そう言うと、彼女はトートバッグから取り出していた、四十センチ四方もある平たい箱を僕に渡した。まぶしい黄色の包装紙には、ココロフトのロゴが入っている。

「あの、これは」

「先ほどは言い出しかけてさえぎられましたが、おもしろいこともあるものだ、と思うのです。同じ日に、私もあなたへのお詫びを果たそうとしたのですから」

驚いて、僕はほとんど反射的に、箱の正体を確かめた。

僕からのお詫びは《オマエ》呼ばわりについてのものであり、バリスタのそれは藻川氏の背徳行為を代わって謝罪するものだ。背負ったのが同じ日なら、降ろそうとするのも同じ日になるとは。もっともそれは、まんざらただの偶然でもないらしい。

「あなたがまだお持ちでないと聞いて、入手したそれを《タレーラン》に置いておくまではよかったのですが、あれから時間も経ってしまったので。現在もお持ちでないことを確認してから、お渡ししたかったのです」

「そのために、僕の自宅を訪れたのだ、と？」

「猿珈琲に興味はありましたが、口実にしたのも確かです。そうでなければ、殿方のおうちで二人きりなんて、そんな、ハレンチなこと……」

だんだんと声が小さくなるので、見るとバリスタは頰を赤らめている。今さら何だよ、とは思うが、要するに僕らは《僕の家に切間美星が来る》という状況を、互いにお詫びの品を渡す好機として利用しようとしたのだ。実に滑稽な駆け引きが繰り広げられていたものである。

「では、私は先を急ぎます。本日は突然お邪魔してしまい、申し訳ありませんでした」

てきぱきとシャルルをバッグに寝かせ、バリスタは立ち上がる。

「こちらこそ、どうもありがとう。これ、楽しく使わせてもらいますね。僕からのお詫びは、またの機会にということで」

「そんな、悪いのはこの子ですから。うれしかったですよ、とっても」

バリスタがふわりと微笑むので、僕は心をぎゅっとつかまれてしまう。

「――おびえなくても、大丈夫ですから」

玄関のドアを開ける背に、知らずそんな言葉をかけていた。

「近づきたいと思うのは、近づかれるのを許したことに、見返りを求めるからではありません。それでも他の何かにおびえてしまうときは、頼りがいはないかもしれないけど、きっと僕があなたを守る……」

振り返った彼女は真顔だった。ただ頬の紅が、いっそう深くなっていた気がした。伝染する。「あ、あなたをっていうか、あなたの淹れるコーヒーの味を、ね。飲めなくなったら困りますから」

「きびだんごにつられたお供の猿のようですね。でも、ありがとう」

最後に再び莞爾《かんじ》として笑い、バリスタは部屋を出て行った――僕へのお詫びの品に選んだ、電子のダーツボードを残して。

そのときの僕を満たしていたのは、過剰なまでの安堵《あんど》だったと思う。

胡内波和の出現は、差し迫った恐怖を僕らに植えつけた。美星バリスタのおびえっぷりったらなかった、その原因とは四年にもわたって彼女をさいなみ続けた悪意であり、克服するに際して脳裡をよぎらないわけはない。彼女にとって異性と心をかよわせるということは、常にそうした恐怖と隣合わせであった。

ところが、聡明なバリスタのおびえた侵入者の正体とは結局、単なる幻想だった。いや、実を言うと僕はそうとも限らないように考えていたのだが、不可解な事象の裏にはつまるところ一匹の仔猫がいたに過ぎなかったのだ。

悪い予感が無関係の事柄にまで波及するのと同様に、一つの安堵もまたそれ自身を方々に増殖するらしい。夜にシャルルの無事を知らせる電話を受け取るにつけ、僕は、そしておそらくバリスタも、根拠のない安堵に支配されつつあった。それは決して軽率かつ楽観的な見通しから生じたすきではなく、あくまでも古傷の痛みを乗り越え、幸せに生きたいと願う心のはたらきであったに違いないのだ。

——だからその後の僕らを待ち受けた運命が、あらかじめ、はねた絵の具のように日常の端々を汚していた断片を、見逃してしまったとしても僕は、過失や誤算ではなくそれを悲劇と呼びたい。そうでもしなければ、自分の下した判断の正しさを信じることができなくなってしまうから。

あの日バリスタの挽いた豆を用いて淹れた猿珈琲からは、バニラのような甘い香りがほんのりただよった。稀少であるのになぜか味覚が親しみを感じるそれは、タレーラン伯爵の名句がほどよく重なるような具合で、少しの甘さを少しの感情になぞらえて、僕は胃や胸のあたりを熱くした。

切間美星との別れを決意したのは、その熱さえまだ冷めきらない、冬の日のことだった。

第七章

また会えたなら、あなたの淹れた珈琲を

I

腰を預けた鉄製の柵の冷たさが、ジーンズの生地を易々と通過して肌に伝わる。人気の少ない夜の通りに怪しまれることなくたたずむためには、最低限の細工が欠かせない。男は時に携帯電話を耳に当て、また時に人待ち顔で腕時計を見ながら、かれこれ三十分近くも真冬の夜気とたたかっていた。

男は——胡内波和は、己の体内から発せられる熱によって暖をとりながら、一方でいぶかってもいた。今も腹の底を焦がすこの炎はいったい、何を燃料にしているのだろう?

切間美星に出会わなければ、知らずに済んだ感情があった。閉ざすことで内側を守っていた門をこじ開けておきながら、こちらが外へ踏み出したとたんに自身の門を閉じる彼女に、元に戻らないことを承知で時計やラジオを解体して喜ぶ子供のような残酷さを覚えた。かんぬきが壊れてしまったこちらの絶望さえ歯牙にもかけない彼女を見たとき、急激に燃え上がった怒りが、予想だにしない衝動を胡内に加えた。

けれどもその怒りは、切間美星に向かうと同時に、門をこじ開けることを許した自分にも向いていた。そして彼の衝動は、不発ではあったものの結果的に、求めたとおりの痛みを彼女に与えたらしかった。それにより、怒りの半分は処理され、残るは自分自身にかかる問題となった。

胡内は門を修理する道を択ばなかった。代わりに、他者のそれを開くことのできる人間になるため、死に物狂いで自分を変えた。過去の自分を憎み、徹底的に否定したいという思いが、信じられないような変化を彼にもたらした。かつての自分があきらめていた、他人に受け入れてもらうということが、こんなにも単純な《技術》によって可能になると知り、拍子抜けすら覚えるほどであった。

忌むべき過去は、克服されたはずだった——なのにどうして、彼はその後も切間美星にとらわれ続けたのか。

来店こそ控えるようになったが、休日に、仕事の合間に、胡内はそれとなく《タレーラン》の周辺を嗅ぎ回っては切間美星の動向を把握しようとした。本来ならば、みじめ極まりないものとして慎まれるべき行為だった。ところが胡内は、「切間美星を見守る」という名目によって己を正当化していた。彼女の他人との接し方には危うい点があった、自分はそれを正したうえで、経過観察しているに過ぎない——そう言い聞かせることによって胡内は、抑えられずにいる執着を自らに納得させていたのだった。月日が流れ、切間美星がなおもおとなしくしているのを見ると、胡内はやがてそうした役目すら終えたように感じ、《タレーラン》へも近寄らなくなるなど執着は薄れていった。彼自身、過去はとうに克服されたものととらえていたのだ。

それが、崩れてしまったあの日。

外回りの途中で立ち寄った雑貨店にて、胡内は偶然、切間美星の姿を発見した。街中で彼女を見かけるのは初めてではなく、習慣に近い動作によって彼は、久々に彼女の近況を知ろうと思い立った。上階にて一度は見失い、探しているうちに地階まで下りた胡内は、彼も面識のある切間美星の友人が、電話をかけている場面に遭遇した。聞き耳を立てると、友人は視線の先にいる男性客の素性を語りながら、切間美星を呼び戻しているところであった。

気づくと体が動いていた。男性客を引き止めておいて切間美星と会わせることで、二人の関係性を確かめようと思った。目論見は成功した。胡内は二人が客と店員の関係でありながら、連れだって居酒屋へ行く仲であることを知った。

客と、店員。そのことが、胡内にはどうしても許せなかった。四年が過ぎ、切間美星が立ち直ってきた過程をすべて飛ばして、胡内はまたも自分の怒りが無視されたと、彼女は昔と変わらず客の門をこじ開けようとしている、と感じた。

そのとき消えたはずの炎が、腹の底で再び灯ったのだ。

それでも衝動には乗っとられなかった。四年前とは異なり、失いたくないものもあった。雑貨店で耳にした素性を頼りに、胡内はとあるカフェにて例の男に接触し、直接の脅迫を避けながら警告を加えた。しかし二人の関係に変化は見られなかった。依然《タレーラン》にかよい続ける男の浮かれた様子を見るにつけ、胡内は、もはや実力行使しかない、と考えるようになった。それも、四年前よりはるかに大きな反省を、いや、痛みをともなうような。

——燃料、それは暗闇でも読み進めるために、読んだ端から燃やした本のページたち。油の染み込んで揮発しない過去を思うと、自嘲ばかりがあふれ出てくる。

ギィ、と扉の開く音がして、胡内はようやく我に返った。

見張る店は自身の明かりを、暗くなった通りにぼんやりこぼしている。身を固くして耳を澄ますと、夜の京都の街角にて人目をはばかる彼とは対照的に、他者の存在を怖れない呑気な会話が聞こえてくる。

「それじゃ、あとはよろしくお願いしますということで」

「あいよ、気をつけて。明日も頼むよ、バリスタ」

「お疲れさまでしたぁ」

そして冷えた静寂にヒビを入れながら、足音がゆっくり近づいてきた。

いよいよだ。気を落ち着かせるために、彼は片手に持っていた缶コーヒーに口をつけ、とっくに飲み干していたことを思い出す。苦笑する。気を落ちつかせるどころか、動揺のはなはだしいことが露呈した。

両目が見すえる対象は、街灯の少ない路地に入ると、暗闇の中でまさしく人影と化した。胡内はさりげなく立ち位置を変え、尾行に最適な死角を確保する。四年前のようにしくじることはできない、また証拠を残さず目的を果たすためにも、人通りが少ないとはいえ皆無ではないこの場所で実行に移すのは危険だ。慎重に、機会をうかがわなくてはならない。いざとなればあきらめることも選択肢のうちだ。チャンスは何も今夜だけでなく、あの店が潰れない限り明日も明後日も繰り返し訪れるのだ。

徒歩でのんびり帰宅する影を、充分な距離を置いて追う。下調べによればおよそ十分の行程の、前半の五分は何事もなく流れた。ところがさらに二分ほど追ったとき、不思議な感覚が、ふいに彼を襲った。

その瞬間、街は呼吸をしていなかった。寝静まるにはまだ少し早い時間帯だというのに、彼らを除く一切の生けるものの気配が、すっかり消え失せてしまっていた。付近の住宅からもれ出る光、道路を行き過ぎる自動車のヘッドライトさえ、せいぜい夜のまばたきにしか感じられなかった。それらをたどった先にある生活という名の現実すらも、彼にとってはまったくの虚構と化していたのだ。

運命が、悪意をのぞかせた一瞬だった。彼は三六〇度をさっと、それでいてくまなく見渡し、脅威となりうるものの何一つないことを確認すると、歩みの遅い背中に素早く忍び寄った。手を伸ばせば触れられるまで距離をつめても、まだ気づかれた様子はない。

──千載一遇。

躊躇はなかった。彼はナックルダスターをはめた拳を大きく振り上げ、眼前の後頭部めがけて勢いよく振り下ろした。右手の甲に走る鈍痛、悲鳴になりきれないうめき声を上げ、路面を覆う影に溶け込むように崩れ落ちる人影。視線をいまだ外していない背中に、踏みつけるように蹴りを一発、二発。さらに腹より上、あばらのあたりにも爪先で一発。

だが、すでに何の反応もなかった。どうやら最初の一撃で、あっさり意識を失ったらしい。両膝に手を置き、上がった息を整えながら、彼はいくぶん興奮の醒めた頭で考えた。聡明な切間美星のことだ、暴力の意味は正確に伝わるだろう。が、それはとりもなおさず、暴行に及んだのが自分であると悟られてしまうということだ。逃げ切れるのか？　もしも警察が介入したとき、しらを切りとおすことができるのか？

いつの間にか街は生命を取り戻し、というより初めから呼吸を止めてなどいないと言わんばかりに、体内にありふれた生活を平然と飼育していた。ともかくも証拠を残さないことだ、そのためにはもう一秒だって、こんなところにとどまるべきではない。

熱が引き、湯冷めのような寒気に急《せ》かされて、胡内は悪意を放つ夜の街へと姿をくらました。通行人が救急車を呼んだのは、それから数分後の出来事だった。

2

暗澹《あんたん》たる気持ちを抱えて総合病院の廊下を歩むとき、どこからともなく二人の女性の会話がただよってきて、僕の聴覚をくすぐった。

「聞いた？　３０５号室の患者さん」

「あぁ、バリ何とかいう……」

「バリスタやって。コーヒーを淹れるお仕事らしいよ」

思わず足を止めた。３０５号室というのは、今まさに僕が向かっている病室だ。

会話の発信地を探り、すぐそばの病室にそれを定める。引き戸の隙間からそっとうかがうと、ともに中年の看護師が二人きり、てきぱきと片付けめいた作業をおこなっていた。そこにいない患者が退院したのか入院するのか、その辺の事情は僕にはわからない。

「もうすぐクリスマスだっていうのに、ケガで入院なんて気の毒ねぇ。若いんだから、予定の一つもあるのだろうけど」

やせたほうの看護師が言う。

僕は、通り過ぎることができずにいた。片手に握る見舞いの花束は、病院という場所にはこの上なくふさわしいのに、華やかな香りがどうにも場違いに思えて仕方ない。そのことが、いっそう心を暗くする。

「脳に異常があるわけやないし、クリスマスまでには退院しはる思うけどね。ただ頭の包帯もネットもしばらくはとれへんから、接客業はどうやろな」太った看護師は京都か、少なくとも関西の言葉を話す。「そんでな、ちょっと噂《うわさ》になってんねんか。あの子、自分で階段から落ちっこって、道路まではったところで力尽きただけや言うてるけど、ほんまは通り魔みたいなんにやられたんと違うかって」

「ええ？　それならそうと、はっきり言うでしょう。どうして被害を受けた側が事件を隠すなんて、犯人をかばうような真似をする必要があるの」

「でも先生が、階段で打ったケガには見えへんって言うのよ。そんでな、実はアタシ、こう考えてんねん。あの子ひょっとして、犯人に脅されてるんやないやろかって」

「警察に言ったら命はないぞ、みたいな？　そんなの、はいはいって従うものかしら」

「でもあの子、うちに来たときものすごくおどおどしてはったから。怖い思いをしたのは間違いなさそうやし、脅しに屈するにはそれなりの理由があるんやとしたら、何されたかは何となく想像がつくかなって」

「理由って、弱みを握られてる、とか？」

「あんな……」周囲を警戒する素振りを見せたのち、太った看護師が耳打ちをすると、やせた看護師は目を見開いて、吐息だけで一言、つぶやいた。

　唇の動きで僕は、単なる復唱に過ぎないのであろうその言葉を、はっきり聞き取ることができた――それは端的に、性暴力を意味する単語だった。

「わからへん、わからへんよ。あくまでもアタシの想像」復唱されてあせったのか、看護師は手を振る。「でもそれやったら、暴力振るわれてんのに警察に言おうとしないのも理解できるやろ」

「めったなこと言うもんじゃないわ。真に受けるわけじゃないけど、万に一つでも事実の可能性があるとしたらなおさらよ」

「アタシもただの興味本位で言うてるんと違うよ。思い過ごしやったらえぇけど、あの子のことが心配なんや。そんだけひどい目に遭うてるのに、誰にも言わんと一人で抱えていくつらさはどれほどのもんやろかって」

　――花束を逆さに持つ右手が震えた。

　好奇心のおもむくままに、赤の他人のあることないこと憶測して触れ回る、看護師に憤った面も皆無ではない。しかしそれは、患者を適宜処置すべき物体としてではなく、人間として扱うからこそ生じる興味と見なすことで相殺してもいいだろう。僕の怒りはそんな地点を通り越してはるか遠く、それこそ赤の他人までもが心配せずにいられない事件を引き起こした、張本人へと到達していた。

看護師の話にもあったように、事件は表沙汰になっていないし、犯人についても確証があるわけではない。が、僕にとってそれは憶測ではなく、厳然たる事実であった。

犯人は、胡内波和だ。彼女を不幸にしようとする人間が、そう何人もいてたまるか。

虚ろな棒になって立ちつくしていると、病室から二人の看護師が出てきた。会話を聞かれたことを察したのか、決まりの悪そうな顔で去っていく。数歩進んだところでやせたほうが、もう一方を小突くのが見えた。

拒むことのできない現実。未然に防げたかもしれない危機。自責の念が急速にふくらむとき、頭の中をいくつかの言葉がぐるぐる回り出す。

——人の心をもてあそびやがって。

それは胡内が、おびえる彼女にささやいたという恨み言だ。四年の時を経て今もなお、胡内はそう言い放ったときと変わらぬ憎悪を燃やしていたのだ。

——またあんなことが起きたら、今度こそあの子、立ち直れるかわからない。

誰より彼女のことをよく知る、水山晶子がそう証言している。前半はすでに、仮定の話ではなくなった。前触れは明確な形で降りかかっていたのに、僕は水山晶子の言葉にも応えられないまま安堵をむさぼり、あげくの果てに事件を引き寄せてしまった。

会いに行けない。

気づいたときには、僕は見舞いの花束を取り落としていた。ばさりと音がして花びらが散り、病院関係者が慌てて駆け寄ってくる。けれども彼ら彼女らの呼びかけは、平凡な一日のように、僕の体内を通り過ぎるだけだった。

会いに行けない。どの面下げて、彼女に会いに行けるというのか。今の僕が会いに行ったって、かえって彼女の傷をえぐることになりはしないか。のみならず、そうした僕の醜態でさえ胡内がどこからか視界に収めたら、事態はいよいよ取り返しのつかない展開を迎えてしまうのではないか。

会いに行けない。たとえ他の誰になしえたとしても、僕にはもう、切間美星が立ち直る手助けをすることはできない。

ひんやりとした、リノリウムの廊下にひざまずく。巻き戻しできない世界を見えなくしてしまいたくなって、両手で両目をふさぎかけたとき、突然ぽんと肩を叩かれ、僕は顔を上げた。

そろえた手に、何かが降ってくる。

それは、花束だった。僕が落としたものを拾い集めたにしては、ほとんど形も崩れていない。隣を見ると女性の看護師が、心のこもったお見舞いでしょう、と諭すように優しく言った。

一度ふさぎかけた目はピントが定まらず、しばらく手の中はぼんやりしていた。雨天時の路面に反射するネオンのようににじむカラフルなそれは、しかし視力が回復するにつれ、みずみずしい彩りとなって僕の美意識に訴えかける。やがて世界が元どおりになったとき、僕は現実だけをその目にとらえるはずなのに、花束から放たれる一筋の光明を見た。

手助けできる、かもしれない。

彼女の苦しみを最小限に抑えたままで、胡内波和の脅威を遠ざけることができるかもしれない。

それはあまりにも危険な賭けで、しかも虫がよすぎる方法のように思われた。けれど僕はもう、傷つくことも失うこともいとわない覚悟だった。自らの油断が招いた災厄を帳消しにできるのなら、開きかけた門を再び閉ざしたってちっとも惜しくなかったのだ。

失敗は断じて許されない。そのためにも、検討すべきことは山ほどあった。矢も楯もたまらなくなって、僕は看護師へのお礼もそこそこに、３０５号室に背を向けてクラウチングスタートを切った。廊下じゅうに駆け足がこだまして、院内ではお静かにと叱責が飛んだけれど、感じた胸の痛みさえ、起死回生を目指して高まる鼓動の中に溶けてしまった。

Ⅲ

その日も胡内波和は、街を覆う夜のとばりに身をひそめ、ひとり静かにたたずんでいた。

事件から十日が過ぎていた。初めの五日ほど、胡内はこっそり病院を訪れては見舞い客の記名をチェックしてみたが、病室をシェルターにして切間美星と例の男が会っている様子は見られなかった。今回もまた切間美星に反省をうながすことができたようだと思い、しかも証拠を残さなかったおかげか捜査の気配も特に感じられず、安全圏から心置きなく訣別を見届けられるとあって胡内は、こみ上げる笑いをこらえきれなかった。

携帯電話に見知らぬ番号から着信があったのは、そんな折のことだ。

「胡内波和だな」

出るなり受話口から聞こえた声は、ロックオン・カフェで向かい合った男のものに違いなかった。虚勢じみた敵意が感じられ、何もかもお見通しらしいことを知る。

「この前はよくもだましてくれたな」名前すら偽っていないというのに、だましたとは被害妄想もはなはだしい。嘘をつくのは苦手だと言った、それも嘘じゃない。「お前のことは全部聞いている。今回のことも、どうせお前の仕業なんだろう。ばれないとでも思ったか」

笑止千万、ばれるも何も、美星には自分の影を見出してもらわないと困るのだ。お前だろうとたんかを切るのはナンセンスであるばかりか、ほかになす術もない虚しさの表れのようにすら思える。

ところが男はここから、思いもよらぬ方向へ話を進めた。

「勘違いするな。僕はお前を警察に突き出そうと考えているわけじゃない。不用意にことを荒立て、美星さんがいよいよ弱りきってしまうような事態になれば、僕にとっても不本意だ。そうじゃなくて、僕が電話をかけたのは、ある取引のためなんだ」

取引などとは、どの立場から口を利いているつもりか。しかし胡内は、ひとまず相手の説明を待った。

「答えてほしい。お前が暴力を振るった意図は四年前と同じく、客の心の門を開こうとする美星さんを戒めることだろう。つまり客である僕が、きっぱり美星さんを拒絶しさえすれば、彼女がつらい思いをすることは二度とないんだな」

沈黙を守る。彼女がこの先も似たような振る舞いを続ければ、自分の出番はまたやってくるかもしれないが、そんなことは男も承知の上だろう。少なくとも二人が縁を切ったとき、離れていく背中に追い討ちを食らわせたくなるほどの憎悪は、自分の体内にはないようだった。結論だけを見れば、肯定だ。

「……異論なし、か。わかった、美星さんとはお別れするよ。彼女が今後、平穏無事な日々を過ごしてくれるなら、僕はそれで充分なんだ」

寂しげな男の声が、雨だれのようにぽつぽつと続く。

「ただし、一つお願いがある。もう一度だけ、あの喫茶店へ行かせてほしい。話しただろう、僕は彼女の淹れるコーヒーが大好きなんだ。最後にそれを飲み、あの味を舌に刻むことができたら、思い残すことは何もない」

武士の情けを、ということか。

「きたるクリスマスイブの午後八時、《タレーラン》まで会いに行くことになっているんだ。その頃には退院しているはずだから、たとえ営業していなくても、彼女はきっとお店で待っていてくれると思う。そこできちんと別れを告げれば、僕は今度こそすべての約束を破らずに済む。いいね、どれだけ僕らのことを見張っていたか知らないが、今回ばかりは来なくていいぞ。男に二言はない、美星さんが二度と危険な目に遭うことのないよう、僕は最善を尽くすから」

そして、電話はガチャリと切れた。

どうしたものか。数日の間、胡内は逡巡《しゅんじゅん》したが、結局は行くことにした。わざわざ電話をかけてきたうえ、来いと言うのならまだしも来るなと言うのだから、罠《わな》や企みではなしに男は本気なのだろう。が、万が一ということもある。男の決意だって揺れないとも限らない。何より足を運ぶことは彼にとって、英断に踏みきった男への敬意の表明でもあった。

濃厚な闇に穴をうがつように、細雪《ささめゆき》がちらちら舞っていた。口の周りに巻いたマフラーは寒さをしのぐだけでなく、呼気が存在を知らしめるのを防ぐ目的もある。間に合うように自宅を出て、午後八時までには現場に到着していた。

念には念を入れ、胡内はまず店の周囲を警戒する。しかし罠であることをうかがわせる人などの気配は、まったく感じられなかった。十日前と変わりないカムフラージュで路傍に立ちながら、数十メートル先にある、《タレーラン》と外の通りを繋ぐ唯一の隘路《あいろ》をじっと見張る。

動きがあったのは、ちょうど八時を迎える頃だった。

通りの反対側から、例の男が姿を現した。初めは点のように小さく、しだいに近づいてくるその足取りは、聖なる夜に浮かれる街をいちいち踏みつぶしているのかという重さだ。隘路に吸い込まれる直前、《タレーラン》からもれ出る明かりにほんの一瞬、照らされた横顔は、蠟《ろう》で固めたみたいに硬かった。

あのぎこちなさが、決意の表れであればいいが。胡内はポケットの中で、氷のように冷たくなったナックルダスターに指を通す。五分が過ぎても次の動きはない。別れ話ならそうすんなり済むまい、猶予《ゆうよ》を認め、厳しい寒さを耐え忍ぶ。

そしてついに、人影が家屋の隙間から通りへと吐き出されたとき、胡内はもう少しで声を上げて笑い出すところだった。

――切間美星、性懲りもない女だ！

人影は、一つではなかった。先の男と並んでいるのは、グレーのコートを着た小柄な女。短い黒髪のほとんどをすっぽり覆ってしまう白のキャスケットをかぶり、涙でも流しているかのように深くあごを引いている。男は彼女をなぐさめるように背中を一度ぽんと叩くと、子を連れて歩く父親さながらに、彼女と手を繋いで歩き始めた。

見届けに来て、本当によかった。取引を持ちかけた男みずから、こうも簡単に誓いを破ってくれるとは！

二人の状況から、いったんは別れを告げようとしたものの、泣いてあらがう女に男がほだされたのは明らかと見えた。情状酌量の余地がなくなったことを確信しながら、胡内は煮え返る感情に混じって冷静さを保ったごく一部で、純粋に訊ねてみたいと思った。

なぜそこまでして、誰かの心の門を開こうとする？

あの男がかつての自分と相通ずる部分を持っていること、同一ではないにせよ近い人種に分類されるであろうことは、初対面の時点で感じ取っていた。進んで門を開くとか、積極的に他者の門を開けようとする人間ではないはずだ。

責任を持って育てられない赤子なら作るべきではない。切間美星の振る舞いだって同じことだろう、その後に対する想像力の欠如が実際に、相手をはっきり傷つけているのだ。なのにどうして、相手の門の内側にとどまろうなどという傲慢な真似を押しとおせる？

教えてくれないか。自分でやってみたって俺には、ちっともわからなかったんだよ。

こじ開けた門の向こうに、お前は何を探している？

二つの背中が迫る。自分が駆け出していたことにさえ、胡内はしばらく気づかなかった。うつむいて肩を震わす女。自信なくエスコートをするかのように、半歩ほど先を行く男。むつまじく繋がった指先。近づく。どんどん近づいてくる。なのに背中は振り返らない。どうして振り返らない？　俺の存在そのものを無視している？　一抹の虚しさが、体内にガソリンの雨を降らせる。大きくなる。どんどん大きくなる、二人の背中も、己の腹を焦がす炎も。

——今だ。

非力な切間美星をおいてさっさと男をのしてしまったほうが、どれだけ確実かわかっていながら、胡内は初めから、見下ろすキャスケットの後頭部に狙いを定めて惑わなかった。いずれ治癒するケガにとどまらない門の故障、引き裂かれてなお逆らいがたい圧倒的な禁忌を、切間美星の心にもたらすのだ。

十日前と寸分たがわぬ動作で、固めた拳を高く振り上げる。今ごろ気づいて二人が指を離すのが見えたが、どのみちそれは遅すぎて、何ら意味をなさない反応のはずだった。

空を切って、掲げた拳が振り下ろされる。


いったい何が起きたのか、瞬時には判断がつかなかった。

ただその刹那、胡内を取り巻く世界はぐるりと半回転し、判断が追いつくより早く、彼はアスファルトの路面へしたたかに背を打ちつけていた。

あまりにも、強烈な一撃だった。周囲に対しては神経を尖らせていたのに、標的となる切間美星本人には、これっぽっちも警戒を抱いていなかった。前回襲いかかったときにはまったくの無力だった彼女を相手どるにあたって、有効な反撃を食らわされるなどとは脳裡をかすめもしなかったからだ。なのに今、どうして自分はこんな冷ややかな路面に横たわり、力なく天を仰いでいるのか。

ひどく息苦しいのに加え、頭蓋《ずがい》を脳が跳ね回る感覚に、意識は飛ぶ寸前だった。両目が最後にとらえた光景、仰向けになった彼の顔をのぞき込む、憎き二人の面構えを知るとき、今にも落ち込まんとする暗く深い穴の縁にて、彼はわずかな余力を使い果たしてか細い声で悪態を吐いた。

——誰だよこの女！

4

純喫茶《タレーラン》へと続く、古い家屋の隙間のトンネル。せまくて短いその道のりへ、踏み出す前に立ち止まる。

今日までに、何度この《門》をくぐり抜けただろう。彼女の淹れるコーヒーを楽しみに、何度あの扉を開いただろう。緊張していた日もあった。興奮していた日もあった。寂しい日も、落ち込んだ日も、穏やかな日も、幸福な日も、数えきれないくらいここを通ったけれど、奥に待つ世界はいつだって優しく僕を迎え入れてくれた。思うに喫茶店とはきっと、誰かにとって常にそのような場所でありたいと願いながら、ひたすらに客を待っているものなのだ。

これでいい。自分で招いたことなのだから。言い聞かせながら僕は、体をトンネルへ滑り込ませる。京都の街に秘密めかしてぽっかり空いた夜の庭には、《タレーラン》の建物に染みついた人の温かさのようにほのぼのとした、ランプの光がにじんでいた。自分もかつてはその光に包まれていたことを思うと、涙腺が誤作動しかかるので、僕は慌ててそいつを引き締める。

重たい扉を開く。鐘が鳴る。藻川の爺さんの声が聞こえる。

「すんまへんな。うちは今、営業してへん――」

こちらを見るなり、爺は時間が止まったみたいに固まってしまった。

フロアを見渡す。外の世界のクリスマスイブになど興味がないとでも言わんばかりに、いつもと変わらぬ景色が広がっている。ただ、カウンターには水山晶子が腰かけていて、アップルパイをつつくためのフォークを持ち上げたまま、驚いた様子でこちらを凝視していた。目礼し、窓際のテーブル席に座ると、僕はカウンターに向けて言う。

「ホットコーヒー」

出会ったときと同じやり方で注文しながら、やけに静かだな、と思う。ＢＧＭがないからだろうか。そういえば、営業中でないこの店を訪れたのは初めてだ。

店内を満たす、眠りに落ちてしまえるほどに長い静寂。そのあとで、言葉は返る。

「かしこまりました」

美星バリスタは僕を見て、弱々しく微笑んだ――見慣れたモノクロの服装に、やはり見慣れた黒髪のボブを揺らして。

カップを持ち上げ、胸いっぱいに香りを吸い込む。

水山嬢や藻川翁の、圧を感じる視線が痛い。美星バリスタもカウンターに身を預けて何かを言いたげに、しかし口をつぐんで、誰のためなのかハンドミルを回している。シャルルまでもが、澄まし顔をこちらに向けてお座りだ。何を見ている？　何を言わんとしている？

エスプレッソとドリップコーヒー、別物であることを知っていながら、僕は目の前のコーヒーを、かの至言に従って一つずつ確かめていく。悪魔のように黒く、これはいいだろう。地獄のように熱く、抽出する水温が高ければいいというものでもないが、湯気の量やカップに触れた感じでは、豆の香味をしっかり引き出すにあたり最適な温度と言っていい。天使のように純粋で、上品かつ洗練された香りは、余計なものの一切混じらぬ清涼な味わいを物語る、そして――。

一口。これまでのどのテイスティングのときよりも味覚を研ぎ澄まし、無心で味を見定める。二口。三口。カップの中身が減るにつれ、僕はある確信を深めていく。

やっぱりだ。このところ薄々感じていたことは、決して思い過ごしなどではなかった。

半分近く飲んだところで、僕はカップを皿に置いた。

「美星さん」

声音に異変を察したか、彼女はびくんと顔を上げる。「何でしょう」

「コーヒーの味、変わりましたね――少し、落ちたと思います」

真正直な感想を、僕は包み隠さず述べた。

彼女は瞠目し、手の回転を止め、青ざめた顔でかぶりを振る。

「私、何も変えていません」

「ですが、現に変わってしまっているのです。もちろんその責任のすべてがあなたにあるとは言いませんが、理由はどうあれコーヒーの味にぶれが生じているのは事実です。どうです、プロのバリスタたるもの、いつ何時も客に最高の味を提供できるべきだと思いませんか。仮初めの感情になど、決して左右されることなく」

カップの残りのさらに半分ほどを一息で飲むと、僕は席を立った。

「帰ります。閉店時間にお邪魔して、どうもすみませんでした」

率先してレジに立ったのは藻川氏だった。動けずにいるバリスタを、まれには気遣うこともあるらしい。

支払いを済ませると、僕は今一度、彼女に向き直って告げる。

「もう二度と、僕がこの店に来ることはないでしょう」

彼女ははっと息を呑む。

「どうしてですか」

「コーヒーの味が変わったからです。あなたの淹れるコーヒーは、僕にとって理想ではなくなってしまった。――甘くなりすぎたんです」

「だからもう、会うこともできない？　嘘だったのですか、守ると言ってくれたのも」

「言いましたよね、コーヒーの味を守る、と。どんなに守りたいと思っても、あなたのほうでその味を変えてしまったら、僕にはどうすることもできない」

「私の淹れるコーヒーにしか、興味がなかったということですね」

震える声には後ろ髪を引かれる思いがしたが、僕は鼻で笑ってそれをかき消した。

「語弊がありますね。それじゃあまるで、僕が人でなしみたいだ。確かに親しくなった過程を顧みるとき、コーヒーに対する興味を抜きにして考えることはできないけれど、だからといってあなたに何の魅力も感じていなかったわけじゃない。ただ僕は、理想の一杯を淹れてくれる、バリスタとしてのあなたに惹かれていたんだ。それを前提とすることに、何か問題がありますか。どんなに好きな歌手だって、歌声が心に響かなくなればファンではいられないでしょう」

彼女は何かを言いかけて、けれども結局、次の言葉を生み出しそこねた。

「今までいろいろとお世話になりました。本当にありがとうございました。それでは」

一礼し、きびすを返して扉に手をかける。鐘の音が来訪だけでなく、別れをも告げていたことを、今さらながらに思い知る。それが鳴り止めば僕ははばかることなく落胆したはずだったけれども、閉まりかけた扉の隙間を抜けて、追いかける声が背中を刺した。

「どうですか。半年もかけたあげくに、盗むべき味が失われてしまったお気持ちは」

立ち止まる。反発するように扉はまた開き、なかなか鐘の音を止めない。

「……盗む、ですか。確かに盗んでみたかった。そうすれば、わざわざ《タレーラン》へ来なくても、好きなだけあのコーヒーが飲めるのですからね」

「見苦しいですよ。最後くらい、本当のことをしゃべったらどうなんですか。——お店で出すつもりだったのでしょう。ここの味を再現したものを、独自に考案したコーヒーとして」

美星バリスタはいつになく厳しい口調で、去りゆく僕を糾弾していた。

まったく彼女の聡明な頭脳ときたら。振り向く僕の口元は、おのずと緩んでいたことだろう。

「たいへんよく挽けました、というわけですね」

「さぁ。でも、あなたの素性に関しては、とうに挽けていたようですが」

ハンドミルを手放しながら、バリスタは深い溜め息をついた。それはできれば言いたくないことを、無理やり口に出すための、排気のようなものなのかもしれなかった。

「私のことをバリスタと呼びましたが、あなたもバリスタだったのですよ、あの人気店、ロックオン・カフェの。そうでしょう、アオヤマさん――いいえ、青野大和《あおのやまと》さん」

二人と一匹の観衆がいることが、かえって沈黙を強調していた。

5

「……はは、まいったな。以前もこのようなことがありましたね、見抜かれてなおつきとおす嘘ほど、滑稽なものはない。いつからそのことに？」

事実とわかっていたはずなのに、バリスタは気落ちしたようでもある。

「最初に違和感を覚えたのは、あなたの別れた恋人のお名前が、マミさんとおっしゃることを知ったときです」

「おかしいな。あなたの前で、彼女の名を呼んだことはなかったと思いますが」

「ええ、ですが奈美子さんによるビンタの理由を聞いたとき、彼女の去り際の台詞の意味が理解できました。お気づきになりませんでしたか？　私は一度、あなたの前で、真実さん、とお呼びしているのですよ」

人の会話を再現するのが得意らしい僕は、たちどころにその記憶を呼び戻すことができた。九月、虎谷真実がいかにして《タレーラン》を訪れたのかを解明する過程で、バリスタは彼女のことをこう呼んだのだ――傷心の真実さん、と。

勘違いで済むわけがなかった。二度目の来店にして早くも、隠しごとはほころび始めていたのだ。

「しかし、彼女の名前を知ったことが、僕の素性とどう繋がるのです」

「続いて私が気になったのは、あなたからいただいたメールアドレスです。《真実》と書いてマミと読むのなら、アドレスに含まれていた"truth"は恋人のお名前である可能性が出てくる。すると、氏名と誕生日を英語にしただけ、という推測は外れ、ハイフンとアンダーバーの使い分けもがぜん怪しく見えてきます」

戸部奈美子もそう呼んだように、《アオヤマ》は僕の姓と名の頭をくっつけた、あだ名みたいなものだ。僕はそれを、コーヒー豆の銘柄と引っかけてアドレスにした。そしてあのアドレスに変更したとき、そばには虎谷真実の姿があった。言いなりになる形で僕は、彼女の名前をしぶしぶそこに加えたというわけだ。

恋人の名前をアドレスに含めるような痛々しい奴だと、とっくに知られていたということか。顔から火が出る思いで、僕は言葉を継ぐ。

「本名を特定するにはまだ飛躍がありますね。となると僕がうっかり口をすべらせたのを、あなたは聞き逃さなかったんだ」

「居酒屋での一件ですか」

そのとおり、僕は彼女の前で一度だけ、本名を口走ったことがある。二人で行った居酒屋で、店員に名前を訊かれたときの受け答えがそれだ。《あおのやまと》を漢字の説明に見せかけるというごまかしは、さすがに通用しなかったらしい……と思いきや、彼女は首を縦に振らなかった。

「あのときにはすでに、お名前を含めたあなたの素性の多くを存じ上げておりました。でなければそこにいる晶ちゃんが、あなたを見かけて私に電話をくれることはできません。なぜならあなたの見目形を晶ちゃんに教えておくことは、写真の一枚すらも持たない私には不可能だからです」

言われて気づく。確かに僕は、美星バリスタに写真を撮らせた覚えなどない。他に接点があるとしたら《タレーラン》だが、あいにくいつ来ても客が多いとは言えないこの店で、バリスタの友人らしき女性と同席していれば、少しは印象に残ったに違いないのである。

「美星から話を聞いて、あたし、見に行ったんだよね。あなたのこと、こっそりあのカフェまで。お客さんも多かったし、たぶん覚えてないと思うけど」

途切れ途切れに、水山晶子は白状する。残念ながら記憶にないが、僕の容姿を知りえたことについて考えるとき、彼女はもっとも確実な手段に出たと言えるだろう。

胡内が僕に会いに来た経緯について語る彼女の台詞にどきりとしたことがあったが、あれは僕の深読みではなかった。彼女はやはり、カフェに行きさえすれば僕に会うのはたやすいことを、自身の体験をもって知っていたのだ。

「味を盗むという目的のために素性を積極的に隠したことは認めます。だけど名前にしろ職業にしろ、元はといえば美星さんが一方的に誤解したのであって、初めのうち僕はそれを肯定してもいなかったのですよ。名前だけでなく、僕が学生であるという思い込みについてまで、自ら疑い出したきっかけは何だったのですか」

「いくつかありますが最大の、となるとやはり、平日にしかお見えにならなかった点でしょう。これでは平日に融通が利きやすいというより、週末は融通が利かないのだととらえるのが妥当です。にもかかわらず、お話をうかがうと日曜日に出入りしている場所がある。融通が利かない日に身を置いている場所といえば、まずは職場ですね」

小須田リカの《彼氏》と遭遇したのは、日曜日のことだった。それを報告したときに美星バリスタは、もう僕がロックオン・カフェの従業員であることを見抜きつつあったということか。ちなみに胡内と同席したのも日曜日だったが、それは胡内が休日を利用したからだろうし、彼女がもっと早くに僕の素性を知っていたことは言うまでもない。

「すると渡された連絡先についても、名刺を持っていなかったのではなく、同業者であるがゆえに渡しにくかったのだろうと想像できますね。また普通は書くであろう氏名を省いたのは、そこから素性をたどられるのを避けたかったからでしょう。さらに北白川の自宅から今出川通を徒歩でかよっているという話、あなたはそばの大学のことを想起させたかったのかもしれませんが、私にとっては毎日の通勤手段を確認したに過ぎませんでした」

職業がカフェの店員であると判明してしまえば、氏名を調べるのは造作もない。そのようにして、彼女は僕の本名を突き止めたということだろう。

打てば響くような彼女の説明。もはや訊きたいことはみな、訊き終えてしまった。半年間の解明が、こんなにもあっけないものとは。僕はおどけて両手を上げる。

「いやぁ、まいりました。勘や運に頼るまでもなく、あなたには何もかもお見通しだったようだ」

「……とうとう否定してくださいませんでしたね。あなたが他店のスパイだなんて、何かの間違いであってほしいと思っていたのに」

「それは少し違いますね。今回のことにロックオン・カフェは関与していない。すべては将来の独立開業を目指す、僕の単独行動です」

うつむき声を落とす彼女に胸がちくりと痛んでも、僕は何でもないふりをしてせせら笑った。ロックオン・カフェに迷惑はかけられない。これは僕個人の問題だ。

「目的のためならば徹頭徹尾、打算的になりきれるというわけですか。何度となく、全然違うと言いながら、私は何より重大な虚偽を指摘することができなかった。優しさも、親愛も、みんなあなたの嘘だったのですね」

「嘘だなんて人聞きの悪い」いつかも同じ台詞を吐いた。あれはシャルルに会いにきたときだ。今になって思い出が、すきを衝いてよみがえろうとする。「あなたの錯誤を悪用した面もないとは言いきれませんが、こちらから進んで嘘をついたことなんてほとんどなかったはずです。親しくなることでコーヒーの秘訣を知れたらと考えていた僕に、勝手にだまされてくれたのはあなたのほうでしょう」

「私……反省した、つもりでいました。四年前のこと」

まずい、と思った。ふせたままの彼女の瞳から、哀しいきらめきが生み落とされたからだ。いち早く水山晶子が反応し、彼女の肩を支えつつそれをぬぐおうとする。

「自分の何がいけなかったのか、どうして人の心をもてあそぶことに繋がってしまったのか、自分なりに必死で考えて、苦しんで、答えを見つけたつもりでいました。だけど、ちっとも足りなかったのですね。——今やっと、わかったような気がいたします。自分が誰かに与えた痛みが、どれほどのものだったのかということを」

水山嬢のにらみつける視線も、藻川氏の喉を低く鳴らす音も、僕にはまったく気にならない。ただ、目の前に立つ女性の言葉に、仕草に、全神経を集中させていた。

「私、怖くなりました。これまで以上に怖くなりました、誰かの心を見ることが。反省が充分だったならば、誰かの痛みを正しく想像できていたならば、このようなことにはならなかったのです。決めました、私はもう二度と、誰かの心をのぞき込もうだなんて――」

「だめなんだよ、それじゃ」

彼女がびくりと肩を震わせたので、僕は自分が大声を出したことを知った。のぞかれることを望んだ僕が、懸命に彼女を叱りつけていた。

「それじゃ意味がないんだよ。たとえ相手にとっての自分が、自分にとっての相手と同等の存在にはなれないとしても、心の門を叩いてくれる誰かがいたらと願う人はたくさんいるんだよ。あなたはその門に近づいてみればいい、それでも怖いときはせめて、自分の心の門をくぐってほしいと思える相手だけでも。きっともう大丈夫だから、でなきゃ今日のこの別れだって、意味なんか何もない」

純喫茶《タレーラン》の静かなフロアに、僕の声だけがこだまする。その残響がすっかり消えてしまう寸前、バリスタは身をひるがえして奥の控え室へと駆け込んでしまった。取り乱した僕の言葉が、聞くにたえなかったのだろうか。

煮え切らなさを払拭したくて、僕は鼻から息を吐き出す。長く立ち止まりすぎたようだ。開きっぱなしになっていた入口から出て《タレーラン》に背を向け、今度こそ振り返らない。観衆たちの呼び止める声も無視して閉じた扉にさえぎられ、鐘の音はついに鳴りやんだ。

夜の小さな公園に、ぼうっと浮かび上がる赤レンガの道。一つを踏み締めるごとに、一つが砕けるような錯覚。消えていく。背後の世界が一歩ずつ、砂の城のように崩れていく。レンガを飛んで渡った先に唯一の《門》が開いていて、僕は思考が行動に追いつくより早く、そこを駆け抜けようとした。もう二度とこのトンネルをくぐることはない、そんなことをひしと感じながら。

「──待って！」

なのに、別れはまだ完成しない。

足を止めてしまった自分の反射反応が恨めしい。結局、またも振り返る。

「これ、お返ししておきます」

美星バリスタは白い息を弾ませ、両手をこちらに差し出していた。制服に上着を羽織るでもなく、震える指の中を僕は見つめる。

そこにあったのは、《タレーラン》を紹介する名刺大のカードだった。裏面を内側にして、きっちり半分に折りたたまれている。開かなくても、そこに何が記されているのかは知っていた。出会いの日、僕がお会計の代わりに残したものだ。

「私にはもう要りませんから。お店にあったら邪魔なので、持って帰ってください」

「辛辣ですね。好きに処分してくれればいいのに」

「辛辣なのはどっちです。私は今後、そのカードが目に入る度、今日という日を思い出してしまうのですよ。こうしてけじめをつけておかないと、ますます悪循環に陥ってしまいそうですから。わかったら、さっさとしまってください」

僕は苦笑しながらカードを受け取って、着ていたダウンジャケットのポケットへとしまった。店の明かりが逆光になり彼女の顔は見えないが、反対にこちらの苦笑がそのまま微笑に変わったことは、しっかり見とがめられてしまったようだ。

「別れを惜しむ私の姿が、そんなにも滑稽ですか」

「惜しんでくれるんですね。こっちは憎まれるべきことをしたのに」

「そうですね。いっそだますなら、徹底してだまし抜いてほしかった。でなければこの脳が、あなたの嘘を見破ってしまうこともなかったのに。その点は、非常に憎いです」

「まぁ、何を憎いと思うかはあなたしだいですがね。でも、さっきも言ったでしょう。僕が嘘をついたのではない。あなたが勝手にだまされたんです」

「いいえ」彼女はきっぱりと首を振った。「あなたは大嘘つきです」

……そう、だな。心の中で認める。僕が思うその意味を、彼女は知る由もないけれど。

「知らないほうがいいこともある、ということですね。あなたも、そしてきっと僕も」

トンネルのほうへ向き直る。その《門》が切り取った闇は、いつもよりも深い。

「よかったです、最後にまた会えて、あなたの淹れたコーヒーを飲むことができて。もう、思い残すことはありません。では」

返事はなかった。ただ彼女の座り込む気配が、去ろうとする僕の背中にも伝わった。窓から様子をうかがっていたのか、喫茶店の扉が開く音が聞こえたが、それでも僕は立ち止まらなかった。

トンネルを抜けると元の世界が広がる。僕は記憶の中の地図から、《門》を完全に消去した。京都のこんな街の一画に、秘密の公園など存在しうるはずもなかったのだ。

一歩、二歩、加速をつけて、逃げ出すように歩いていく。一つめの角を曲がるとき、そこに所在なく立っていた人と目が合った。ふらりとこちらに寄ってくるなり言うことには、

「気は済んだ？」

四割くらいの笑みで応じる。「わがまま言ってごめん。おかげでちゃんとお別れできたよ」

「いいよ。つけるべきけじめはきちんとつけといてもらわないと、わたしだって不安だもん」

キャスケットのつばのきわから見上げる目は、本心らしいことを訴える。

「そっちはあれからどうだった？」

「あいつ、しばらくその辺で伸びてたけど、起き上がって現状を把握したとたん、しっぽ巻いて逃げていったよ。見るからに顔面蒼白だった、あぁいうのを戦意喪失っていうんじゃないかな。たぶんもう、心配は要らないと思う。大和をいじめた報いだよ、一生びくびくしながら暮らせばいい」

嬉々として残酷なことを語る彼女の嗜虐性に、寒さとは異なる身震いを覚える。ともすれば、被害者が加害者に同情しそうになるのだからおかしなものだ。僕は頭を包むニット帽を外して、ネットの隙間から後頭部をかいた。

「何はともあれ、助かったよ。本当にありがとう。さて、これからどこへ行こうか」

「二人きりになれるところがいいな。今後のことを、もう一度じっくり話し合いたいの」

「きみの部屋にする？　ここから近いし」

「うぅん、そっちの家にしよう。久々に飲みたくなったんだ、大和の淹れたコーヒーを」

そう言うと、虎谷真実は楽しそうに笑い、無邪気に僕と腕を絡めた。

6

――あの、事件の日。

いつものようにロックオン・カフェでの勤務を終え、自宅へ帰る途中で僕は胡内波和に襲われた。衝撃を感じたのとほぼ同時に気を失ってしまったため、暴行を受けている最中の記憶はない。次に目が覚めたときにはすでに病院におり、脳震盪《のうしんとう》を起こしていること、また頭部の傷口を縫合したことや胸部に骨折が見られることなどから安静を求められ、一週間程度の入院を勧められた。僕はその診断に一も二もなく従った、切間美星に事件のことを知られたくない一心で、自身のケガを《階段から落ちた》ということにして。

入院生活の開始から数日後、どこで情報を聞きつけたのか――僕が仕事を何日も続けて休むことはまれなので、おおかたロックオン・カフェのオーナーにでも話を聞いたのだろう――虎谷真実が、綺麗な花束を携えて見舞いにやってきた。九月の一件以降、直接会うのは初めてのことで、病室に現れた彼女を見た僕は、驚いた反面やっぱりな、という感想を持った。彼女は長かった髪を切り、ちょうど切間美星と似たようなボブになっていたのだ。

切間美星が僕の部屋に来た日、自室に落ちていた髪の毛の束を見て、僕はすぐにそれが虎谷真実の仕業であるとわかった。毛の色や長さもさることながら、僕と交際していた彼女にならこっそり部屋の合鍵を作る機会はいくらでもあったはずだからだ。おそらく得意の遠目によって、大学の構内からコンビニで買い物をする僕らの姿を発見した彼女は、何とか二人の仲を引き裂きたいと思い、先回りして僕の自宅に侵入した。そして自らの髪を残すことで他の女の影をちらつかせることをとっさに思い立ち、実行後、急いで部屋を出た。買い物から帰ってきた僕らが聞いたのが、そのときの足音だったというわけだ。

のちにぬいぐるみの傷は彼女のせいでないことが判明したが、彼女が部屋へ侵入したことに変わりはない、と僕は考えていた。またあれだけまとめて髪を切った以上、髪型の変更はやむをえないだろうということも。だから、再会した彼女の髪型が自分の考えを裏付けたとき、僕は彼女の行動にある種の恐怖を感じた。合鍵を握られているので、下手に刺激するのはよくないとも思った。

そこで僕はひとまず場所を移動し、談話室と呼ばれる、人目のあるスペースにて彼女の見舞いを受けた。彼女は僕の容体を気遣うなど殊勝な態度を示したうえで、あらたまって復縁を求めた。そのためになら何でもする、とさえ言った。見たくなかった彼女の姿に戸惑いながらも僕は、今はそういうことを考える気になれないと告げて花束だけを受け取り、彼女を追い返して病室へ戻ろうとした。看護師たちの会話を聞いたのはそのときだ。

事態の深刻さを正面から突きつけられ、僕は立っていられなかった。体のケガは治る、僕の痛みはどうってことない。しかし、形のない安堵に身をゆだねたあげく招いてしまった悲劇のせいで、切間美星は多大な時間や苦悩を経てようやく立ち直ってきたところをまたしてもくじかれるばかりか、今度こそ立ち直れなくなるかもしれない。僕は彼女に会いに行けない、彼女にこの事件のことを知られるわけにはいかないし、会いに行く姿を胡内に見られるのもまずい。しかしそれは、いまだ去らない胡内の脅威から彼女を守ることが僕にはできそうにない、ということでもある。

まさしく八方ふさがりだった。そんなとき、花束を見て、僕は奇策をひらめいたのだ。

ただちに引き返し、まだ遠くには去っていなかった真実を見つけて呼び止めた。事情を詳しく話すと彼女は、あっさり協力を約してくれた。嗜虐的な彼女によって計画の大半が構築され、実行に移された。

まず僕が、本人から聞いた番号をもとに胡内に電話をかけ、さしあたって切間美星に危害が及ぶのを防ぐとともに、胡内が僕らに襲いかからざるをえなくなる状況の創出を試みた。「来なくていい」と言われると来たくなる人間の心理を利用したのは、真実のアイデアである。

　電話がうまくいったと見ると、クリスマスイブ当日を待って僕らは次の行動に出る。まず、真実は髪を黒に染め、また切間美星の好んで着そうな服に身を包み、顔を隠すためのキャスケットを被って《タレーラン》に入店しておく。やがて午後八時が近づくと、僕は《タレーラン》を訪れるふりをして軒下のトンネルにとどまる。そして、店から出てきた真実と合流し、二人並んで通りを歩く。

　繰り返しの許されない計画ではなかったとはいえ、胡内がまんまとやってきたのは幸運だった。悟られぬよう顔をふせて歩けば、背格好といい服装といい、キャスケットからはみ出した髪型といい、遠目には見まがうのも仕方ないほど切間美星にそっくりの真実と、当てつけるように手を繋いだら、たちまち背後に迫る気配を感じた。幼少期より男どもを相手に柔道の腕を磨いてきたので絶対にしくじらない、事前にそう言いきった彼女は、極度の緊張に見舞われる僕をよそにぎりぎりまで胡内を引きつけると、不意を衝いて鮮やかに一本背負いを決めた。絞め技に持ち込むまでもなく胡内は泡を吹いて気絶してしまう、しかしそれを確かめるにあたって、真実が胡内に顔を見られてしまったのは彼女の犯した唯一の過ちかと思われた。

　この計画の要は、真実の外見に切間美星との共通点が多いことを活かすところにあった。単におとりとして胡内を呼び寄せるだけでなく、《切間美星に返り討ちに遭った》

と胡内に思い込ませることで、未来永劫、手出しをさせないようにする狙いがあったのだ。だから、胡内に「誰だよこの女」と言われた真実を僕はとがめた。

「大丈夫だよ。その程度の制裁では心もとないって、最初から思ってたんだ」

彼女はあっけらかんとして言ってのけると、懐から小さな紙を取り出し、胡内の胸のあたりに貼り付けた。のぞき込む。

〈お前のあられもない姿を多数撮影した。今後、お前の執着する女性ないしその周囲の人間に接触を図ることがあれば、即座にそれらの写真をしかるべき方面へ送付および公開する。少なくとも向こう十年、あまねく世間に出回ると思え〉

「……こ、これは」

「大和が話してた、看護師の会話にヒントを得たんだ。だってこいつ、散々もっともらしいことを言っておいて、結局はふられたことを根に持ってるだけじゃない。でなきゃ、心を開かせるだけでなく自分も開こうとしている彼女のこと、いじめる理由がないでしょう？　中身もないくせしてプライドばかり高いから、自分をふった女が許せなくなるんだわ。そんな奴には、手荒な制裁をもって封じ込めることを考えるより、その高慢なプライドを取り返しのつかないほど失墜させる対抗策をちらつかせたほうが、はるかに有効だと思うの」

貼り紙について説明をしながら、彼女の瞳は闇の中でもらんらんと輝いて見える。

ふと気がつけばその手には、身軽にしていたはずの体のどこに隠し持っていたのやら、名称も用法もまるで見当のつかない何かの器具が握られていた。

「あの、まさか本当に撮影するつもりじゃないよね。それ、何に使うの」

「写真なんか欲しくもないけど、こいつが意識を取り戻したとき、体に何の違和感もなかったらハッタリだってことがばれちゃうでしょ？　この計画は、そこを疑われたらおしまいだから、ね。――ちょっと、あっち向いててくれる？」

ウィンクをする彼女はいかにも子供のような無邪気さに満ちている。けれども僕は知っている、子供は無邪気すぎるあまり時として、途方もない残酷さや嗜虐性を発揮する生き物なのだ。ほら、笑いながら器具を振るなよ。そのおぞましい器具を振るなよ！

んぐぁ。たまらず目を逸らす。すると彼女は、僕の後ろで何やらごそごそと……僕は耳をふさいで、そこから先は、もう想像したくもないです……。

これら全面的な協力、というよりも首謀者としてのポジションを快諾した真実の提示した交換条件こそが、言わずもがな彼女との復縁、そして切間美星との絶縁だった。断腸の思いではあったが、他の方法を模索している猶予はなかった。切間美星から立ち直る機会を奪ってしまうくらいなら、僕は自分さえも犠牲にして、彼女を裏切る男を演じよう。そうすることで、別れにともなう彼女の悲しみは怒りや軽蔑に転化され、また次の出会いを探す原動力となるだろう。

胡内とは関係のない別れの理由を用意すれば、彼女は胡内の影を見出さずに済むだろうし、しばらくは頭をよぎることがあっても、今後胡内からの接触がなければしだいに薄れていくに違いない。だから僕は、他店のバリスタという立場と、それを明かせずにいたことを存分に活かし、コーヒーの味を盗むために接近した悪者になりきってみせたのである。

——まったく彼女の聡明な頭脳ときたら。

コーヒーの味が変わったからもう来ない。そう告げただけで、こんなにも期待どおりの、いや期待を上回る推理を披露してくれるとは。

半年にわたり素性を隠し続けたのは、同業者であることを知られるわずらわしさから彼女の誤解をとかずにいるうちに、訂正するタイミングを失ってしまっただけのことだ。途中からは積極的に素性を偽る場面もあったが、どのみち彼女に対しては何の意味もなさない小細工であった。

こちらの誘導したとおりに解き明かしてくれて助かった。さもなくば、僕はロックオン・カフェの名刺を落とすなど、たいへん白々しい真似をしなくてはいけないところだった。彼女の糾弾のおかげで僕は自白という形、つまり彼女が事実だと信じる形で、コーヒーの味を盗むのが目的だったと語ることができたのだ。それ自体が嘘だったなどとは、さしもの彼女も気づかなかっただろう。知らないほうがいいこともある。

切間美星には、何としても立ち直ってもらいたい。

それこそが僕のもっとも強く願うところであり、この計画の究極の目標でもあった。だから彼女が反対に心を閉ざすことをほのめかしたとき、僕は叱りつけるしかなかったのだ。直後の別れの様子を振り返れば、願いは通じたことと思うが、いずれにしても彼女に立ち直ってもらう方法、事件の発生を知られることなく胡内の脅威を遠ざける方法が、これ以外にはなかったのだから、僕の判断は正しかったということになる。

ならば後悔などはない。今はないし、たぶん将来にも発生しない。

「……でも、仕事は続けるんでしょ。あの子、会いに来ないとも限らないよ。だまされてなお、未練があったとしたら」

自宅へ向かうバスの車内で、真実は唐突にそんなことを言った。

もの思いにふけっていた僕は、咳払いを一つはさむことで、重大発表の前置きとする。

「そのことなんだけど、実は独立を考えているんだ」

彼女は目を丸くする。「自分のお店を持つってこと?」

「まだ少し早いけど、オーナーとは前々からそういう話をしていたし、だからこそ僕はあの店に勤め始めたわけだからね」

高校を卒業してからの一年間、僕は大好きなコーヒーを極めたいとの思いから、大阪にある調理師学校のバリスタ養成コースにかよい、そこでロックオン・カフェのオーナーと出会った。人気カフェの経営者という立場から講師を務める彼は、講義の中で生徒の僕たちに対し、「三年、うちに勤めてくれれば、独立開業の際に必要なスキルやノウハウはすべて身につく」と言いきった。その明確な言葉に衝き動かされ、僕はロックオン・カフェでの雇用を志願したというわけだ。そうして京都に移り住み、働き始めたのが十九の春だから、この冬が明ければ丸三年になる。

「時間はかかるだろうけど、これから具体的な準備に取りかかろうと思う。京都は人気のカフェが多いし、開業資金も馬鹿にならないから、遠い地元での開業を視野に入れるつもりだ。そうなると、あの子はまず追ってこないだろうね」

「だけど、肝腎の資金はどうするの」

「実はこれでも、そこそこ貯め込んでるんだよ。この三年間、いつか独立する日を夢見て地道にこつこつ貯金してきたんだ。節約のために、お金のかかる趣味を持たずにいたり、学生に混じっても悪目立ちしないのをいいことに、近くの大学の学生食堂をこっそり利用したりしながらね。カフェの開業資金というのはピンからキリまであって、一概にいくらとは言えないけれど、中には数十万円でまかなえたなんていうケースもある。悲観的になっても話が進まないだけだ、足りない分は身内に頭下げてでもかき集めるさ」

「へぇ……知らなかった、あの頃からそんなこと考えてたなんて」

バスを降りる。自宅まで歩いて数分、外は凍えるほどに寒い。

「久しぶりだな、大和の部屋」

「結局、別れてから自宅へは一度も会いに来なかったよね」

「わたしだって何もこの半年間、大和のことばかり考えてたわけじゃないもん。それはわたしは気分屋だけど、こういうことってのは本来そんなものでしょ？　無性に何とかしてやりたいと思うときもあれば、もうどうでもいいやってなるときもあって」

気まぐれに恋人の浮気を疑って、痛めつけて憂さ晴らしをするところまで、気分屋の範疇《はんちゅう》に含められてはかなわない。僕は肩をすくめて言う。

「でも本当は、久しぶりじゃないだろう、僕の部屋に入るの」

「何のこと」小首をかしげた彼女に、取りつくろうような気配はない。

「あれ、合鍵があるんじゃなかったの」

「合鍵？　持ってないよ、そんなもの」

今度は僕が、小首をかしげる番だった。自宅アパートの階段を上りながら、髪の毛の一件について問う。

「落としていったのはきみだろう？　ほら、あの子が僕の部屋へ来たときに」

「あぁ、そのこと。頭に血が上ったとはいえ、我ながらバカなことをしたよね。おかげで髪型まで変えるはめになって」

「やっぱり部屋に入ったんじゃないか」

「大和、悪いけどそれ、全然違うと思うよ」どこかで聞いた台詞だ。彼女はあきれたように答える。「部屋に入ってまで残したのが自分の髪の毛だなんて、わたしそこまでバカじゃない。それならリップとかアクセサリーとか、もっと露骨に女性を匂わせるものを残すよ。だいいち、半年も前に別れた男の部屋の合鍵、常時携帯してるほうがおかしいって」

言われてみれば。僕らは外廊下を進む。

「じゃあ、あの髪の毛はどうやって……」

「これよ、これ」

部屋の前までたどりついたとき、彼女はドアにはさまっていた夕刊を引き抜いて振った。

「雪の日も、ちゃんとビニールに入ってるんだね」

十二月の、雨降りだったあの日。ベッドに投げて、ページがめくれてしまった夕刊。

「あぁ……そういうことか」

「とりあえず大和の部屋に先回りしたはいいけれど、できそうなことは何もなくてね。何しろ顔を知られているから、《他の女》を演じるのも無意味だし。どうしようと思ったとき、夕刊が目に留まったの。ビニールをはいで、そこに髪の毛を長めに切ってはさんだところで大和たちが帰ってくる声がしたから、間一髪、逃げたってわけ」

脱力する。真実が不法侵入したと思ったから、僕は切間美星にも《侵入者》の正体を明かさなかったのだ。合鍵を持つ彼女におびえ、必死でかばおうとしたのだ。まさか、それすらも幻想に過ぎなかったなんて。

自分しか持っていないことがわかった鍵をノブに差し込み、回しながら僕は苦笑する。

最後の最後まで、やっぱり僕は全然違うばかりだったな、と。

自宅に上がり、照明と暖房のスイッチを入れた。冷気の缶詰と化した室内が暖まるには時間がかかるので、僕はまだアウターを脱がない。キッチンにて、水で満たしたケトルをコンロの火にかけると、食器棚の上部に並ぶキャニスターのうちの一つを手に取り、自室で待つ彼女のもとへ持っていった。

「これはインドネシアのスラウェシ島、トラジャという山岳地帯が原産のコーヒー豆なんだ。この豆は第二次世界大戦後、一時生産が衰退しこの世からほぼ失われてしまったものの、日本の企業の支援によって復活を遂げたといういきさつを持っているんだよ。真実の苗字である《虎谷》と響きが似ているだけでなく、そうしたエピソードも含めて、二人の仲直りのしるしとして今回、入手したんだ。この豆で、今からコーヒーを淹れるね」

僕なりに、真実と仲良くやっていきたいという誠意を込めて、用意したつもりだった。喜んでくれると思っていたのだ。

ところが彼女は、キャニスターを受け取ることもなく、上機嫌に言った。

「何でもいいよ。わたし、味の違いとかよくわかんないし」

「……え？　さっき、僕の淹れたコーヒーが飲みたいって」

「だってあの子、半年も親しくしていながら、大和の淹れるコーヒーを飲んだことすらなかったんでしょ？　わたしには、たくさん飲ませてくれたのにね。それで大和の何を知っていたんだろうって思ったら、何だかとてもおかしくて、わたし、また飲みたくなったの」

彼女は笑う。その無邪気さ。その嗜虐性。むき出しの、ありのままの感情で笑う。

邪気がないということと、邪気にあふれているということは、こんなにも似通っているものなのだろうか。あるいは単に、負けず嫌いなだけ？　僕の淹れるコーヒーは、そんな復讐じみた思いを満たすための道具に過ぎないのか。

体が火照るような感覚。僕は乱暴に、キャニスターをテーブルへ置いて言う。

「……そうだね」にこり。「あの子は僕のことなんか、何も知りはしなかったんだよ」

たぶん、これで正解なのだろう。真実とはいがみ合いたいわけじゃない。仲良くやっていければいいと、僕自身、心から思っている。何よりも、胡内波和の動きを封じ込めておくために、彼女の協力は不可欠だったのだ。だから今は、かつてそれでうまくいったように、また僕が言いなりに甘んじればいい。

お湯が沸いた。僕はキッチンへ戻り火を止めたけど、体はまだじんじんと熱かった。どうしてだろうと考えて、ダウンジャケットを着たままだったことに気づく。そろそろ暖房もきいてきたので、脱いでしまおうと思ったとき、自室から高い声が飛んだ。

「そうそう、携帯電話の番号、変えといてね。メールアドレスも新しいのを考えなくちゃ」

いや、その必要はないだろう。ポケットに入っているもの、半年をまたいで突き返されてしまったものを、僕は思い出したのだ。

脱ぎかけたダウンジャケットの、ポケットに手を突っ込んだ。指先に触れた、固いものを取り出す。喫茶店の情報が記載された、名刺大のカード。

——別に、返さなくてもよかったんじゃないか。

つぶやきながら、二つ折りになったそれを足元のゴミ箱に投げ入れかけて、はっとした。

何かが違う。いま確かに僕の目は、カードの裏面に記されたものの一部をとらえた。僕が走り書きしたはずの、数字でもアルファベットでもない文字が見えた。

急ききって、両手でカードを開く。

そこに僕の連絡先はなかった。代わりにあったのは、メッセージ。

全体的に醜くゆがんで、文字は小さすぎて読みづらく、明らかに書き殴ったと思しきそれは、切間美星が僕に託した、惜別の一言だった。

〈青野大和さん
守ってくれてありがとう。
いつかまたお会いできたなら、
そのときは、あなたの淹れた珈琲を、
きっと私にも飲ませてくださいね。
いつまでも、その日を待っていますから。

切間美星〉

——僕は本当に浅はかだった。

あの聡明な切間美星が、僕らの計画ごとき、見抜けないわけもなかったのだ。彼女は知っていた。僕が胡内波和の脅威から、彼女を守ろうとしたことを知っていた。その代償として、望まぬ別れを択《えら》んだことも。

あなたの淹れた珈琲を飲ませて、切間美星はそう書き残した。僕が彼女のもとへかよった目的が、コーヒーの味を盗むためではなかったことを知っていたのだ。

何が守る、だ。何が立ち直ってもらう、だ。

切間美星は待つのだろう。こうして僕に託した以上は、ずっと待ち続けるのだろう。たとえそのきっかけが、おいしそうにコーヒーを飲むくらいのことだったとしても、彼女は長らく抱えてきた万感の思いを込めて、一人の異性と心をかよわそうとしてくれたのだから。

膝をつく。震える指が、カードをつぶす。

僕はどうしようもない大馬鹿野郎だ。一人じゃ何もできないくせに、脅威をちょっと遠ざけたくらいで悲劇の英雄気取りか。大事な人のためと大義名分を振りかざし、誰かの力に依存して、けりがついたら今度はそっちの言いなりか。

何がコーヒーの味を守る、だ。何が、彼女の淹れるコーヒーが大好き、だ。本当の感情を認めて、失って、傷つくのが怖かっただけだ。一度たりとも本気で相手の心の内側をのぞこうとせずに、うながされるまま流されて、ひたすら自分の心だけを守ろうとした大馬鹿野郎だ。

僕は切間美星を守ってなどいない。脅威から救い出したつもりでその実、何をおいても守らなくてはならなかった彼女の感情を、他でもない僕が奪い去ってしまったのだ。

心の門が開かれる。せきを切って流れ出した感情が、滴となってカードを濡らす。

僕は思い出していた。彼女のふわりと微笑むさまを。豆を挽くことで覚醒する聡明な頭脳を、慈愛に満ちた穏やかな声を。そしてあの、不思議と甘いコーヒーの味を――悪魔に指をかけられて、地獄さえ垣間《かいま》見たけれど、天使のように純粋で、そして途方もなく甘いこの恋を。

今さら門を開いてみたって、入ってほしい人はそこにはいない。それでも聖なる夜だけに姿を現す侵入者のように、門を介さずして彼女は舞い降り、僕の心の空っぽになった内側を満たす。

彼女の心の中にも僕が、少しは入っていけただろうか。

エピローグ

つつがなく、数ヶ月が流れた。

独立すると大見得を切ったまではいいが、一口にカフェを開業するといってもそこにこぎつけるまでには、店舗物件の確保、取引業者の選定、コンセプトに見合った設計からメニューの検討に至るまでクリアすべき課題が山積みであり、一朝一夕ではとうていなしえない。資金を調達するにあたって連絡を取った両親も、出資するのにやぶさかではないがある程度、具体的な金額を提示してもらわないと困る、と至極もっともなことを言い、ロックオン・カフェのオーナーにちくいち相談しながらも僕は、道のりの平坦ではないことを今さらながらに痛感していた。

何かが抜け落ちたような毎日。どこからか異なる情熱を持ってきてその穴埋めをすることを、心理学の用語で昇華と呼ぶのではなかったか。間違いなくそこにあったはずのものが跡形もなく消え失せてしまうさまは、なるほど昇華という表現がしっくりくる。あるいは別の液体となって、体からすっかり流れ出てしまっただけかもしれないが。

多難な前途に早くも気が滅入りがちになり、僕はカウンターに肘をつく。ロックオン・カフェの制服であるネイビーのシャツは、こうしてみると三年の歳月をそこかしこに刻み、くたびれも限界に達している。

溜め息の反動として鼻から息を吸い込むと、店内に広がるコーヒーの馥郁《ふくいく》たる香りが、優しく胸の中を満たす。まだ午前中、開店直後とあって空いたフロアには、一人の客にスタッフを足してもたったの三人だ。

「どうした、バリスタ。しけた面して」

この店のオーナーがかけてきた言葉は不意打ちで、僕は束《つか》の間《ま》うろたえた。

「いえ、ちょっと考えごとを」

「青息吐息か、若いうちはそれも大いに結構。しかし何かにつけ真面目に向き合いすぎ、客と接するにも堅苦しくなってばかりいるよりは、適宜障害となる垣根を越えて客に安らぎや喜びを提供できるくらいでなければ、まだまだ一流の喫茶店員とは呼べないな」

それは僕がこのところ身に染みて感じていたことであり、いいこと言うな、と僕は感銘を受けそうになった。なのに、

「コミュニケーションの術を磨くには、やっぱり女を相手にするのが一番。どうだ、何なら手頃なのを何人か、紹介してやってもいいぞ。ハハハ」

などと続くので僕は、思いきり眉をしかめる。「遠慮しときます」

「むぅ、そうか、そうか。これと決めた人がおわすのだな」

いかにもつまらなそうに言うので、僕は冷めた笑いを返しておくにとどめた。こちらのプライベートにまで彼は関知すべくもないが、これと決めた人、なんてのはもう——。

コトリ。そのときお冷やの入ったコップが、僕の目の前に置かれた。運んでくれた女性が開口一番に言うことには、

「二度と来ない、と言ったはずでは」

……おぉ、怖い。にこりともしない。

「そのつもり、だったんですがね。彼女にもそう誓っていたし」

「では、どうしてここに」

僕はまだ傷口の消えてしまわない後頭部をかいた。「ふられました」

——あれだけの紆余曲折を経て叶った復縁の幕切れは、あまりにもあっけないものだった。

再出発の晩からすでに、交際当時を彷彿とさせる亀裂や行き違いは見え隠れしていた。それでも僕は一応、彼女に追いすがったのだ。彼女を欠くと、遠ざけた脅威に対する牽制が不充分になってしまうおそれがあったから。

そんな僕に虎谷真実は、首をかしげて言うのだった。

「わたし、大和とよりを戻したいんだと思ってたけど、何だか違ってたみたい。悔しかったんだね、二人が幸せそうにしているのが」

「……は？」

「奈美子から話を聞いたときも、最初は何とも思わなかったけど、だんだん腹が立ってきて、邪魔しちゃおっかなって。コンビニで二人を見かけてからもそう、もしかしたら隣の芝生は青いってのもあるかもね。いずれにしても、今回のことで二人の仲は、完全に修復不能になったわけでしょう。コーヒーの味を盗みに来たスパイが、あとから何を言い訳したって虚しいよね。わたしたぶん、それが目的だったんだ。引き裂かれたことで二人が、そして信じた人に裏切られたことであの子が、ひとしきり傷ついたかと思うと、それでわたし、もう満足しちゃったみたいなの」

えへへ、と舌を出して笑う彼女に、開いた口がふさがらなかった。

「……彼女の気持ちがまったく理解できないのは、僕が無邪気じゃないから、ですかね。まぁ、男女の関係は時として相互補完であることを思えば、僕らの人格が正反対だったとしても不思議ではありませんが。それにしたって、もう引き止める気すら起こりませんでしたよ」

ただし、虎谷真実には一つの誤算があった。僕はお冷やの入ったコップに触れる。

「だからって、さっそく誓いを破ったのですか。言ってることとやってることが、全然違うと思います」

戸惑いを含む低い声を、純喫茶《タレーラン》のフロアに響かせて、彼女はこちらを見ようともせず、さっさとカウンターの奥へ引っ込んでしまう。

切間美星は笑わない。

怒っている。彼女は僕の不誠実を非難している。

会うことはないと本気で思ったのに、夢でも幻でもなく、美星バリスタは目の前にいた。それだけで僕は、彼女が怒っているにもかかわらず、どうしても頬が緩んでしまう。

「ところで、藻川氏のあの言葉遣いは？」

声をひそめて問うと、バリスタは片目をすがめてフロアの隅を見る。

「どうせまた、若くて綺麗な女の子に吹き込まれでもしたんじゃないですか。女みたいな京ことばより、標準語をしゃべったほうがかっこいい、とか」

「僕のことを『バリスタ』だなんて、いやにかしこまるじゃないですか」

「おじちゃんなりに、あれでもショックを受けてたみたいですよ。あなたが同業者だったと知って」

それが事実ならば、先の台詞はイヤミも込みか。申し訳ないような気もする。

「で、今日は堂々と偵察ですか。その格好、ロックオン・カフェでの正装でしょう」

「これから仕事に向かうんですよ。味を盗む意図がなかったことくらい、あなたはとっくに知っているでしょう」

バリスタは一瞬、僕に真顔を向け、おもむろにハンドミルを回し始めた。

「ですからはっきり申し上げたのです。あなたは大嘘つきだ、と」

「あれは、そのことだったんですか。てっきりだまされてくれたものと思ってたのに」

「そうならずに済んだのは、あなたが私を叱ってくれたからです。でなければもう少しで、本当にただのケンカ別れに終わってしまうところでした」

「どのようにして、僕が嘘をついている、と？」

「そもそも何かがおかしいと思い始めたのは、真実さんのご来店です」

その点については、僕らも懸念していた。

「キャスケットで顔を隠したくらいでは、やっぱり気づかれてしまいましたか」

「閉店までお一人でいらっしゃったのですから、さすがに途中でピンときましたよ。ただコーヒーを飲みにきただけとも思えないし、どうしたんだろうって晶ちゃんと話していたんです」

「晶子さんはどうしてあの場に？」

「たまたま遊びにきていたんです。きっとクリスマスイブの夜を独り寂しく過ごすのは、たえられなかったのでしょう」

コメントしづらい。彼女は親友の身を案じている場合なのだろうか。

「そこに現れた僕が突拍子もない言動をしたことで、事態はいよいよただならぬ様相を呈した。でも、そこで僕の素性を暴いたのですから、その奥の嘘にまではまだ到達していませんね」

「あなたの職業が判明して以来、スパイかもしれないという疑惑は常にありました。けれども親交を深め、あなたの人柄を知るにつれ、考えすぎではないかと思うようになり……これは、希望でもあったのですが。ですからあなたが、コーヒーの味の変化を理由に別れを告げたときは正直、どうして今頃になってそんなことを言い出すのだろう、と思いました。やはりスパイだったのだと指摘しながらも、私自身、どこか違和感をぬぐえずにいたのです」

「ではその違和感が、あなたを叱りつけた僕の台詞によって、決定的になったんですね」

「きっともう大丈夫だから——そう、おっしゃいましたね。根拠が何もないとすれば、きわめて無責任な発言です。私には、そうは聞こえませんでした」

「まいったな。これぱっかりは、明らかな僕のミスですよ。本来ならば、脅威の現れることなく流れるであろう時間が、いずれあなたのおびえを取り去ってくれるはずでした。あなたがあんなことを言い出さなければ、僕も取り乱したりしなかったのに」

「そこで、私はようやく気がついたのです。あぁ、この人は私を守ってくれたのだな、と」

むずがゆい。何もかも成功した、とは言えないだけに。

僕は頬杖をつき、カウンターの端から一枚のカードを取り上げる。

「どうも、まどろっこしいんだよなぁ。事実を見抜いてるくせにすぐには言わないから、僕は恥をかかされてばかりだ。このカードにしてもそうですよ、何だって、こいつにメッセージを書き込むなんて回りくどい真似をしたんです？　読まずに捨てられるおそれもあったのに」

「それは……別れがあなたの意思によることが、ひしひしと感じられたから」

コリコリコリ、が止まった。

「あなたの言う《大丈夫》が誰に関するものなのかを考えれば、真実さんの果たした役割は、協力者でしかありえないでしょう。となるとあなたが別れを選んだ理由も、想像に難くありません。開きっぱなしになった扉の向こうで、真実さんが一部始終を見届けようとしている可能性だってあったんです。私の伝えたかったことは、外側からは誰にも知りえず、あなたでさえなるたけその場では気づかないような形で伝えられる必要があった。むろん直接連絡をとったり、会いに行ったりすることができなくなっているおそれもあると見たうえでのことです」

「はぁ、そこまで考えて……確かにその配慮こそが真実にとっての誤算だったのであり、僕らはこうして彼女の知らないところで関係を継続させることができたので、結果的には正しい判断だったといえると思います。だけど、何というか、ずいぶん控えめなんですね」

「だって、引き止められますか。私のせいで、ひどい目に遭わせてしまったというのに」

まさか、それもわかっていたのか。僕は言葉を失う。いつまでも隠しとおせるなどとは思っていなかったが、あの時点ですでに察していたとは。

「あなたが守ってくれたことを知るとき、見慣れないニット帽がとみに気にかかりました。四年前、私も頭を狙われそうになったからです。はっきりとはわかりませんでしたが、あなたがケガをしたのではないかという気がしました。別れを択んだほうがいい、私がそう感じるだけでなく、あなたもそのように考えてのことかもしれないと思ったのです」

苦しそうに語ったあとで、彼女は手の動きを再開した。コリ、コリコリと、リズムはいつもよりぎこちない。

「それを知られることだけは、何としても避けたいと思っていたんだけどな。あなたも頭を狙われたなんて知らなかったとはいえ、やっぱりニット帽なんかでは隠しきれませんでしたね」

「隠されたままになっていたらと想像すると、ぞっとします。知ることができたから、私はあなたが赦してくれるまで、どれだけでもお詫びをすることができます。こんな言い方はおかしいけれど、安心してください。私はしかるべき方に話を聞いて、あなたの身に何が起きたのか、今ではすべて承知しています。それでも、私は逃げません。二度と傷つけまいとして離れるより、あなたにお詫びをすることのほうがはるかに大切だと思うからです」

そうか。四年前、危険な目に遭ったのは彼女自身だった。しかし今回は僕だ。その違いは彼女に、今後の傷を防ぐよりもまず今ある傷を治せたら、と考えさせたらしい。とまれ、最悪の事態だけは免れたことがわかって、僕はいくらかほっとした。

「しかるべき方というのは、ひょっとしてうちのオーナーですか」

「はい。階段から落ちたことにしたそうですね。ちゃんと警察に届け出ればいいのに」

「だからそれは、あなたに知られまいとしたから……あ！」

とんでもないことに思い至った。彼女はそんな僕の頭の中を読んで、軽くうなずく。

「どうなさいますか。今から届け出ても、遅くはないと思いますが」

少しの間、僕は悩んで、迷って、でも結局は、小さくかぶりを振った。

「そこまでしなくても大丈夫でしょう。僕らの、というより真実のほどこした制裁はなかなかに強烈です。効果はあると思うし、あれを警察につつかれるのも怖い」

彼女は再度、うなずいた。「では、私はその言葉を信じます。あなたがこうしてお元気でいてくれさえすれば、私はそれで充分なんです」

コリコリの音が軽くなる。もう一息、といったところだ。

「最後に一つだけ。どうして素性を見抜いていたのに、ずっとだまされているふりをしていたのですか」

「本人が隠したがっていることならば、わざわざ暴くのも無粋でしょう。理由についても、同業者だからということで察しがついたし……それに」

「それに？」

口ごもった彼女の頬が、ぽっと赤く染まる。「あなたと親しくなればなるほど、本当のことを指摘したら、二度と来てくれなくなる気がして」

思惑というのは、実に浅はかで滑稽だ。うまくいったためしがない。

ほどなくコリコリの音がやむ。彼女はハンドミルの引き出しを開け、香りを嗅ぎながら、恍惚とした表情を浮かべて言った。

「今回も、たいへんよく挽けました」

「これにて一件落着、ですね」

合いの手のように、シャルルが足元でにゃーと鳴く。ピンと立ったしっぽが、大団円を祝福するために振られる旗のようで愛らしい。

「どれ、祝杯といきますか。ちょうど挽きたての豆がありますね。そいつでひとつ、熱々のコーヒーを淹れてくださいよ」

遅まきながらの注文をすると、美星バリスタはつんと澄ましてそれに答えた。

「お断りします」

……沈黙が数秒、そのあとでにゃー、と猫の鳴き声。

「あの、いま僕は一応、客なんですけど」

「だって私の淹れるコーヒー、味が落ちたとおっしゃるのでしょう?」

んぐぁ。あれは別れのための口実、ということにしておいてはくれないのか。

「あなたに指摘されたとおりでした。コーヒーの味、わずかにですが甘みを増していたようです。私はまだまだ未熟者、あなたの足元にも及びません」

「そんな、買いかぶるのはやめてください。ていうかあなたは、まだ僕の淹れるコーヒーを飲んだことがない」

「はい。ですからカードに記したお約束、きちんと果たしてくださいますよね。私には、お手本となる一杯が必要なのです」

青ざめる。約束というのは双方の同意によって成立するのであって、一方的に押しつけたものは約束とは言わないと思うのだが。職業柄、普段はそんなことで臆するはずもないのだけれど、あれだけのコーヒーを淹れる人にお手本などと言われてしまっては。

そうこうしている間にも、彼女は前掛けを外し、いつぞやのように店じまいの準備を始めてしまう。呆気に取られっぱなしの僕に言うことには、

「さぁ、行きましょう」

「行くって、どこへ」

すると、切間美星は笑った。今日、僕の前で初めて笑った。

出会いの日に心をつかまれて以来、数え上げればきりがないほどたくさん見てきた彼女の笑顔。それでも僕はこの微笑みが、過去のどの瞬間より素敵だと感じる。それをもたらしたのはきっと、長きにわたって彼女が避けてきた、誰もが心に持つ門を、誰かに開き、開かれたいと願ったことのある人だけが知る、あの甘さではないだろうか。多少の思い上がりが許されるのなら、僕はそのように思うのだ。

本当によかった。美星さんが、その感情を取り戻すことができてよかった。

「どこへって、お仕事に行かれるのでしょう。——飲みたいんです、あなたの淹れたコーヒーを。いいですね、大和さん？」

とはいえそう甘いばかりでもない。今はフランスの伯爵に、苦情を申し立てたい気分だ。

〈解説〉絶賛されたキャラクターに謎を強化した「ご当地ミステリ」登場

北原尚彦（作家）

本作『珈琲店タレーランの事件簿　また会えたなら、あなたの淹れた珈琲を』は、記念すべき第十回『このミステリーがすごい！』大賞に応募され、一次選考、二次選考の厳しい審査を通過して、最終選考に残った作品である。惜しくも受賞こそ逃したもののその魅力が高く評価され、全面的な改稿の上で、同賞恒例の「隠し玉」として出版される運びとなった次第である。

舞台は京都。コーヒー好きな主人公はある日、《タレーラン》という喫茶店において、理想のコーヒーに遭遇する。この店でコーヒーを淹《い》れるバリスタは、切間美星《きりまみほし》という、まだ若い女性だった。主人公は切間美星と親しくなり、《タレーラン》に通うようになった。切間美星には、コーヒーを淹れること以外にも特技があった。それは「推理」すること。《タレーラン》で起こった出来事や、主人公の身辺で発生した謎めいた事件を、見事に解き明かしてみせるのだ。それらを通して、主人公と切間美星は更に親しくなっていく……。

飲食物をテーマにした推理小説は〈グルメ・ミステリ〉というサブジャンルにすらなって

おり、第六回『このミス』大賞を受賞した『禁断のパンダ』（拓未司《たくみつかさ》）もその一例だ。だが本作はグルメ・ミステリの中でも更に特殊な「コーヒー・ミステリ」。海外作品では『名探偵のコーヒーのいれ方』に始まるクレオ・コイル「コクと深みの名推理」シリーズなどがあるが、我が国ではちょっと珍しいのではなかろうか。

　自分は『このミステリーがすごい！』大賞の一次選考委員のひとりとして選考作業に加わっているのだが、本作は自分の担当する箱に入っていたもの。だから、（作者が応募前にどなたかに読んでもらっていない限り）我こそ本作の読者第一号なり、と公言して構わないだろう。

　小説賞の一次選考委員というのは「これからの作家の一番目の読者になれる」という特権がある。『チーム・バチスタの栄光』（海堂尊《かいどうたける》）も自分が一番最初に読んだのだが、今から思えばこれはかなりの栄誉だろう。

　しかしその一方で、一次選考は実に苦労の多い仕事だ。二次選考以降は複数の選考委員が読むけれども、一次選考で落とした作品は、他の選考委員には読まれない。だから、万が一の評価間違いがとても怖い。

（応募段階の）本作を読んだ際も、悩んだ。文章は達者だし、設定やちりばめられたコーヒー薀蓄《うんちく》も面白い。だが、惜しむらくは個々のミステリ要素が弱かったのである。

　しかし設定やモチーフの選択はいいし、文章力も悠々合格レベル。それに何より、全体から醸し出される雰囲気が『このミステリーがすごい！』大賞、という器向けの作品であると感じられた。最終的に「これは二次選考に残すべき」と判断した。

だが二次選考委員、最終選考委員の諸兄は、わたし以上のミステリの鬼ばかりである。千《せん》街晶之《がいあきゆき》氏は「キャラクター造形に好感を持てたが、終盤の展開が容易に読めてしまうので、何らかの加筆が必要になるだろう」と、大森望《おおもりのぞみ》氏は「設定とキャラクターは悪くないのにミステリ部分に難がある」と述べている。

だが逆に言えば、ミステリ要素さえ改めれば、十二分に面白い小説になる、ということなのだ。

そこで今回「隠し玉」として出版されるに当たって、全面的な改稿が行われた。元の設定や雰囲気は損なわないようにしつつ、ミステリ要素が改善された。問題点はクリアされたのである。

登場キャラクターも、そのまま。主人公で語り手のアオヤマ、《タレーラン》バリスタの切間美星嬢、その大叔父で《タレーラン》のマスター藻川又次《もかわまたじ》老人、などなど。まあ、キャラクター造形は選考段階で絶賛されたのだから、これを変えてもらっては困る。しかし読み進めるうちに、ちょっと増えたキャラクターがいることに気づき――ニヤニヤ。これも選考委員ならではの特権だ（第三章で登場するキャラクターである）。

『珈琲店タレーランの事件簿　また会えたなら、あなたの淹れた珈琲を』は、「コーヒー・ミステリ」であること以外にも特色がある。それは「ご当地ミステリ」である、ということ。先述の通り、本作は全面的に京都を舞台としているのだ。ネタバレになりかねないので明言はしないが、京都ならではのエピソードもある（それがどのエピソードであり、どう用いられているかは読んでのお楽しみ）。

『このミステリーがすごい！』大賞は、受賞者はもちろん、七尾与史《ななおよし》、高橋由太《たかはしゆた》など、隠し玉でデビューした面々も大活躍している。本書の作者にもばりばりと新作を書いて頂き、大飛躍して頂きたいものである。

（二〇一二年七月）

＜出典＞
九十二頁Ｐ92、１行目＊
『シャーロック・ホームズの冒険』（『花婿失踪事件』より）コナン・ドイル／延原謙訳　新潮文庫　二〇一一年

＜参考文献＞
『こだわりカフェを開く』　安田理著　大阪あべの辻調理専門学校監修　ぺりかん社　二〇〇四年
『カフェをはじめる人の本』　成美堂出版編集部　成美堂出版　二〇一一年
『珈琲の教科書』　堀口俊英著　新星出版社　二〇一一年

この物語はフィクションです。もし同一の名称があった場合も、実在する人物、団体等とは一切関係ありません。刊行にあたり、第十回『このミステリーがすごい！』大賞最終候補作品、『また会えたなら、あなたの淹れた珈琲を』を改題・加筆修正しました。

宝島社
文庫

珈琲店タレーランの事件簿　また会えたなら、あなたの淹れた珈琲を
(こーひーてんたれーらんのじけんぼ　またあえたなら、あなたのいれたこーひーを)

2012年 8 月18日　第 1 刷発行
2024年12月20日　第25刷発行

著　者　岡崎琢磨
発行人　関川 誠
発行所　株式会社 宝島社
〒102-8388　東京都千代田区一番町25番地
電話：営業 03(3234)4621／編集 03(3239)0599
https://tkj.jp

印刷・製本　中央精版印刷株式会社

ISBN 978-4-8002-0072-3